光文社文庫

世話を焼かない四人の女

まみや
麻宮ゆり子

光　文　社

目次

ありのままの女

一

会議が終わって廊下に出ると、常務が私の隣に並んできて「水元くん」と打ち明け話をするような囁き声で聞いてくる。

「きみはなかなか洒落た服を着ているのに、それ、その頭。どうしてそのままなの？」

私はかすかに首を動かすと、常務の、ひな鳥を彷彿させる頭髪と広い額を一瞥した。

四十七歳の私の髪は半分以上がすでに白い。

一切染めていないし、手も加えていない。肩の下くらいまである髪を今日はイタリア製のクリップで一つにまとめている。

この会社ではもう十年以上この頭で通しているのだが、六十間近の常務だけは、いまだにこうしてわざわざ親切に忠告してくれる。

「何か、おかしいでしょうか」

「別におかしくないけど……、老けて見えるよ」

おかしいと遠回しに言っているようなものだ。

面倒な論法に巻き込まれないため、私は常務との間に壁を作るように微笑を浮かべながらあえて何も言わずにいた。

彼の言いたいことはつまりこうだろう。男にとって白髪は皺と同じで年輪や勲章を表すもの。だけど女は若く見えるほうがいいから、染めて隠しちゃったほうがいいんじゃないの？

別に私は実年齢より若く見られなくても構わない。

目の前の仕事に差し障りがなければ年相応で充分だと思っている。その気持ちに特別な意味はもちろん性別的な意味も誇りも虚勢もオンリーワンも何もない。だがそんなことを「こうあるべき」という価値観がすでに凝り固まった相手に対し、丁寧に説明する労力を考えると気が遠くなる。

「いくら染めても色が抜けてしまうんです」

「そうか。今度いい理髪店を紹介してやろうか？　まあ、きみの部署は客と接することがないから、そのままでもいいんだが」

それ以上追及されないように、私は常務と並んで歩きながら窓の外へ視線を移した。

十代の頃は脱色するな染めるなとさんざん口うるさく言われてきた世代だが、年を重ねた途端今度は染めろと言われるなんて、世間はよくも平気でころころと厚かましくも意見を変えられるものだ。まあ、そんなことは誰しも頭の隅で感じていることだと思うけど。

都内にある住宅メーカー「彩明ホーム」。

私はこの会社の総務部長をやっている。

ちなみに女性の役職は「役職者全体」の一割にも届かないほどで、今も十人いるかいないかくらいの数である。だからこそ女部長は相手の性別を問わず、好奇や悪意にさらされやすい。「化粧が厚い」「服が派手」などと言われて足を引っ張られるくらいなら、「白髪多めのオンナ少なめ」と言うとラーメンの注文みたいだが、とにかくそんな風体でいるほうが悪目立ちしなくていい、とひとまず私は考えている。

だけど染めなきゃ染めないで、結局なんだかんだ言われるから、ああ、めんどくさい。

「会議で話した中途採用の件だがね」

常務が歩きながら履歴書のコピーを渡してきた。

――武下華美、二十九歳。日本基督教大学大学院卒業後、サンマル総合商社に入社。

「どうだ、エリートだろう？」

「ええ、しかし大学院まで行ったということは、もとは会社員ではなく研究者でも目指していたんでしょうか」

もしくは世代的に大学を出たものの、就職難で就職が決まらなかったか進路を迷っていたか……。

「それより華美なんておかしな名前だと思わないか？　ちょっと前に流行ったあれだ、チラチラネームってやつか」

「はい、キラキラネームですね」

さりげなく訂正を入れながらも私はまたコピーの字を追った。

「でも商社出身なのに、どうしてうちを受けたんでしょう？」

「なあ、うちみたいなとこをなあ」

ワッハッハッと常務は大口を開けて自嘲気味に笑った。

男性の部下ならお追従で合わせるところなのだろう。しかし私は笑わない。ここは、別名《さいはて部署》と呼ばれている総務部・女部長の特権である。

常務はバツが悪そうに咳払いした。

「確かに、変にエリート意識が強いから面倒なんだ。私もこの子の面接に立ち会ったんだが、プライドが高くて扱いづらいというか、素直さがなくてかわいげがない」

「ではどうして採用なさったんですか」

「筆記試験の結果がすこぶる良かった。なんせ天下のサンマル出身だからな」

なるほど。学歴も前職もうちの会社には立派すぎるくらいだが、手のかかりそうなタイプでもあるから、ひとまず総務に押しつけて様子を見ようというわけだろうか。いかにも常務の考えそうなことではある。

「昨日研修が終わってね、彼女には今日から総務へ行くように伝えてあるから。じゃ、水元くん、あとは頼むよ」

荷が下りたとばかりの軽やかな歩調で常務は総務部があるのとは別の、下の階に向かうエレベーターに乗ってしまった。


大きなフロアは部署ごとにパーテーションで区切られている。

いちばん端に位置する総務部のデスクに近づくと、パソコンに向かう社員たちを前に、ぽつんと立ち尽くす武下華美の姿があった。

私はブラウスの胸ポケットに入れていたレンズの小さなめがねをかけると、その向こうに映る武下さんを観察した。

眉の上で前髪を切りそろえた、さらりとしたセミロングヘアー。身長百五十五センチほどの華奢(きゃしゃ)な身体(からだ)に真っ白なシャツ、黒いパンツ、よく磨かれた細いヒール靴。装いは清潔で活動的だ。

私がそばに行くと、はっと気づいた彼女はこちらを向いて肩を上げ、キリリと眉まで上げている。

「武下さんね」

「はいっ、よろしくお願いします」

「聞いていると思うけど私が部長の水元です。名前はモンガマエの闘うという字を使って、水元闘子（とうこ）」

「と、闘子……ですか」と、つぶやきながら驚いている。

その一方で部門リーダーの縄井春夫（なわいはるお）がパソコンから顔を背けて「くっ」と含み笑いを洩（も）らしていた。キーボードに置かれた彼の手の親指の爪は噛（か）みすぎてギザギザになってしまっている。無意識に噛むのが癖らしい。

「縄井くん、武下さんにフロアを案内してあげた？」

こちらを向くと「いえ」と間の抜けた声が返ってくる。

「あなたリーダーでしょ。月曜に部門長会議があるのを知ってて、どうして武下さんをこんなふうに突っ立ったままでいさせたの？」

やや怒気をはらんで睨（にら）みつけると、「は、すみません」と言って丸まった背中を慌てて伸ばしている。

「あなたも自分から声くらいかけなさい」

武下さんにうながしたけれど「でも、お忙しいようでしたので」と言ったきり、彼女は縄井くんの方を見ようともしなかった。互いに顔をそむける縄井くんと武下さん。よくわからないけど、私が来る前に何かあったのだろうか。

縄井くんは四十二歳。総務に異動になってから六年以上が経っている。私の総務歴は五年――。

どうやら前任の総務部長が定年になる際、「次の部長はもしかしたらきみじゃないかな」と縄井くんに言ったらしい。まったく適当なことを言ってくれたものだ。実際は私が部長に任命され、こうしてやって来たものだから、昇進を期待していた縄井くんは相当なショックを受けたようだった。いまだ根に持っているであろうことは彼の挑戦的な態度や、私を見下すような目つきによく表れている。

私は手を叩くと、いったん全員立たせ、武下さんに自分を入れた五人のメンバーを紹介した。

総務部・部長／水元闘子（四十七）
リーダー／縄井春夫（四十二）
以下、特別枠社員／斎木匡（三十一）
／蓮沼栄一（三十六）
／飯野美子（三十四）

「で、これから新しく総務に入る武下さんです。じゃ、みんなに自己紹介してください」

「武下です。年は二十九です。よろしくお願いします」

がばっと頭を下げて勢いはあるけれど、それきり言葉が止まってしまった。

「趣味とか特技とか、他には？」

と、私は武下さんを促すように見る。

「特技……ええと、あっ、私、ＪＣＵの出身なんです！」

ＪＣＵ（Japan Christian University）はいわゆる名門と言われている日本基督教大学の略称である。

はあ？　と縄井くんがすぐさま反応し口を挟んでくる。

「ＪＣＵってなんだよ。聞いてもいないのに自分から略して言うかなあ。ＪＣＵだけど私まだ本気出してないだけってことですか？」

むっとした顔を隠そうともせずに、武下さんは縄井くんを見返した。

「そんなこと言ってません。それに私、そもそも総務に入りたくてこの会社に入ったんじゃありません。第一希望は広報でした。バカにしないでください」

そこで縄井くんの向かいに立っている斎木くんが、めがねの縁を指で持ち上げると、ぽつりと洩らす。

「というと、ここで働いている僕たちはバカだと言われているようなものですね」

斎木くんの物言いはいつもはっきりしている。そんな彼は人の気持ちや場の空気を読むことが病的に苦手なのだが、見た目が極めて整っているせいか、女性社員からのウケはそれほど悪くない。

斎木くんの隣の席の蓮沼くんがポンと手を叩いた。

「確かにそうだ！　俺、言われるまでわかんなかった。やっぱり斎木くんは頭がいいな！」

呑気（のんき）な口調で話す蓮沼くんは車椅子に座っている。だから彼だけは起立せずそのままだ。蓮沼くんは以前ガテン系仕事に就いていて、作業中に遭遇した事故の影響で車椅子の生活になったらしい。かつては長い木材を抱えながら、高い足場をすいすい歩いていたようだ。

「武下さん、なかなか勇気のある方ですね」

と、今度は蓮沼くんの隣に立っている飯野さんが怯（おび）えた目つきで首をすくめながらつぶやいた。

飯野さんは気分の落差がはげしい人で、うつな気分が強いときはたいてい魔女のような真っ黒のワンピースを着ているから、見た目で心の状態がわかりやすい。

斎木、蓮沼、飯野の三人はそろって三十代――「特別枠入社」の社員である。

彼らは全員、医者の診断書を前提にこの会社に入社している。

武下さんはこういった「特例の社員」が総務にいると前もって聞いていたはずだ。そのせいだろうか、少し軽蔑まじりの視線を斎木、蓮沼、飯野の三人に注いでいるような感じも受ける。そんな彼女の偏見と価値観を踏まえたうえで、あえて教えてやろうと私はつい、意地悪な気持ちになった。

「斎木くんはほら、帝都大の院出身なのよね」

日本最高学府の名を出すと、たちまち腹を立てたような顔になった武下さんは競争心をみなぎらせたらしい。

「帝都大の院は比較的入りやすいって聞いたことがあります！」

「そう？　斎木くんは大学も確か帝都大よね」

私の問いかけに斎木くんが頷くと、武下さんは「うっ」と悔しそうに洩らして目を見張っている。

「ちなみに飯野さんは東京藝院大出身。こっちもそう簡単に入れるところじゃないわよね」

芸術界の最高学府の名を出したものの、当の飯野さんは「へ、変人ばっかりの大学ですから……」となぜか青くなって謙遜している。

「俺は千葉の工業高校出身です！　ちなみに定時制ですっ」

声をあげた蓮沼くんはなぜかガッツポーズを決めている。そんな彼は事務作業があまり得意ではなく、普段、キーボードはひとさし指で打っているような状態だった。けれど私は蓮沼くんの性格に何度も救われていた。暗い雰囲気に染まりやすいデスクワークには彼のような明るいムードメーカーが必要なのだ。

「ちなみに私は全然有名じゃない女子大の出身。じゃあ武下さん、とりあえず仕事はリーダーの縄井くんから教わるようにして」

私の言葉に、縄井くんは神経質そうに髪をかき上げながら、特別枠の三人をぐるりと見渡した。

「この三人のほうがいろいろとプロフェッショナルなんだから、僕より彼らのほうが適役なんじゃないですか？」

「何度も言うけど、あなたリーダーでしょ。なんのためのリーダーなの？」

私はなるべく感情込めずに伝えるようにした。けれど縄井くんの細い目には、一瞬憎しみが灯ったようにも感じられる。が、部下相手にひるんではいられない。

「わかりました。じゃ、ついて来て。ハ、ナ、ビ、ちゃん」

武下さんの顔が燃えるように赤くなる。からかうように言われたせいか、それとも自分の名前が好きではないのだろうか。顎を引いて、先に進む縄井くんの背中を睨みつけるようにしながら行ってしまった。

特別枠の三人に加えて——縄井くん、私、そして武下さんで総勢六名となった総務部だが、果たしてこれからどうなることか……。

みんなに聞こえないような場所で、肩の力を抜くようにため息をついた。

だけどあの頃に比べればこんなことくらい全然平気、きっと乗り越えられる。そんな未来に対する思いが、確かに今は私の中にある。

あの頃というのは夫と離婚した頃のことだ。


彩明ホームに入社する前、私は、とある流通業界大手の商品開発部に勤めていた。

そこで働きながら三十一で結婚し、三十四で離婚した。

元夫は同じ業界の、やはり商品開発に関わる人だった。同業種交流会のようなもので彼とは出会い、意気投合し、およそ一年の交際を経てゴールインしたのだ。

「結婚してからも仕事を続けたいんだけど、いいよね？」

「もちろん。せっかく同じ業界にいるんだから、トーコちゃんの頑張ってる姿、もっと見てみたいな」

私が結婚した頃はまだ寿退社が多い時代だった。だからゆったり答えてくれた五歳上の夫は、私の目にずいぶんと落ち着いて見えたものだった。

その当時の私は、社内で新たなプライベートブランド（ＰＢ）を立ち上げることに熱中していた。

中でも私がひときわ注目していたのは女性用下着だった。既存のPBの下着は黒やベージュといった地味な色合いの化繊生地ばかりで、何よりデザインがお粗末で種類も少なかった。というのも凝った華やかな下着は「専門メーカーにお任せ」という状態だったので、そもそも女性用下着はPBの主力商品になるとは考えられていなかったからだ。

専門ブランドの下着はきらびやかでかわいらしく質もいい。だが高い。PBはお値打ちだが、辛気くさいうえ質もイマイチ。つまり中間がまったくない状態だった。

それなら二十代から四十代向けの、肌が弱い人も普段使いできるような着け心地のいい下着をほどほどの価格帯を狙って作れば、もしやイケるのでは?

PBは宣伝の面や自社独自の物流を使うという点で余計なコストを抑えられる。その分浮いた費用は思い切って品質改良のほうへ回せばいい。ここは専門ブランドへの遠慮など一切考えずに正面から斬り込んでいく。忖度するから、業界が発展しないのだ。うまくいったら、自社PBの持つ地味なイメージを全体的に刷新できるかもしれない——。

そんな策と野心で胸をふくらませながら、私は何日もかけて提案内容を書類にまとめ、会社に提出した。

「まあ、とりあえずやってみたら?」

と上司からは期待のこもっていない返事をもらったが、ひとまず提案は通った。通ってしまった以上上手は抜けないし、もう引けない。

それ以降私は休日返上で全国の生地工場や縫製会社を夢中になって訪ねて回り、価格の交渉などをおこなった。同時に他社のブラジャーをいくつも買って中身をバラし、仕組みを研究したりと思いつくことは手当たり次第にやってみた。そうして研究すればするほど私の中に、着けている人が心地いい下着しか作りたくないという思いがふくらんでいく。外側の、性別的な意味や誇りや虚勢なんて、本来肌に触れるものに必要な第一義ではないからだ。

一年後、自宅に帰ると先に帰宅していた夫が、リビングで私の完成間近の厚い企画書に目を通していた。企画書は私の個室の机の上に置いていたはずだ。しかし部屋に鍵はかけていない。

「遅くなって、ごめん」

うん、と夫はいつものののんびりした雰囲気で答えながらも企画書から顔を上げず、ソファーに深く腰を沈めたままだった。私は帰り時間が遅くなることを告げていた。しかしなぜか後ろめたいものを感じている。

これ、と言って夫はやっと顔を上げた。

「『肌に優しい国産生地。女性の身体は常にやすらぎが必要です』……か。いいんじゃない？　ここに載ってる会社からこの価格でＯＫはもらっているの？」

よくわからない違和感をなだめるように、私は彼の隣にどすんと座った。

「うん、そのリストに載ってるとこは、ひとまず交渉済み」

「へえ」

彼の反応は思ったより薄く、私は少し不満をおぼえた。

だが一年かけて自分の企画をここまで持ってくることができたのは、たまに夫に報告していたからという自覚もあった。彼に聞いてもらうことで、自分の中の情報を客観的に整理できた部分もあったのだから。

一カ月後、完成した企画書を会社に提出した。詳細な商品プランに目を通した上司はたちまち眠そうな目を見開き、「これはデカイ発表会になるぞ」と意気込んだ様子でデスクから私を見上げてきた。

「ありがとうございます！」

努力が実るかもしれない。

嬉しくて、自分でも声が弾むのがわかるほどだった。

けれど二週間後、私を呼び出した上司はまた眠そうな目に戻ってしまっている。

「これ、知ってる？」

乱暴に投げ出されたのは他社の最新ＰＢ商品の冊子だった。記載されていたのは夫が所属している会社名――。

表紙には「肌に優しい国産生地。女性の身体は常にやすらぎが必要です」と書かれている。冊子を開くと一年近く私が交渉を続けていた生地メーカーの名が並んでいた。そっくりのデザイン、まったく似たようなコンセプト……。

「出し抜かれてるじゃないか。これ、亭主の会社だろう」

——いったいどういうこと？

けれど声が出なかった。冊子を持つ手が冷たくなって、膝から下にかけてガクガクと震えが走り、全身からぐっしょりと冷や汗が湧いてくる。やはり何も言えない私に、上司は鋭い一声を放った。

「水元、おまえはいったいどこの社員なんだ」

やはり言葉が出なかった。アイデアを盗まれたなんて訴えられるわけがない、相手は同じ屋根の下に暮らす自分の夫なのだから——。

すぐさま携帯に電話を入れたが何度かけても彼は出なかった。家に着くと階段に座り込み、着替えたり、化粧を落としたり、夕食を食べる気も何も起きないから、そのままの姿勢で彼の帰りを待ち続けた。

結局、夫が帰って来たのは深夜一時をすぎた頃だった。感情的にならないように自分を抑えながらクローゼットの方へ歩いて行く彼を追及すると、立ち止まった彼はネクタイをゆるめて振り返り、いつもと同じ、のんびりした口調で言い放つ。

「トーコちゃん、いつか会社辞める予定なんでしょ？　何が問題なの？　俺たちは家族なんだ。俺がこの企画で出世すれば、きみの懐だって同じように潤うじゃないか」

夫の顔には、うつろな瞳が二つ並んでいた。

それから急に私は今まで見ていた夫と、目の前の彼が同じ人だと感じられないようになってしまった。まるで私の目玉をそっくり入れ替えたのかと思うほどだった。

この人はいったい誰なんだろう？

どうして私は、いっしょに暮らしているんだろうか。

ふくらみ続けた私の違和感は、結果として私たちの離婚を招き、最終的には私の離職にまでつながってしまった。


ワンルームへ引っ越してすぐ、母親から電話がかかってきた。

――この大ばかっ！　結婚なんかするんじゃないって何度も言ってやったのに、魂子は魂子で沖縄の男に勝手について行って……、聞いているの？　闘子？　闘子？

過激な女性運動家として、いろいろな意味で新聞や雑誌に取り上げられることがある母親だった。母に助けられたと言っている人がいることももちろん私は知っていた。だから母の活動を誇らしく感じているところもある。けれど家の中では、外の他人に見せる顔とまったく違う、嫌な母親としての面を多く見ていたから私は正直うんざりしていた。母は外であれこれ頑張って、そこで受けたストレスを、躾やマナーや教育といった方便を利用して「長女だから」という理由だけで私にぶつけてきた。いくら態度で拒んでも、母は自分の付き合っている男を私に紹介してくることもあった。「この人と付き合うのはやめてほしい」「そんな時間があるなら私を見てほしい」と言葉にして伝えられるほどの勇気を私は持っていない。言っても無駄だという絶望を何度も味わっていたからだろう。

血のつながった父親と、私は一度も会わせてもらったことがなく、物心ついたときには母と私と妹の三人暮らしだった。それにしても自分の娘に「闘子」と「魂子」なんて戦時中でもあるまいし、よく名づけられたものだと思う。そして当の母は玲子という、ごく普通のきれいな名前を持っている。

いつまでも母は、受話器の向こうでがなり立てていた。私が何か失敗して落ち込んでいると、そこへさらに追い打ちをかけてくるところは、昔とまったく変わっていない。

「私が何をしようが、あなたには関係ありません」

そう言って固定電話を切ると、携帯の電源も落としてしまった。

電話を取らなければよかった。でも……。

母親からの電話だとうすうすわかっていたのに受けてしまったのは、まだどこかで頼りたいという甘えがあったからだろうか。そんな様だから夫の裏の顔にも気づかなかったのだ。するとあらゆる出来事は、起こるべくして起きたことなのかもしれない。

ああ、と気分が塞ぎながらも、私はすぐ横のクッションに座っている子猫の顔を見た。

それは、まだ手のひらに乗るくらい小さな子猫だった。

三日前の晩、近所のコインパーキングの隅で震えている、白地に茶色のブチ模様のこの子を見つけたのだ。

子猫は調理用の汚ないざるに入れて捨てられていた。捕まえようとすると驚いたらしく、ポーンと自分の身体の三倍近くの高さを飛び上がり、そのあと車の下に逃げてしまったので、おびき寄せるときは苦労した。

猫用の缶詰を皿に入れてレンジで少し温め、ふたたびコインパーキングに戻って車の下に置くと、お腹（なか）がすいていたのか這（は）うようにしながら出てきてくれた。しかしフンフンとにおいを嗅（か）いでいるばかりでなかなか食べようとしない。そこをがばっと手で捕獲し、動物病院へ連れて行った。

「元気そうに動いているけど衰弱が激しいから、あと数日でしたよ。人間も熱があると食べられなくなりますよね。それと同じ、危なかったね」

医師はオスの子猫の顔を覗き込んだ。猫は、「ポーン」と高く飛び上がったことからポン助と名づけることにした。

ポン助は猫風邪をこじらせたせいで左目が白濁し、すでに見えないようだった。病院でも「こっちの目は残念ながら戻りません」と告げられていた。

「ポン、ポン助」

名前を呼ぶと小さな顔を上げ、にゃあにゃあとしきりに高い声で応えてくれる。

母と娘、夫と妻。同じ屋根の下で暮らすには、その距離の近さが私には苦しく感じられる。けれど違う生き物同士なら、互いの弱点を補い合って、ちょうどいい関係が保てるかもしれない。

ポン助が顔を舐めてくれるまで、私は自分が涙を流していることに気づかなかった。

そうして始まった子猫との共同生活をきっかけに、まずは長年愛用していた独特の香りがする化粧品や香水をすべて捨ててしまうことにした。猫は強いにおいが苦手らしい。

新たに購入した化粧品は無香料のものばかり。その紙箱や容器に書かれた説明文――読むだけで効いてくるような、少しうさんくさい不思議な文章――を床に寝そべりながら追っていると、隣にきたポン助が、私の顔に自分の顔を擦りつけてのどを鳴らしてくる。

身体は小さいのに、ブルンブルンという音がとても大きい。目を閉じると、皮膚の奥までかすかな震動を感じ、ふと安堵をおぼえる。

ああ、古い化粧品を捨ててよかった。お金がかかったけど、それ以外にも夫を連想させるものはすべて新しいものに替えてしまってすっきりした。窓を開けるとカーテンがはためき、やわらかな陽ざしと新しい風を浴びるように迎え入れる。今日から全部仕切り直し、どん底にいるのはもう終わりだ。

そんなふうに心から思える日が訪れるなんて、当時の私には奇跡に等しいことだった。

三十五という、当時転職するには微妙だと言われていた年齢で私はなんとか彩明ホームに再就職し、最初は広報部へ配属された。けれど新しい職場に慣れるのは簡単ではない。朝から晩までなかなか気を抜くことができなかった。

急に髪に白いものが交じるようになったのは、やっと仕事に慣れてきたかと思った頃だった。もともと白髪の多い家系だというのもある。生活の変化がめまぐるしかったせいもあるだろう。鏡の前で気づいた途端、たちまち前髪を中心に白いものが広がっていった。

年月が、駆け抜けるようにすぎていく。そして再就職から七年が経過し、四十二になる頃、ずっと温めてきたある提案を会社に出すことにした。

当時直属の上司だった今の常務に、「この会社も障害者枠の採用をしたらどうか」と進言してみたのだ。

健常者に比べて苦手なことがあるというのなら、その分きっと別の分野で抜きん出たものを持っているだろうから、うまく活用すれば会社に貢献してもらえるのではないだろうか、と、会社側には伝えた。ヒントはポン助だった。彼は片目が見えないが嗅覚(きゅうかく)と聴覚(ちょうかく)が鋭敏である。

予想通り、上司はこちらの提案に渋っていた。しかしあるとき急にGOサインが出た。その裏には、体裁として障害者雇用を始めた企業が増えている当時の背景があったようで、我が社も遅れてなるものかという勢いに乗ったのかもしれない。

「それなら水元くん、私といっしょに面接に立ち会いなさい。きみは広報から外す」

「え――？」

「総務の部長がもうすぐ定年になる。今の総務部は仕事が遅い、些細なミスも多い。だからきみ自身が今度、そこへ部長として立ったらいい。障害者枠採用の人間を総務でうまく使えるか言い出した人間こそがやってみるんだ」

　そこで私の頭をよぎったのは元夫との間に起きた出来事だった。あのときもこうして自分から提案を出し、実現した。しかし結果はあの有様である。

　私は自ら行動を起こすことに臆病になっていた。失敗を予想すると、追い打ちの電話をよこす母親の顔が浮かんでくる。いや、こうやって何かを恐れたままでいたら、今後自分は何もできない人間になってしまうかもしれない……。

　だからきっぱり頭を切り替え、私は新たなプロジェクトに立ち向かうことにした。

　障害者枠として採用した三人は強いクセを持つツワモノばかり、最初はトラブル続きだった。けれど自分の思い込みを一つずつ外し、斎木、飯野、蓮沼の三人をそれぞれ観察してみると、よくわかる。

　たとえば斎木くんは会社のシステムを少し触っただけで、その構造をあっという間に理解してしまう。一方でナマの人の顔を判別するのは苦手なようだった。しかし「カメラアイ」という特殊技能を持っていて、驚いたことに文章や写真などの静止画は瞬時に脳に焼きつけ永久保存してしまう。

飯野さんは対人面の緊張が強いので、電話などの対応は得意ではない。けれどタイピングが速くて入力も正確で、資料の理解・分類などの事務処理にすこぶる優れていた。

蓮沼くんは集中力がないのがネックだ。でも大らかな性格がいい。彼の車椅子が段差をうまく越えられずに横転したとき、他の部署の社員たちまで慌てて駆け寄ってきたのには興奮した。彼には他人の小さな善意を引っぱり出す天賦(てんぷ)の才があるらしい。蓮沼くんは助けられてもへりくだらない。どーもどーもと軽く言って、「当たり前でしょ」という顔をしていられる。そこも魅力的だった。

障害者枠は「特別な才能がある人たち」という前向きな意味をこめて、「特別枠」と改めた。そして例外だらけの新しい総務部は私自身も含め、ますます《さいはて部署》と言われるようになっていった。

けれどその一方で総務部はけっして地味な裏方ではないと、もちろん私は思っていた。会社のすべてに目を配り、大局に立つことを任されている縁の下の力持ち。それが彼らであって、黒子がいなければそもそも人形は動かない。

時間はかかってしまったが、最終的に新たな総務部はかつての倍近い効率で仕事を処理できるようになっていった。

そんな噂(うわさ)を聞きつけ、やって来たマスコミのインタビューに答えたのは、現在の常務だった。

「すべて私の見越した通り。まあ、最初はいろいろありましたがね」

ワッハッハ、といつもの調子で笑っている。

「なにあれ。全部押しつけてきたくせに、結局自分の手柄にしてるじゃない。いいの？」

同世代の女性社員が聞いてきたが、「放っておけばいいのよ」と私はゆっくりたばこの煙を吐き出すように言った。

元夫のことを思い出す。彼もまた、この常務のような考えだった。社員は家族、家族同士が手柄を共有するのは当たり前のこと。

私は社員が家族だなんて、けっして思わない。でも、もういいのだ。

斎木くん、飯野さん、蓮沼くん。彼らに自信を持って働いてもらえる場を提供できたのなら、それで充分ではないか。ポン助が家の中を元気に跳んで走り回っているのと同じように、私だって彼らのおかげで、ひとまず自分の居場所を見つけられたのだから。

しかし他方で、縄井くんの敵意は増したようだった。私のデスクに書類を置くと「あの人たちのおかげで」と言って後ろの三人を目で示す。

「僕の負担は逆に増えましたよ。これしきのことで調子にのっていたらきっと足をすくわれる。僕はあなたのやり方、認めていませんから」

と彼は洩らし、自分のデスクに向かうとギザギザになった爪の先を別の指で触っている。

二

毎週土曜の夜だけ私は、新宿ゴールデン街の店で働いている。

もちろん会社には秘密にしていた。

プラスチック容器に入っているのは家で作ってきた酒のアテで、にんじんのサラダ、白和え、筑前煮。これらを私は次々と店の小さな冷蔵庫に移していく。

壊れそうな丸椅子に五人も詰めて座ればいっぱいの、五坪の狭苦しいカウンターだけの店だった。小さな木の看板を外に持ち出し、ドアの前にぶらさげる。

《バー・ポン助やってます》

正確にはここは私の店ではなく、同級生が夫婦で経営する店の一つだった。実は六年前からふとしたきっかけで、私は土曜の晩だけここで店長をやるようになったのだ。

壁に貼りつけられた鏡を覗くと黒髪のボブで赤い口紅を塗った自分が映っている。会社のときの風貌とは別人だから、笑ってしまう。めがねはかけず髪はウィッグで、酒を扱う店のTPOに合わせ、化粧はそれなりにのせている。

家から持参した大きなバスケットをカウンターに乗せると、「おいで」と呼びかける。中からのっそり出てきたのはポン助だった。

彼はカウンターの端に置いてある、木製のざるの中ですぐさま丸くなる。耳元で音がするのは気の毒だからポン助の首輪には鈴をつけていない。その代わり、ざるに鈴を結んでいて、忍び足が得意なポン助がざるの定位置から動いたときは、こちらがわかるように鈴が鳴るという仕組みになっていた。

開店の六時を迎えると、お客さんが次々と入ってくる。

「ポンちゃーん！　一週間ぶりだね。会いたかったあ」

「ポンやあ、これこれ」「ねえ、肉球触ってもいい？」

ポン助はあっという間に猫好きの女子三人に囲まれている。ここは新宿、眠らない街……と言いたいところだけど、土曜の晩だけは眠ってばかりの猫がいる「猫バー」へと変身するのだった。

「ちょっと、私のこと忘れてない？」

えーっ、と女子たちの声が返ってくる。

「忘れてませんよ、トーコさん」

「でもこの店の店長、ポン助ですよね」

ざるに入ったままのポン助は、たくさんの手でもみくちゃにされている。よほどひどいことをされない限り、自分のにおいが染み込んだすり鉢状のざるが落ち着くらしい。

ちなみにこの店で、私はカタカナの「トーコ」で通っている。

「本物の招き猫ですね」

スーツを着た、常連の四十代の男性が私の前に座った。

「石切山さんは、いつもの？」

「はい、でもトーコさんが作ってくれるなら僕は角だって、いやいやなんだって飲みますよ」

「それはどうも」と、にっこり返す。

この店でよく出ているのは角瓶。だけど石切山さんは「いつもの」ジョニーウォーカー黒ラベルの水割りを飲んで、牛肉のしぐれ煮を美味しそうに食べている。

箸に添えられた長く美しい指には指輪がない。でも毎回アプローチが少し前のめりだから結婚している男なのかも、と適当に予測を立てる。

「今日もお仕事帰り？」

「はい、もうへとへとです。この店に来るのだけが僕の楽しみですよ」

土曜に出勤する仕事、するとサービス業だろうか。しかしそれ以上はあまり詮索しないようにしている。猫好き女子たちも私も、みんな東京とかせいぜいこの店に通える程度のどこかに住んでいるのだろうということ以外、互いに何も知らないし話さない。あえて空白を探らない雰囲気があるからこそ、私も気楽に変身気分を楽しめるのだろう。そうじゃなかったら週休一日なんてやってられない。

「オー、みなさんイラッシャーイ」

開いたドアの向こうから大声を出したのは同級生の夫、ジャックだった。彼は丸太のような腕に茶色の毛がもじゃもじゃと生えている、琥珀色の目をしたカナダ人だ。

「石切山サン、いつもジョニ黒飲んでてかっこいいねえ！　ボクの名前は知ってる？」

「ジャックさんですよね」

石切山さんは、大きな身体を丸椅子と壁の間に無理矢理ねじこませようとしているジャックに背後から肩をつかまれ、迷惑そうな表情を向けている。

カウンターに並んで座る猫好き女子の二人がジャックの放った冗談に大きな声で笑った。しかし残りの一人は入口のドアの反対側、カウンターの端でポン助を撫でていた。

だがポン助は機嫌がよくないのか、「もう触るな」とばかりに体勢を変えてしまい、ざるに結ばれた鈴がチリンと鳴った。

「仕事はどう？」

私が声をかけるとまだあどけなさが残るロングヘアーの女の子は、「たまに死にたくなったりします」とにこにこしながら言う。

「でも、このお店に来てポンちゃんとトーコさんに会えると思えば、なんとか乗り越えられる」

「それはちょっと責任重大ね」

言葉の重みがのしかかる。どう言ってあげたらいいのかと、私は自分の中を模索する。

「でもね、あんまり無理したらダメ。死にたいなんて、普通に生きてたら本当は感じる必要がないことだから、そんなふうに感じるってことは……」

私と目が合った女の子はふいに頭を振って長い髪をゆらすと、うん、わかってるとつぶやいた。

「自分を大事にできない人は、他の人も大事にできないって聞いたことがある。だからトーコさんも無理しないで」

ええ、そうね、と私は頷いて小さなキッチンの方へ向き直った。

動揺したせいか、危うく棚から手にした食器を落としそうになる。

「おっと」

近くに立っていたジャックが手を伸ばし食器を受け止め、また棚に戻した。それから耳打ちする。

「トーコさん、一人でやってて危ないこと、ないですか」

「まあ、今のところは」

カウンターの下にある警報ボタンを見る。初めは歌舞伎町(かぶきちょう)の、手を伸ばせば触(ふ)れられそうな狭い店で、一人で接客するのは怖いと思ったこともあった。だが今となっては慣れたものだ。両隣にたくさん店が並んでいるから、何かあったときは助けを求めることもできるだろう。

「市美(いちみ)は元気？」と、私は同級生の名前を出した。

「元気げんき。もう子供も三人だから、キモイ母さんだよ」

「キモイって、違うでしょ。肝っ玉母さん」

「そう、それだね」

しばらく場を盛り上げてからジャックは近くにある自分の店へ戻って行った。

お客さんが全員引いたのは、朝の四時をすぎた頃だった。

このあとは猫も入店可能な喫茶店で朝食を摂(と)って、それから始発で帰るのがいつもの順番だ。

「イタタ」と洩らし、腰に手を当てる。

さすがに深夜出突(でず)っ張(ぱ)りの立ち仕事はきつい。客と接している間は疲れなど忘れているけれど一人になった途端、やはりドッとくる。

今は私の銀行口座から、認知症を発症した母の有料老人ホームの入所料金が毎月容赦なく引き落とされている。

女一人と猫一匹だけなら会社の給料だけでやっていける。しかし母のことも含めると私はどうしても収入面が不安だった。母の入所しているホームには、母の介護保険を使えば済むのだが、この先何があるかわからない。沖縄にいる妹夫婦は子供がいて借金もあるらしいからアテにもできない。

だからこの店の店長を一日だけでもやってみないかと同級生の市美に持ちかけられたときは、まだ総務部に入る前だったのもあって、ありがたいと思いすぐのってしまった。そして、いけないと思いながらも今日まで店を手伝っている。

鼻歌を歌いながら片づけを済ませると、ざるのベッドで寝ていたポン助に「お疲れさま」と声をかけ、バスケットの中に入ってもらうと表のドアの鍵をかけた。鍵はこのあとジャックの店まで返しに行く。

「よいしょっと」

バスケットを持ったら、バッグの重さと合わせて、ずっしりと膝(ひざ)に響く。

「少しダイエットしたほうがいいんじゃない?」

ポン助に声をかけると、ふにゃあ、とバスケットの中からやる気のない声がした。ああ、眠気で目の前がふらふらする。

ゴールデン街の一角から出てホストやホステスがたむろする場所を抜けると、駅に近いラブホテルの横を通りすぎる。ふと朝日のまぶしさに目を細めたとき、何者かによって、突然背後から強い力で抱きすくめられた。

そのままずるずると私は身体ごとビルの裏の暗がりへ引っ張られていく。驚きと、あまりの恐ろしさで頭が真っ白になって我を忘れた。が、少し気を取り直すと必死になって腕を振り、もがきながら、少しでも暗い場所から出ようと前に進み出る。けれどまた、後ろへ引っ張られる。その繰り返しの中で、手に持っていたバッグとバスケットが千切れるように吹っ飛んで、どすん、と地面に強く打ちつけられる音がした。

「あっ、ポン！」

声を出した途端、背後の相手は身体に回していた手をすぐさま私の口に強く当てた。

「僕です！　だから騒がないで」

後ろから男は覆いかぶさるようにして私の身体の自由を奪っている。そして一方の手で、ますます私の鼻と口を塞いでくる。その息苦しさに本能的な恐怖をおぼえ、ふーっ、ふーっと夢中で肩と胸を上下させた。真後ろの男もまた呼吸があがっているようだった。耳のそばに酒臭い息がかかり、

「ずっと待っていたんです。だから、トーコさん、あの」

と発する声はさっき店にいた石切山さんのようだった。

理解したのと同時に私の目の端が、前方の、のそのそと動くものをとらえた。倒れたバスケットのふたが開いて、ポン助がそこから這いつくばって表に出ようとしている。

あっ、と思う間もなくポン助の横すれすれを車が通りすぎ、飛び上がるようにして彼は繁華街の方へ走って行ってしまった。

――ポン！　ポン助っ！

男の手の下で私は言葉にならない悲鳴をあげた。

しかし後ろの相手はしきりに息を荒くし、こちらを捕らえることだけしか意識にないようで、猫が逃げたなんてまったく気づいていない。

私は背後の相手をとらえようと首をひねり、やめてくれと必死にもがき、全身からメッセージを送る。だがこちらが抵抗すればするほど相手の力は強くなる。呼吸の苦しさから頭がぼんやりしてきて、死ぬかもしれないと感じたせいだろうか。もう私には、諦めたように脱力し、しばらく身体をぐにゃりと弛緩させることしかできなかった。

すると相手は怯んだようだ。口元を覆う手の力がわずかにゆるんでこちらの様子を確かめるような仕草を見せてくる。

それで私は少し顔を上げ、

「ちょっと、なんなのこれ……」

と、こもった状態ながらもやっと声が出た。

身体に力を入れない分、不思議と頭が冴えてくる。どうして私がこんなことされなきゃいけないの？　ふざけんじゃないわよ。

腹の底からふつふつと冷めた怒りが湧き上がってくる。するとこちらの憤りに水を差されたかのように、身体に回った手がさらにゆるんできた。その隙を狙って私は大きく両手を上げるような動きをし、相手の手や腕を一気に振り払うと逃げるように前に踏み込んで、少し離れた場所で振り返る。

「さっきからやめろって言ってるんだから、いい加減にしてよっ！」

私が悲鳴に近い声をあげると石切山さんは凍りついたように立ち尽くし、驚きとも怯えとも取れる目を向けてくる。その被害者めいたおののきに、今度、血が逆流するほどかっとなったのは私のほうだった。

バスケットを指さして歯ぎしりするような思いで訴える。

「猫が逃げたじゃない！　どう始末つける気なのっ？　ちょっと、黙ってんじゃないわよっ」

詰め寄るように迫っていくと、後ろへ引いた石切山さんは今度、光を失ったような目を当ててくる。

そこで気づいた。

揉み合っているうちに私のウィッグが外れたらしい。

目をそらした彼はわずかに下を向いて、喧嘩のあとで子供が手を払うような仕草をし、顔をゆがめて舌打ちした。

「なんだ、ババアかよ」

「おはよう」

総務のみんなに声をかけてから、自分のデスクに向かった。

右手に総務部リーダーの縄井くんと武下さんが横一列に並び、左手の壁を背にして手前から飯野さん、蓮沼くん、斎木くんと座っている。

「いつも早いのに、今日は遅かったですね」

と言って書類を渡してくる縄井くんを見上げると、ええ、と私はそのまま認めた。彼はジャケットから覗く私の両手首の痣を目ざとく見つけたようだった。しかし何も言わず、何か意味を込めるように眉を上げている。

一昨日の夜、猫好き女子の一人と交わした会話を思い出す。

自分を大事にできない人は、他の人も大事にできないって聞いたことがある。

死にたいなんて、普通に生きてたら本当は感じる必要がないことだから、そんなふうに感じるってことは……。

無理をしている。そう、私もあの子と同じように自分に合っていない、無理なことばかりやっているのかもしれない。だが同時に、私があの店を手伝いたいと思ったことと、暴行を受けたことはまったく関係ない、と自分に言い聞かせる。あんな場所で女が働いていたから危ない目に遭ったんだというのは、この世にありふれている詭弁にすぎない。

日曜の早朝、結局あの男は走って逃げて行ってしまった。

それよりポン助である。電話を入れてやって来たジャックのもとに、上の子を連れた市美も交じって、私も含め四人で半日かけてポン助を探した。

市美と会うのは久しぶりだった。そして長い時間探したあと、市美の小学生の長女に「今日は学校お休みでしょ、もういいから」と伝えたのだが、彼女はポン助が好きだからと言って、結局暗くなるまで手伝ってくれた。

今回受けた被害は交番に届けた。しかし事件は「未遂」で、いなくなったのは「猫」にすぎない。警察にのらりくらりと質問されている間も私は、ポン助が遠くへ行ってしまうような気がして、落ち着いていられなかった。

私は家にいない時間が長い。だから土曜の晩まで一匹でいさせるのは気の毒だと思い、店に連れ出したのが間違いだった。人と暮らしているポン助が、新宿なんて雑多な街で生き抜くことができるのだろうか。しかもポン助は十二歳と高齢で、左目も不自由だ。

こんなとき私にパートナーがいれば、ポン助を任せて少しは仕事に集中できるのだろうか。もしいなくなった子が人間なら、会社を休む選択もあるのだろうか。どうして猫では許されないのだろう？　同じ屋根の下で暮らす家族なのに。

考えても詮ないことばかり浮かんでしまう。不安を悟られないように私は仕事を進める。上に立つ人間が動揺していたら、その波は部下に伝わるだろう。チームの雰囲気を上司が崩すなんてありえない。堂々としていないと……。

深呼吸をし、気持ちを切り替えてから武下さんを見た。

彼女が総務に来てから一カ月が経過していた。武下さんはすました顔で仕事を進めている……かと思いきや、すれ違ったとき、彼女のシャツの襟の内側が少し汚れているのが見えてしまった。実は今日だけではなく、ここ一週間ほど同じようなことがあったから気にかかっていた。

「縄井くん、ちょっと」

と彼を別室に呼んだ。

「武下さん、どう？」

「普通にやってますよ、見た通り」

「見た通りって……」シャツのことは伏せたうえで伝える。「前より顔色が悪いし、なんだか疲れてるような感じもするんだけど」

「そうですか？　何を教えても本人は『できる』の一辺倒だから、大丈夫なんじゃないですかね」

とぼけた顔で当たり障りのないことしか言わない。後輩のことで責任を負いたくないのかも、とつい疑ってしまう。

昼休み、市美から届いたメールを開けるとポン助の写真の下に《猫探してます！》と幼い字で書かれたポスター画像が添付されていた。市美と彼女の長女が共同で作ってくれたらしい。「子供の字のほうが同情を誘うでしょ。あきらめないで」とメールには書かれていた。ポスターは歌舞伎町じゅうに貼るのだという。

「ありがとう」

返信を打ち、小さな液晶の向こうにいるポン助を見たら、鼻の奥がツンとした。

ポン助、いったい今、どこで何をしているの？


全員の仕事をチェックしていると、提出する書類の締切が守れていないのは武下さんだけだった。

当の彼女は今日も平然とパソコンに向かっていて、どう見てもサボっているようには見えない。少し目を充血させ前のめり気味にキーボードを叩いているところなど、むしろ必死さがにじんでいる。

夜も七時をすぎて他の社員たちが帰っても武下さんは帰ろうとしなかった。私は彼女の隣の、縄井くんの席に腰かける。

「保険の書類の提出が二日も遅れてるの、わかってる？」

すぐに彼女はあたふたと机上をかき回す。が、さまざまな書類が散乱していた。これでは細かい作業などとてもできないだろう。

「今やってる仕事、全部見せて」

私が伝えると、武下さんはたちまち目をむいて勝ち気な表情を見せる。

「でも、あれは、あの……」

「口答えするんじゃない。見せなさいって言ってるの」

書類やファイルの山をごっそり奪い取って、私は問答無用で仕分けていく。終わっている仕事、まだ途中の仕事、締切をすぎているうえに滞っている仕事……。

「こっちの書類のほうが締切は先でしょ。なのになぜ後回しにすればいいものを今やっているの？　きちんと優先順位をつけて締切の早いものからやっていきなさい。じゃないと結局、総務どころか会社全体に影響することになるのよ」

「はあ」と、くちびるを少し尖らせている。

「もしかして、何か困っていることがあるの？」

いえ、と断言して目をそらす。「全然、そんなことありません」

「なぜそんな虚勢を張るの？　何があったのか知らないけど、ここはあなたが勤めていた前の会社じゃない。新しい職場、新しい環境、新しい人間関係なのよ」

はっとした色が、武下さんの顔によぎった。

何か思うところがあったのか、うつむいて固く口を結んでいる。

「早く言いなさい。私だって時間があるわけじゃないの」

深刻な感じを与えないように、あえてふざけた口調で自分の腕時計を叩いてやった。

「あの……会社のシステムで、少し、わからないところがあって」

「縄井くんに聞いたらいいじゃない」

武下さんはリップも塗っていない乾いたくちびるをかすかに嚙むと、

「縄井さんからは、『一度しか説明しない、二度目はないから』って言われて、もう、聞けないですし」

私は小さくため息をついた。

そんなことを言われたらプライドが高い彼女は、二度と質問なんてできなくなるだろう。縄井くんは何を器の小さいことをほざいているんだろうか。武下さんの高飛車な態度が気に障るから意地悪をしてやろうと思っているのかもしれないけど、彼女の仕事が終わらなければその分全体に遅れが生じるかもしれないっていうのに……。

そこまで考えたところで私は少し笑った。

縄井くんはともかく、私自身はどうだろう。

水元さんは上から目線だ。

と、車椅子に乗った蓮沼くんが陰で言っていたらしい。

縄井くんのデスクには、小さなお子さんを抱っこした奥さんの写真が額に入れて飾られている。私は、縄井くんの意見をちゃんと聞かずに、特別枠メンバーに肩入れしすぎたのかもしれない。縄井くんと私、二人の妥協点を探した。

椅子をくるりと回し、私は武下さんの方を向く。

「システム関係は斎木くんが詳しいんだけど、彼には聞いた？」

「えっ」

露骨に身を引いたその顔には「斎木が苦手だ」とはっきり書いてある。だが構わずに続ける。

「そうそう、明日聞いてみたらいいんじゃない？　じゃあこの書類の締切は明後日に延ばすから、今日は帰ってゆっくりお風呂にでも浸かりなさい。一人暮らしでしょ？　洗濯ものとか、たまってるんじゃないの？」

「そんなことありません！」

「まだ言うか。早く帰りなさいって言ってるの」

武下さんの背を一度、強く叩いてやった。

すると鞄をたぐり寄せ、「お先に失礼します」ときっぱり言い残し、やっと帰って行った。

頭がよくて勉強もできる、向上心の強い努力家なのだろう。しかし一方向の努力だけではうまくいかないことが、この世にはたくさんある。もしかしたら苦しんでいるのかも。前の会社で何があったのか透けて見えるような、見えないような……。

さて、と私は気持ちを引き締める。このあとはポン助探しだ、と、社屋を出てから歌舞伎町方面に向かう地下鉄に急ぎ足で乗った。

終電近くまで探したが、結局ポン助は見つからなかった。

あの子がいなくなってから今日で三日。声が聞こえたような気がするたびに、そんなわけはないと思いながらも自宅のドアを何度も開け、外を確かめた。

お腹がすいているだろうか。ちゃんと眠れているのかな。ノラ猫からいじめられたりしてないかな。でも、もし車に轢かれていたら……。

首にマイクロチップを入れているから保健所に保護されたときは連絡が来るはずだ。けれどスマホには知人以外から着信はない。

悪い妄想はいくらでも湧いてくる。

パソコンのキーボードから手を離し、こめかみを揉んでいると、

「僕は自分の仕事をやっているんです。話しかけないでください！」

と神経質な声が飛んできた。

「私、ただ質問しただけなんですけど」

斎木くんのそばに立っていた武下さんは目を潤ませ、いったん私を見てから悔しそうに口をゆがめている。

果たして助け船を出すべきだろうか。迷いながら二人の方を気にしていると、武下さんは裾の長い真っ黒な服を着た飯野さんを呼び止めて、彼女に顔を寄せると何か話している

ようだった。よしよし……。

午後四時をすぎた頃、武下さんはもう一度斎木くんに質問をした。すると彼は今度、別人のようにシステムの使い方を教えてやっている。くり返し聞かれても文句を言わず、むしろ細かすぎるほど説明しているようだった。

「水元部長、あの、斎木さんがわからないことを教えてくれました」

廊下を歩いているとき、武下さんが恥ずかしそうに報告に来てくれた。

「この会社は肩書きはつけずに呼ぶのがならわしだから、『部長』はいらない。斎木くんはね、一度に一つのことしかできないみたい。でも仕事は早いから四時になったら全部終わらせてる。つまり気難しい彼も、四時以降なら丁寧に教えてくれるってわけ」

「飯野さんもそんなふうに言ってました」

武下さんの全身から少しこわばりが抜けたようだった。

ツンとした虚勢の皮が弾け、その下からあどけない素直な顔が現れたような印象を受ける。そんな彼女がぼそっとこぼす。

「世の中には、いろんな人がいるんですね」

すると私たちのすぐそばに、いつのまにか斎木くんが立っていた。

彼はいつも水玉模様がついたものを身に着けているから、それがお気に入りなのだろう。今日はネクタイが水玉柄だった。

「水元さん、さっきからずいぶんと上司らしいことをおっしゃっていますが、ご自分が今日、眉毛を描き忘れているのをご存じですか」

「眉？　えっ、私が？」

思わずひたいを手で隠す。今朝は寝坊をしたので確かに慌ただしかった。そして化粧の詳細についてはあまり記憶が定かではない……。

武下さんは少しうつむいて、ばつが悪そうに目をそらしている。

つまり気づいていたのだろう。

「そう、たとえるなら、今日の水元さんはまるで額縁のない絵のような、ぼんやりした顔をしていらっしゃいます」

斎木くんの容赦ない指摘に「ちょっと、失礼ですよ！」と武下さんが慌てて声を張った。

「僕はただ、見たままの事実を言っているだけなんですが」

「それは事実じゃなくて斎木さんの主観ですっ」

二人のやりとりを最後まで聞かずに私は小走りで総務に戻って化粧ポーチを持ち出すと、そのままトイレに駆け込んだ。鏡を見たら確かに眉の長さが半分くらいしかないから、お公家（くげ）さんのようだ。

どうして誰も教えてくれないのよ、とイライラしながら眉を描き足し、そういえば、と思い出す。不機嫌そうに貧乏ゆすりをしていた縄井くんが私の方を見た途端、にやっと笑っていたけどこういうことね。

しかしボロが出るのも仕方がないのかもしれない。必死に上司ヅラを繕っているものの、心の中はポン助のことでいっぱいなのだから。

鏡に映る私は頬がこけ、目はくぼみ、睫毛も下がって武下さんのシャツがどうこう言える立場ではない。一度に一つのことしかできないのは、結局私だって似たようなものだった。複雑なマルチタスクなんて、自分には心がいくつもあると勘違いしているようなものだろうから、無理が出るに決まっている。

大きなため息をつくとそのまま膝から崩れ落ちそうになる。

洗面台に両手をついて、必死に不安を飲み込んだ。

事件が起きた翌週の土曜日、「バー・ポン助」はポン助不在のまま開店した。

カウンターに立った途端、背後から自由を奪われたときのぞっとする感覚と、息が吸えなくて死ぬんじゃないかという予感などが渾然となって湧き返り、手が止まった。会社では忘れていられたのに。

「大丈夫？　トーコ」

立ち尽くす私にジャックが聞いた。

「しばらくはボクもいるから、今度あいつを見たらこうだよ」

ジャックは太い腕でがばっと首を絞める真似をする。

またあの男が来るかもしれないという恐れがないと言ったら嘘になる。けれどもう姿を見せることはないような気もした。サラリーマンなら下手な事件で世間に名前が知れるのを恐れるはずだ。しかも被害を与えた相手は女子高生などではなく、五十間近の女なのだから。

店に来るまでの間に、ポン助を探すポスターを何枚か見かけた。

このあたりで顔の広いジャックと市美が他の店主たちに頼んで、人目につく場所に貼ってもらったのだろう。だがそれらのポスターを見るたびに、つい目をそらしてしまう。こんな雑多な街の喧騒で猫が見つかるなんて、とても思えないから——。

先週も来たロングヘアーの女の子が今日は一人で来店した。

ポン助がいなくなってしまったので気落ちするかと思いきや、

「ポンちゃんは普通の猫と違うところがあるから、帰って来ると思います」

と意外にもはっきりした口調で言った。

「どうしてそう思うの？」

「トーコさんは、なぜ信じられないの？」

思いがけず強い視線を当てられ狼狽した。

確かに、ポン助は片方の目が見えない分、他の猫より嗅覚と聴覚はずば抜けている。

「ほんとにそう、あなたの言う通り。私が信じないと」

その晩から、ジャックと市美に許可をもらって、ポン助がカウンターでいつも寝ていた鈴のついたざるを店の外に置かせてもらうことにした。紛失しないように入口横の柱に紐(ひも)で結んでおく。

猫は自分のにおいが染みついたものを好む習性がある。この界隈(かいわい)に店は数え切れないほどあるけれど、においのなじんだざるを置いておけば――ここが自分の帰る場所だと気づいてもらえるかもしれない。

三

新人だった武下さんも、だいぶ職場の雰囲気に慣れてきたようだった。

彼女はもう、隣に座る縄井くんに質問をしようとしない。露骨に避けている感じもある。

その代わり、わからないことがあるとすぐ私に聞いてくるようになった。

「水元さん、この資料なんですけど」

休憩室にまで質問に来た彼女に、あえて伝える。

「私にばかり聞かないで、他の人にも聞きなさい」

「あっ、すみません。お忙しいですよね」

横を向いて顎をツンと上げると、すぐさま立ち去ろうとする。人を頼ることに慣れていないから、忠告を注意と取り違えたのだろうか。

「待って」と、武下さんを後ろから呼び止めた。

「忙しいとかそういうわけじゃなくて……、もしかして友達って少ないほう？」

カチンときたらしい。すぐ顔に気持ちが出るからわかりやすい。

「友達が少ないのがよくないって言ってるんじゃないの。私だって多くないもの。でも、ここは会社なのよ。話しにくい人もそうでない人もいる。とにかく同じ人ばかりに聞くんじゃなくて、このまえの斎木くんのときみたいに、いろんな人に聞いてみたらどう？」

武下さんはまだわからないといった様子で眉を寄せている。

「リスクは分散させなさいってこと」

「それならわかります。水元さんがご不在の場合でも、対応できるようにしておけってことですよね」

「まあ、うーん」

ちょっと違うような、と、苦い気持ちが湧いてくる。

こちらの思いに気づいていないであろう武下さんは「ありがとうございました」と目を輝かせて意気揚々と戻って行く。彼女のシャツの襟の内側は、もう汚れていない。たまった洗濯ものを洗う余裕も少しはできたのだろうか。

　紙コップに残ったコーヒーを飲みながら、ふいに元夫との出来事を思い出す。

　十三年前、夫と別れた直後、私は胸の内で彼をひどく罵（ののし）っていた。許せないと声をあげ、泣きながら市美に話を聞いてもらったのもおぼえている。けれど今となっては離婚の原因は、もちろん私にもあったのだとわかる。狭い夫婦関係を築いて、その中で夫を頼って何もかも打ち明けて、というのをくり返していたから。要するに私が精神的に彼に寄りかかりすぎていたのだろう。

　こうして別の角度から過去を見られるようになって、初めてわかることがある。ああ、ここまでひとまず生きてきてよかった。

　味気のないコーヒーを飲み終えると、険しい表情をした常務が早足でこちらにやって来るのが目に入った。

「休憩中悪いね。ちょっと話がある」

　そうして手招きされるまま常務とともに会議室へ入った。

　長机の角を挟んで斜めに向かい合って座ると、常務は陽に焼けた頬をピクピクと痙攣（けいれん）させながら、必死に何かを抑えるように、慎重に話し出す。

　総務部に戻ってから、私はすぐさま会議室に総務のメンバーを集めた。パーテーションの向こうにいる他の社員たちに話を聞かれてはいけないからだ。

武下さんが手を挙げる。

「斎木さんがいませんけど」

「彼は自分のペースを乱されるのが嫌いなの。性格とか、そういう問題じゃなくて、とにかく無理に仕事を中断させると混乱しそうだから今は放置」

早口で告げると武下さんは慌てて口に手を当てる。強く言い返されたときの剣幕を思い出したのだろうか。

私は目前の、一人ひとりの顔を確認するように見回して、込み上げてくる緊張を抑えながら、あえてゆっくりと伝えていく。

「さっき常務から聞いたんだけど、うちの社員の、五百人分の個人情報が他社に洩れたんですって」

えっ、と斎木くんを除いたメンバーはそれぞれ青天の霹靂(へきれき)といった表情を浮かべた。

「怪しげな業者が、他社にネットを通じて、うちの社員の個人情報が入った電子名簿を売りに来た。それでその他社の方が不審に思ってわざわざ連絡してくれたそうよ。上の人たちは、社員の情報を扱うのは主に総務だから、情報は総務から洩れたんじゃないかって疑ってるみたい」

伝えながら、私は順番にみんなの顔色をうかがっていく。

きょとんとしている人がほとんど……かと思いきや、武下さんの表情が暗かった。前におろした片手の指を、もう一方で赤くなるほどにぎっている。

蓮沼くんは何食わぬ顔で、でも、とのんきな声をあげる。

「社員の情報なんて、うちだけじゃない。経理や人事だって扱ってますよ」

「そう、だけど社員の家族の情報もひっくるめて扱ってるのは総務よね。家族についても入ってたみたい。だから、うちが黒に近いと思われてるのかも」

あのー、ちょっとすみませんと縄井くんが首を傾げるようにしながら言葉を挟む。

「武下さん、USBメモリに何か入れて何度か持ち帰ってたよね。あれって個人情報じゃないの？」

全員がいっせいに武下さんを見た。

だが彼女は何も言わず、耐えるように口を閉じている。けれどしばらくしてから、「すみません」と言って頭を下げた。

「持ち帰りました、あの、それで、ネットカフェや自宅のパソコンに挿して使いました」

「どうしてそんなこと……」

まだ状況がよくわからない。なるべく責める口調にならないように私は慎重に伝える。

「個人情報の持ち出しは許可を取るのが決まりだって、言ったわよね」

しかし武下さんは目を伏せる。

「そのときは仕事の遅れを取り戻さなきゃって、とにかく夢中で……」

「持ち帰り残業ってやつ？　必死なのはわかるけど、それでもし会社のシステムにウイルスを感染させて情報が流れたとなったら本末転倒だよ。あーあ、やっちゃったね」

縄井くんが追い打ちをかけるように言った。

責任を感じたのか、武下さんは青ざめた顔を両手で覆う。

「前から思ってたんだけど、縄井さん、なんでそんな意地悪な言い方するんだよ。彼女、新人ですよ」

車椅子から蓮沼くんが見上げるようなかたちで発言すると、縄井くんは肩をすくめてから、見下ろす。

「新人？　関係ないでしょ、中途なんだから。こんなところで感傷ごっこはやめましょうよ。だって五百人ですよ？　水元さん、いったいどうするんですか」

確かに、もし今回の漏洩（ろうえい）が本当に総務の責任だったとしたら、完全に私の進退にも関わる問題だろう。

考えあぐねていると、はっと顔から手を外した武下さんが声をあげる。

「私が責任を取ります！　水元さんが見ていないところで勝手に情報を抜いたのは事実ですから」

「そういう問題じゃないんだよ。上に立つ人間には、上に立つなりの責任ってもんが必ずついてくるんだ、男も女も関係ない」

縄井くんが吐き出すように言うと、ずっと黙っていた飯野さんが弱々しい声ながらも切り出す。

「おっ、女だからとか、そんな話、誰も口にしてませんけど」

繊細な気質の飯野さんは事件の大きさに不安を感じているのか、そわそわと落ち着かない動きを見せる。だが縄井くんはそんな彼女に突き放すような視線を向けた。

「あーあ、だから僕は特別枠なんて初動からあぶなっかしいと思ってたんですよ。水元さんが来る前の総務はずいぶん見下されていたようですけど、さすがにこんなでかい事件は起こさなかった。やっぱりほら、改革ってやつをちょっと焦りすぎたんじゃないでしょうか」

特別枠と今回の件は別なのに、問題を変に雑ぜ返す縄井くんにイラッときて、つい彼を睨みつけてしまった。

「ひとまずその、持ち帰ったUSBメモリがウイルスに感染しているかどうか調べたら疑いは晴れる。あとのことはそれから考えましょう」

「でも、もし感染していたら……」

肩を落とした武下さんが消え入りそうな声を洩らした。

自分より背の低い彼女が、ますます小さく見えてくる。

もし感染していたら。

頭の中に、なぜか母親の声が蘇ってくる。

――闘子、ここは闘うのよ。あんたはこの腐れ切った社会をぶった切ってやっつけて、闘って闘って闘って闘うために私が必死にお腹を痛めて産んだ戦士なの。そう、小さい頃から何度も言い聞かせてきたんだから、わかっているでしょうね。

いいえ、私は闘わない、とその声にはっきりと言い返す。

母の存在を遮断するように私は固く目を閉じる。私はあなたの思い通りにはならない。たとえどんな名前をつけられても、それは私自身とは一切関係ない。私は自分のことを、ちゃんと自分で決められる。

それから静かに目を開け、部下たちの顔を一人ずつ順番に見据えてから、あえて声を張る。

「もし感染していたときは、私が全責任を取ります」

「えっ」

縄井くんが眉をアーチ状に上げた。

私の家は賃貸だし夫も子供もいないのだから、もともと守るものなど何もない。ポン助と、老人ホームに入所している母のことだけが気がかりだったが、大事なポン助を取るのであれば母については切り捨てるしかない。そもそもホームの費用は介護保険だけでやっていける、それなのになぜ私は進んで払っているのだろうか。そう、私とポン助だけなら、退職金でなんとかなるに違いない。

腹を決めたとき、突然、会議室のドアが「バンッ」と大きく開いた。

「今の話、全部聞かせてもらいましたっ！」

斎木くんがつかつかと入って来て、私の前に立つ。

「水元さん、どうぞ僕に命令してください」

「は？　何言ってるの？　斎木くんの仕事は終わったの？」

「時計を見てください、ほら、もうとっくに四時をすぎています。あまりにもみなさんが遅くまで話しているようだったから、僕はこうしてわざわざ様子を見にきたんです。くり返しますけど、水元さん、僕に会社のシステムを暴く権利をぜひ与えてやってください」

「あぼっ……」

と、そこで言葉を止めて私は斎木くんを部屋の外に連れ出した。

あたりに誰もいないのを確認してから、小さな声でたずねる。

「もしかして、ハッキングするってこと？」

「僕はハッキングなんて犯罪行為は致しかねます。なぜなら正当ではない回路から会社のシステムに介入し、悪事をはたらくことは犯罪だから。ですが今回は悪事をはたらくのではなく、悪事を暴くためにあえてハッキングをおこないます」

「何よ、ハッキングするって言ってるじゃない！」

「誰が？」

斎木くんは主語のわかりにくい会話のやり取りが苦手だった。イライラしながら言い直す。

「斎木くんが、自分でハッキングするって、その口から言ってるじゃないのって、今、私が斎木くんに言ってるの」

まったくややこしい。ふむふむと聞いていた斎木くんはふいに眉を寄せると、まさかと言って頭を振った。

「犯罪者の不正に立ち向かおうというんですから、僕とハッカーは月とすっぽん。つまり僕がやるのはハッキングではなく、いわゆるサイバー犯罪対策です。だから僕は水元さんの許可が必要だと言っているんです」

「私の許可？」

「僕は会社に忠実な社員です。上司の命令とあらば、ときには困難な命令にも従うのがまさに会社に忠実な、犬の中の犬！」

犬の中のって……。

「上司といっても僕だって誰にでも従うわけではありません。水元さんは何かあったときは全責任を取ると、さきほどみんなの前で発言されました。それを聞いて僕はいたく感動しました。これぞまさに上司の鑑（かがみ）！　それならば部下である僕は、僕なりの能力をせいいっぱい使って、進んで上司の犬となりましょう！」

やはりよくわからない。でも普段冷静な斎木くんにしてはめずらしく熱がこもっている。しかし彼は曖昧な言葉を理解しにくい性質があるから、あえて具体的な言葉を選びながら伝えてみる。

「わかった。じゃあ斎木くんに、会社のシステムに介入する権利を、私の責任において与えます。ただしこの件は斎木くんと私だけの秘密。絶対厳守よ」

「ありがとうございます」

礼儀正しく頭を下げた斎木くんは、すぐさま総務のあるフロアへ戻ろうとする。と、彼のポケットからハンカチが落ちた。

ちょっと、と呼び止めると不機嫌そうに振り返る。

「これ、落ちたけど」

紺色の水玉がちりばめられたハンカチを差し出すと、彼はスーツのポケットを叩いて空であるのを確認し、両手で受け取った。また丁寧に頭を下げてくる。

「ねえ、私に、斎木くんのことを一つだけ教えて」

「ハンカチを拾っていただいたお礼に、一つだけお答えします」

「あなたって、水玉模様のものをよく身に着けてるから水玉が好きなのはわかるけど、それはどうして？」

「規則正しい、幸福の象徴だからです」

幸福、と私はつぶやく。

「命を表す水のしずく、つまり水玉が無限に増えていくことは幸福の反復です。たとえ小さな出来事であっても、僕のように世の不条理を感じやすい人間には、その些細な幸福が、かけがえのないことのように思われます。僕はこの先小さな幸福が無限にくり返されることを願わずにはいられません。だから自分の幸福を脅かすものとは、しっかり対立するしかないのです」

——小さな幸福の反復。

彼は、今の職場にいることを幸せだと思っているのだろうか。だから私の許可さえあれば総務を守るためにも、犯罪ギリギリの行為をおかして漏洩事件の原因を見つけてやると言ってくれているのだろうか。

少し胸が熱くなった。

「斎木くん、あの……」

「二つ目の質問は受けつけません。集中させてください」

と言って、彼は颯爽と歩いて行ってしまった。

ぽつんと廊下に残された私は、伸ばしかけた手をひたいに当てる。

ま、まあいいけど……。でもさすが私の見込んだ部下、行動が早いわね。

「どうしたんですか。斎木さん、行っちゃいましたけど」

会議室にいたみんながそろって廊下に出て来たので、急いで言い訳を考える。

「今ちょっと、上から緊急で連絡が入ったの。今回の件はひとまず保留ですって。悪いけど、さっきの話はここだけにしておいて。それじゃ解散」

えー、なんだよ急に、とぶつくさ言いながら、みんなは総務に戻って行く。

そこで私は武下さんだけを呼び寄せた。

「USBメモリ、あるなら持ってきて」

受け取ったものをこっそり自分のノートパソコンでスキャンしてみる。

三十分後、腹の底から大きく息を吐いた。画面にはウイルス反応なし、と出ている。

「ちょっとみんな、これ見て。誤解を解くために言っておくけど武下さんのUSBメモリ、感染してなかったから」

縄井くんにも聞こえるように、あえて彼の隣で声を出した。

「ネットカフェなんてアンチウイルスソフトを入れてるだろうから、感染するわけないのよね。自宅だって何か入れてるでしょ?」

はい、と、ほっとしたようにつぶやく武下さん。

縄井くんはこちらを見ようともせず、不機嫌そうに黙っている。

そして夕方の六時をすぎた頃、総務に残っているのは斎木くんと私、武下さんの三人だけだった。斎木くんはたいてい五時半きっちりに帰ってしまう。

だが今日はまだパソコンに向かっていた。カチカチと乾いたマウスの音がするたびに、画面がくるくる変わっていくさまが、彼のめがねのレンズに映っている。いくつもの罠を乗り越えてシステムの内部へ侵入しているのだろうか。しかし堂々と言えない行為をしているのは事実だから、見ているだけでも心臓に悪い。もし今、常務が来たらなんと言い訳したらいいだろうか、と、いろいろ頭をめぐらせる。

「帰ったら？」と私は武下さんに言った。

「でも、まだ作業されてますし、私にも何か手伝うことがあればと思って」

漏洩事件の行方を気にしているのだろうか。

「今日はノー残業デーだから、いいの。他の人はもう帰ったし、いちいち気にしていたら、いつまでたっても帰れないわよ」

すると突然パソコンの電源を落とした斎木くんが、机の上を片づけ始めた。

——五百人分ものデータが洩れた原因は、わかったの？

と、たずねたい思いを必死にこらえながら確認する。

「終わった？　斎木くん」

「いえ」と彼はすっくと立ち上がる。

「お風呂は十時に入るので、僕はもう帰ります」

鞄を片手に携えて、すたすたと出て行ってしまった。

武下さんはあっけにとられている。

「すっごいマイペース！」

「あれがサラリーマンの本来の姿なのかもね」

ぐったりと私は肩の力が抜けてしまった。けれど武下さんは感心したようで、嬉しそうに何度も頷いている。


翌日も斎木くんは朝から内密の作業を続けていた。

代わりに彼の平常業務は私と蓮沼くんと武下さんで手分けしてやることにする。

午後になっても斎木くんの集中力は途切れることがないようだった。邪魔をしないように彼のデスクにそっとコーヒーの入った紙コップを置くと、斎木くんはじろりとこちらを睨みつける。

「僕は朝と午後の二回しかコーヒーは飲みません。前に言いましたよね」

「もう午後だけど」と、壁の時計を指さしてやる。

「あ、ほんとですね。これはこれは僕としたことが、たいへん失礼しました。遠慮なくいただきます」

ふうふうと息をかけ、子供のように飲んでいる。武下さんが「信じられない」という表情で、また斎木くんを眺めていた。

いつものごとく不機嫌そうに仕事をしていた縄井くんが、ふいに嬉しそうな声をあげる。

「あれっ、曽我さん。どうしたんですか」

パーテーションの向こうから男性社員が顔を出し、こちらをうかがっていた。

三十代半ばの、髪を後ろに撫でつけた神経質そうな男である。私と目が合うと驚いたように会釈し、すぐパーテーションの向こうへ消えてしまった。普段この時間、私は会議に出ていて不在にしている。けれど今日はそれが延期になって偶然在席していたのだ。

「あら、何か用事があったんじゃないの？」

「誰ですか、あの人」と武下さん。

「システム管理部のリーダー、曽我良昭、三十五歳。魚座、A型」

すらすらと斎木くんが答え、それから彼は縄井くんの方へ顔を向けて、じっと見た。

「なっ、何見てんだ。というか、斎木くんは昨日からなんの作業をしてるんですか？　こっちは何も報告受けてませんけど」

「私も聞いてませんよ」

武下さんがまず答え、「私も」「僕も」と飯野さんと蓮沼くんが続いた。

「みんな、気になる？」

別に、と言って真顔で首を横に振るのは縄井くん以外の三人。前もって伝えたわけではないのに、不思議と動きがそろっている。

そこでコーヒーを飲み終えた斎木くんは縄井くんの方を向くと、両手を広げ、芝居めいた動きで話し出す。

「縄井さん、前に総務の仕事なんて本当は興味ないって言っていましたよね。あんなのは女子供の雑用だとかなんとかって」

斎木くんはけっして口が軽いわけではない。

ただ「暗黙の了解」といった曖昧なルールがわからないから、「秘密にして」と伝えなければ、彼の中で秘密にならない。

私は腕を組んで縄井くんを見る。と、彼は開き直ったように言う。

「そんな、も、もし言ってたとしたらなんなんだよ」

「興味がない仕事なのに、僕が今何をしているのか興味を持つなんて、縄井さんは矛盾したことを言っています」

紙コップをゴミ箱に捨てた斎木くんは、また画面に視線を戻すと、一心にキーボードを叩き始めた。

夕方、トイレの個室内でスマホを確認すると《ポン助目撃情報アリ！》と題名がついたメールが市美から届いていた。

「嘘っ、やだ、ポン！　ポン助っ！」

個室の外で交わされていた会話が、ぴたりとやんだ。

私が悲鳴をあげたせいだろう。

ここ数日は睡眠時間が少なかったせいか、人目のないところではどうも自制がきかない。情けないほどだくだくと涙があふれ出し、慌ててハンカチで拭いてメールを確認し、胸に手を当てポン助に向かう気持ちを希望の方向へ切り替える。期待をしたらその分裏切られたときがつらいなんて、ケチな考えはこの際なしだ。ポン助はきっと生きている。必ず、元気でどこかにいるはずだ。

個室を出たら、さっき会話を止めた女性社員二人が怖いものでも見るような目を向けてきた。私は何事もなかったように、「お疲れさま」と軽く挨拶して外へ出た。

すると廊下の向こうから、斎木くんが冷静な顔をしてやってくる。

「水元さん探しましたよ。もう五時半だから、僕、帰ろうと思って」

「いいわよ、帰っても。昨日から集中してたから疲れたでしょ？」

「誰が？」

またこれか、と思いながらも答える。

「斎木くんが、って言ってるの」

「ああ、僕のことですか。はい、とても疲れました。お給料に別料金を上乗せして請求したいくらいです。それで、ほら、わかりましたよ」

さらりと言うから思わずたずねる。

「何が？」

「何がというのは、いったいなんのことでしょうか？」

はっ、として私はポン助への思いをひとまず断ち切って、慌てて声を潜める。

「うちの会社のシステム解析よ。斎木くんのハッキング……じゃなくて『サイバー犯罪対策』はどうなったの？」

「ああ、あれは終わりましたよ。僕はすべての理由を解析できました」

斎木くんは目鼻立ちの整った顔の前に、得意気にひとさし指を立てる。

四

「水元くん、縄井くん。急な話なのできみたち二人だけを呼んだが、今日の結果はあとで全社員に報告することになる」

そう話す常務の隣には、六十代半ばの社長がにがにがしい表情で腕を組みながら座っていた。

肌が浅黒くてギラついた印象を放つ常務に対し、丸刈りゴマ塩頭の社長は出家した坊さんのような風貌(ふうぼう)である。

会議室の椅子に並んで座る私と縄井くんを前に、常務が話し始めた。

社員の個人情報を洩らしたのはシステム管理部の曽我良昭だった。曽我はA社の人事に関わる人物から実は引き抜きの提案を受けていて、それは彩明ホームの社員および顧客情報を外へ持ち出し、A社に引き渡すというのが交換条件とされていた。よって曽我は手始めに総務部から抜いた社員情報をA社の人物に渡し、次に別の部署から顧客情報を持ち出そうとした。

一方でA社は曽我を社員として受け入れたのち、彩明ホームにわからないよう、社員および顧客情報を使用するという約束を前もって彼と交わしていた。にもかかわらず実際は、曽我から入手した情報を、彼を受け入れる前にすぐ転売してしまった。

「という顚末(てんまつ)だ。曽我のデスクやパソコンを探したら、いろいろ黒いデータが出てきたよ。だからやつも認めざるを得なかったんだろうなあ。曽我は就業規則違反で解雇した」

解雇、と聞いて隣の縄井くんの身体がびくりとゆれた。緊張しているのか、しきりにまばたきをしている。

「で、曽我に総務部のパスワードを教えたのは、きみか」

「いえ、あの」

縄井くんは言葉を詰まらせながら目を泳がせた。

「この資料に全部出てるんだよ、不審な結果ってやつが」

常務は斎木くんが作成した厚い資料を得意げに手の甲で叩いている。

「先々月は五回、先月は三回。きみのＩＤを使って、曽我のパソコンから不審なアクセスをした形跡が残っている」

「あの、ですがその資料は……どうやって手に入れたんですか」

私に一瞬鋭い視線を送ったあと、縄井くんが常務に聞いた。

「どうも何も個人情報を外に出されたら、こっちだって必死に手を尽くすしかないだろう」

「常務、理由のほうを聞いていただけませんか」

ああ、そうだなと常務は私の問いかけに頷いた。

「悪いのは確かに曽我だ。でも、きみはどうして曽我にパスワードを教えたの？」

縄井くんは何も答えない。

ただ固く口を結んで、言葉を探すようにしばらく下を向いていた。

一枚の紙に目を落としていた社長が、ふいに言う。

「きみ、システム広告部に異動したいって、毎年提出する紙に書いているね」

　やはり彼は黙ったまま。

「ということはもしかして、曽我に何か言われたのか？　それとも媚を売っていたとか。曽我はまだ若いが、立場的には次のシステム管理部の部長候補でしたから、広告のほうとも通じていたようですし」

　社長が同席しているせいか、常務は張り切って縄井くんを追い詰めているようにも感じられる。一方で眉間に皺を刻んだ縄井くんは親指の爪を口元に持っていこうとし、はっとして、慌てて離した。

「僕が……」

　と、彼はふいに洩らし、腿の上で手をぐっとにぎった。

「僕が曽我さんに教えました。そうです、曽我さんにシステム広告のほうへ引き抜いてほしかったからです。社内の人間だからと思って、軽い気持ちでパスワードを教えました。ですが曽我さんが別の会社から引き抜きの提案を受けていたなんて、もちろん僕は知りません。それに情報を社外に洩らすなんて思いもしませんでした」

　社長と常務は机の上で指を組んだまま、落ち着き払ったように目を合わせている。

「きみは、つまり、今の総務に不満があった？」

「はい。そういう気持ちがあったことについては否定しません」

　縄井くんの答えは私の胸に痛く刺さった。たまらず目を伏せる。

けれどそんな思いとは別に、非を認めて開き直ったのか縄井くんは急に声を大きくする。

「確かに、僕は今の総務が気に入りませんでした。水元さんの指導も急なやり方の変更も、僕には無理だ、ついていけないと思っていました。でも僕がそう思うのも当然なところがあります。規則違反の話に戻りますが、水元さんだって毎週土曜に新宿で夜の仕事をしているじゃないですか。曽我さんや僕をどうこう言える立場ではないと思いますが」

一瞬で空気が変わり、社長と常務の視線が私へ注がれる。

思わず緊張で喉が波打った——どうして知っているのだろうか。ここ十日ほどはポン助のことでやたら新宿へ足を運んでいたから、見られたか、それともあとをつけられたのだろうか……。

強い鼓動を落ち着かせるため私は胸を押さえると、横に座る縄井くんをじっと見た。が、目を合わせようとはしない。

「ほ、本当かね、水元くん」

常務が動揺したように聞いた。

私は頭の芯にぽつんと冷たい場所をつくって、それが広がっていくようなイメージをする。そうだ、斎木くんにハッカー行為を頼んだ時点で腹は決まっていたのだ。いまさら隠しても仕方がない。

そんな気持ちが後じさりする自分の背を押してくれた。

「はい、縄井くんの言う通り、事実です」

「夜の仕事って言っても、いろいろあるだろう。いったい……」

「新宿ゴールデン街にある小さなバーで、土曜の晩だけ雇われ店長をやっています。私の同級生が夫婦で経営しているお店で、酒やつまみを出したり、お客さんの悩みに耳を傾けたりする仕事です」

縄井くんは引きつった表情ながらも、勝ち誇ったように胸をそらしている。

「副業か。それにしても新宿ゴールデン街のママとは驚いた。普段の姿から、想像もできないな」

「えらいことをやってくれたね」

と言いながら社長が常務を手招きし、何か耳打ちしたようだった。

ついにきたか。

諦めに似たものを感じたとき、この会社での十二年間の出来事が、私の内で一つひとつくっきりと浮かび上がるように見えてきた。広報時代のこと、総務でのこと。そういえばポン助を拾ったのと同じ年に私はこの会社に入社したのだ。

ポン助と十二年間勤め上げてきた仕事。寄り添うように大事にしてきたものを同時に失うのかと思うとつらかった。だが、失うときは失うのだ、一つも二つも関係ない。いくらしがみつこうが大波がきて、相応の体力がなければ身体ごとさらわれてしまうことだってあるだろう。

「申し訳ありませんでした」

私は深く頭を下げた。

うん、とつぶやいた社長はしばらく黙っていた。

それから「顔を上げなさい」と言って、厳しい顔をこちらに向ける。

「就業規則には確かに、『社外での労働行為は認められていない』と書いてある。だが水元くんの場合、我が社の凝り固まったやり方に特別枠の採用といった新しい穴をうがち、革新と貢献をもたらしてくれたと私は思っている。それに関しては総務の事務能力が以前の倍になったというデータが証明している」

そこで言葉を止めると、社長は硬い表情を崩し、私に少し笑いかける。

「もしかしたら、新宿ゴールデン街のようなさまざまな人間が集まる場所を見つめてきた経験があったから、特別枠の社員を指導することができたのかもしれないね。だから水元くんの場合、あくまでも社外活動ということで今回は不問にする」

「えっ、そんな！」

縄井くんがわずかに腰を浮かした。

「縄井、さっきから男らしくないぞ。いつもそうやって問題の焦点をごまかす癖があるのか。そもそも今日は曽我の件について話していたんだろう」

常務が釘を刺すと、頬をゆがめた縄井くんはさっと顔を紅潮させた。慌てて縄井くんの前に私は手を伸ばす。

「彼は、自分の担当する仕事はきっちりやっています」

「嫌だなあ、フォローなんてしないでくださいよ。水元さんからかばわれるなんて、情けない」

その卑屈な調子にかっときた私は立ち上がり、バンッ、と平手を思いきり目の前の机に叩きつけた。

「さっきから何をがたがた言ってるの！　確かに私はあなたからしたら強引で面倒なことを押しつけてくる嫌な女だって見えるかもしれない。でも、まがりなりにも上司の立場である私がフォローしてやるって言ってるんだから、ここは部下のふりをして、がっちり受け止めなさいよ！　私は縄井くんの仕事を評価したうえでフォローしているの。今はあなたの進退がかかわる大事な局面なのに、いちいち反発してきてどうすんのよっ」

言い終わり、はっとして私は慌てて口を閉じた。

が、時すでに遅し……。縄井くんも社長も常務もそろって目を見張り、石のように固まっている。

「あら、私ったらつい興奮して。ほほほ、すみません」

お上品に笑っても、ぺちんとひたいを叩いてみても、もう遅い。

三人とも静止画のごとく言葉を失っている。ああ、とがっくり肩を落とすと痺れの残る手で私は顔を覆った。

社員情報の漏洩については結局、内輪の出来事だからということで社長から全社員に謝罪文が送られ終止符が打たれた。しかし謝罪文程度で納得できるわけもなく、社員からは不満が噴出した。だが実害が少なかったせいだろうか、二、三日もすると皆、事件なんて忘れたように目の前の仕事に追われるようになっていった。一方その裏で、A社に対してこちら側は慎重に対応を進めているらしい。

緊急会議の結果、縄井くんには口頭注意のみでおとがめはなしだった。

私についてはなぜか、今後も同級生の店で働いてもいいと許可までもらってしまった。ただし近いうちに社長と常務が実地検分と称し店を訪ねてくるのを前提に、である。

「ゴールデン街なんて何十年ぶりかなあ」

社長がほくほくした様子で話していた。ああ、せっかく二つの顔を使い分けて楽しんでいたのに……。

縄井くんは会議のあと爪を噛む回数が減ったのか、ギザギザしたところが丸く伸びてきたようにも見える。

斎木くんはシステム解析をしているとき、偶然システム内のバグ（欠陥）を見つけたらしく、それで社長から表彰され、けっこうな額の手当をもらうことになった。そもそも斎木くんが見つけなければ、会社はいつかそのバグのために大損害を受けることだってあったかもしれない。だから手当の額を聞き、「ショボイわねえ、もっともらってもいいんじゃない？」と私は思ったくらいである。

新人の武下さんは周囲の助けを借りながら、書類の提出期限をちゃんと守れるようになった。

休憩室でコーヒーを飲んでいると、武下さんがやって来た。

「私、ずっと自分の名前が嫌いだったんです。華美なんて変な名前をつけられて、性格だって別に明るくないし、キラキラしてるわけでもない」

「無理に好きにならなくてもいいんじゃない？」

「そうでしょうか」

「だって名前は名前で、あなたはあなた。まったく別のものでしょ。華美じゃなくて、ハナさんだっていいじゃない」

「ハナさん。そういえば、学生時代にそう呼んでくれた子がいました」

気に入ったのか口の中でくり返している。

「名前なんて、親がその場の気分で盛り上がってつけてるんだろうから、難しく考えなくていい。名前がなんだとか、もし言ってくる人がいたら、別に自分でつけたわけじゃないんだけどって、放っておけばいいのよ。ねえ、私が言うと説得力あるでしょ」

武下さんは困ったように笑っている。

私は紙コップをぎゅっと小さくひねって、ゴミ箱に捨てた。

休憩室から出ようとしたとき、あの、と武下さんが背後から急に声を張る。「私、最初、広報へ行きたいなんて生意気なことを言いましたけど、でも、これからは総務で働きたいなって思いました」

振り返った私は、急にどうしたの？　という感じで肩をすくめる。

「気持ちが変わったんです。だって総務部は字のごとく、総て(すべ)を見通すことのできる部署ですから」

最初に会ったときと別人のような、はつらつとした表情の武下さんはぺこりとお辞儀をし、腕を振って私を追い越し先に行ってしまった。このあとまた総務部で会うというのに。けれど、わざわざ伝えに来てくれたのは嬉しい。

胸の底から温かいため息が洩れた。

今日は、ポン助がいなくなって二度目の土曜日だった。

ゴールデン街の店へ出る前に私は母を訪ねてみる。

三階建ての有料老人ホームは高級マンションのような外観で、庭の藤棚には数え切れないほど花が咲いて甘い香りを放っている。

個室で暮らす母は部屋の窓辺に椅子を置き、座っていた。

初夏の光を浴びた髪が輝くように白く、レースのベールをかぶっているようにも見える。

今日は体調がいいらしい。

母の隣に椅子を並べ私はそこへ腰かけた。もともとお嬢さん育ちだったという母が、元来の優しい口調で話しかけてくれる。

「あら、こんにちは。新しく入ったスタッフさん？」

「ええ、はじめまして、玲子さん」

認知症の症状が進んでいる母は、こちらが何か否定すると混乱するようだった。だから否定はしない、疑問も浮かべない。でも振り返ってみれば私は小さい頃から母に対して、似たようなことをやっている。

そこで私は室内を見回した。

壁や家具は高級感のあるこげ茶色で統一され、スタッフははつらつとして暗い感じを与えない。変にキャリアの長い馴れ合いのスタッフばかりが群れているホームより、ずっといい。

だから、私にできることは何もない。

母のホームの入所費用の引き落としは、先日、すでに銀行へ行って私の口座から母の口座に切り替えてしまっていた。

　これで区切りがついた。もう私は、自分の失敗をきっかけに母に追い打ちをかけられることはないだろう。この先、私は誰を恐れる必要もなく、いくらでも自分のためだけに失敗を経験できるのだ、と思うと気分がよかった。

　それからなぜか、元夫の姿が胸に浮かんだ。

　彼は、私が思っていた以上に社会的な成功を欲していた、と気づいたのは離婚して少したってからだった。一部の男性たちと同じように、何者かが、元夫に見えない下駄を履かせている。だからこそ元夫は、妻の仕事を奪い取ってでも成功を示す必要があったのかもしれない。社会的な成功を強迫的に求めることは、社会的な失敗に対する強い恐怖心の裏返しでもある。だが自らの失敗を許せないその姿勢は、本人の不自由に繫がっていくものではないだろうか。

　窓の外に目を転じると、やはり藤の花が満開で、地面に紫色のシャワーが降り注いでいるように見える。

「ねえ、玲子さん」と母の方に向き直った。「藤の花と冬、どっちが好き？」

「そりゃあ藤のほうよ、きれいだもの。香りもいいでしょ」

　それなら藤子、と近いうちに改名したらいいだろう。

　もう子供ではないのだから、今は自分で名前の変更を申請したっていい。

「忙しくて、この先、あまり来ることができなくなるかもしれない」

帰り際に伝えると母は私に向かって、そろそろと手を伸ばしてきた。

骨の浮き上がった、しみのある小さな手の皮膚は脆く触ると芯から冷たい。私はその手を両手で挟むようにしてにぎった。

晩はゴールデン街の店に出る。いつもポン助の入ったバスケットを持っていた右手が空いていて、もの足りない感じがひどく寂しい。だから今日はいつもより料理を作って、両手の鞄がいっぱいになるほど用意した。


ポン助がいなくなり、お客さんが減るかと思っていた。けれど開店と同時に五席のカウンターは埋まり、入れ替わりも含めると男性客と女性客の割合は半々くらい。


「トーコさん、落ち込んでるんじゃないかと思って」

と言って、常連のロングヘアーの女の子は箸袋で髪をきゅっと後ろで一つに結んだ。

「あー今週も疲れたー、死にそうー。でも死ぬよりまずは食べる」

他の客は酒を飲んでいるのに、彼女だけはもりもりとアテを口に運んでいる。

「今日は白いご飯があるんだけど、おにぎり食べる？」

「え、食べるたべる。急にどうして？」

「炊飯器ごと持って来たの」

三合炊きの炊飯器のふたを開けると、店でスイッチを押したから中は炊き立てのほかほかだ。

「私、シャケがいいな」

「中身はないの、それでもいい？」

「全然いい、全然ＯＫ。目の前でにぎってもらえるだけで美味しいもん」

相変わらず情に飢えているようだから、彼女には油揚げの入ったお味噌汁をこっそりサービスで出してあげた。

するとつられたのか、スーツ姿の男性客や、結婚式の二次会帰りの着飾った客からも声がかかる。

「私も、梅とたらこ」

「こっちは明太子！」

「だから中身はないの。一人でやってるんだから、そんなあれこれ準備できないってば」

と私は伝え、全員、問答無用で塩むすびを出してやった。

深夜をすぎても週末の歓楽街の喧騒は収まる気配がない。外からはしきりに大勢の人がはしゃぎ、騒いでいる声が洩れ聞こえてくる。

実は少し前から、体力的にきついので、そろそろ店の営業をやめようかと私は考えていた。しかしまだ踏ん切りがつかない。だって、それは……。

ふいにドアが細く開いて、ひゅうと風が入ってきた。

もしかして誰かがポン助を連れて来てくれたのだろうかと思ったら、

「あれ、満員？」

とドアの向こうにいる客がたずねた。その足元に、ポン助はいない。

「ご覧の通り、またお待ちしてます」

ドアが閉まるとき夜気を含んだ風が退いていく中に、猫の声が混じっていないか、耳を澄ます。

「ため息ついてる。トーコさん、奢るから飲みなよ」

「うん、ありがと」

ご馳走してもらった水割りを飲んでいると、右手に冷たいグラスがあって、左手には……。しんとした、心もとない気持ちでカウンターを撫でる。

「そういえば昨日、変な夢を見たの」

顔を上げて言うと、ロングヘアーの子も他の客もこちらを見た。

「どんな夢？」

「笑わないでよ」

「うん」

あのね、と洩らしグラスを置いたら中の丸い氷が向きを変え、カランと音を立てる。

「家に帰ったら部屋に猫がいるの。ドアは閉まっていたはずなのに、どこから入ったのかなと思って近づいてみたら、ポン助だったの。それで『ポン、どこに行ってたの？　すごく心配だったんだよ』って伝えたら、ポン助が言ったの。『ちょっと旅に出てたんだ』って」

そこでお客さんたちがどっと笑った。

酔っているのでみんな肩を上下させたり腹を抱えたり、特別おもしろい話でもないのに笑い方が大げさだ。

「猫が喋るなんておかしいね。しかも旅って、猫のツアーってやつ？」

「笑わないでって言ったじゃない」

少し腹が立ったので冷たく言い放つと、真顔になったみんなが目を合わせ、ごめんと頭を下げてきた。

でも、とロングヘアーの子が提案する。

「『ポン助は旅行中』って、これからは表にさげといたらどうかな」

「うん、いいかも」

そんななぐさめを言い合いながら、夜はふけていく。一人だったらポン助のいない夜を私は越せなかったかもしれない。目の前のお客さんたち、それに総務のみんなにも、私は救われている。

みんな、ありがとう。

水滴が落ちるように胸の内でぽつんとこぼれた。

「よし次行くぞ、次」「三軒目はここにするか」という会話がドアの向こう側から聞こえてきて、それに混じって、鈴が鳴ったような気がした。

——これ本物？

——ぬいぐるみだろ？

——もふもふしてる、かわいー。

——うわ、動いた。本物じゃない？　ざるに入ってるから、ざる猫かな。

疲れで重くなった目をこすり、私は何度かまばたきをした。

カウンターに座る酔客たちは、ドアを一枚隔てたすぐ向こうで交わされている会話が聞こえていないのだろうか。何も気づいていない様子で喋り続けている。

ちりんちりん、とまた鈴の音。

慌てて私はカウンターから飛び出すと、座る客の丸まった背中と、壁の狭い隙間に無理矢理手と身体をこじ入れ、進んでいく。

「おいおい、急になんだ？」

酔いで口の回らない客が驚いている。

「うわ、トーコさん涙流してる！　しかも黒い涙」

「どこ行くんだよ、そんな急いで。痛っ、押すなってば」

「シッコー猶予ってやつ？」

「私も行きたあい。トーコさん、代わりに行っといて」

まったく、酔っ払いはすぐシモの話をしたがるんだから。それよりカウンターに座っている客たちは本当に、今、ドアの向こうの会話が聞こえなかったのだろうか。

言い返したいことはいろいろあったが、あえて私は黙っていた。

大きな声を出したくなかったから。

ドアの前に立つと、ノブをつかみ、どきどきしながらそっと押し開ける。

表に立っている数人の肩を叩いて彼らをどかせ、私はざるを覗き込んだ。すると中には……、毛むくじゃらの生きものが入っている。

茶色と白のブチ模様、ぴくりと動く三角形の白い耳――。

「ポン助」

声をかけたら消えてしまうかも。

そんな恐れを抱きながら囁くと、ゆっくり振り仰いだ彼は目を細め、にゃあと言った。

思わずその場にしゃがみこんでしまう。

「ごめんね、やっと旅から帰って来てくれたの？」

にゃあ。

私は目から流れるものを何度も手の甲でぬぐった。もう子供の頃に引き戻されたのかってくらい、情けないほどあふれてくる、それも黒い涙が。

手を伸ばすとアスファルトには、あっという間に水玉模様ができあがった。小さな幸福がいくつも広がっていく。

水滴を浴びた猫の耳は、パタパタ小さく羽ばたいていた。

愛想笑いをしない女

一

インターホンを鳴らし、ドアが開く前に千晴は首の汗をタオルで拭って、背後の正史を振り返る。

「端末、準備しておいて」

かなりうるさい客だからと伝えたいところだったが、がまんする。

ドアの向こうで男が耳をそばだてているかもしれない。

と思う間もなくドアが開いた。ワンルーム特有の小さな玄関に立っていたのは、三十代後半くらいの男で、今にも何か言ってやろうと準備していたような、狡猾そうな目つきをしている。

けれど「研修中」のバッジをつけた正史を見て、虚をつかれたらしい。ドアスコープなどついていない木造アパートだ。一瞬黙り込んだ男を無視して千晴はすかさず言葉を差し込んでいく。

「お電話でご連絡していたケンコー元気株式会社さんの代引き商品になります。合計千七百八十六円お願いします」

Ｔシャツ姿のマカ男――毎月配達している箱に「マカ」と書いてある――は眉をひそめると財布を開けながら、さっそく文句を垂れ始める。

「お姉さん、今日はずいぶん遅かったよね。午後四時から六時って伝えておいたのにさ、五時半って中途半端だよ。こんなことが続くようなら、こっちもカスタマーセンターに電話しようかって思っちゃうよ」

今日は正史を伴っているせいか、マカ男はこれでもおとなしいほうだった。

まだ二十六だという正史は坊主頭の小柄な青年だが、そんな彼でも少しは牽制（けんせい）の役を果たしているのかと思うと皮肉な思いが湧いてくる。そもそも指定時間内なのにマカ男は文句を言わずにはいられないようだ。要するにクレーマーである。

それにお姉さんって……私は二十九、あんたより年下なんですけど。

だがそんな思いは顔に出さず、申し訳ありませんと千晴はすばやく頭を下げた。

慌てて端末処理をした荷物を正史が差し出と、マカ男は、

「まず金を払わないといけないでしょ。順番ってわかる？　一度にいろいろできないか

ら」

　と、わざとらしく言って、のらりくらりと一万円札を渡してきた。

　電話で金額を伝えていても、万札を出されるのはいつものことだった。千晴はウエストポーチの「マ」と書いてある袋から前もって用意していたお釣りを渡す。

「あ、榎本さん。俺、今日は小銭あるんだ。はい、二百三十一円」

　その微妙な金額を、千晴はしんとした心持ちで受け取った。

　合計千七百八十六円。一万円を出されると想定して、用意していたお釣りが八千二百十四円。そこへ二百三十一円の追加。

「難しいなら後ろのお兄さんに計算してもらったら？」

　正史はあたふたしていた。けれど千晴はマカ男のペースを遮るようにさくっと計算する。

「お渡ししている八千二百十四円の、四円だけをまず返してもらって」

　千晴は二百三十五円をマカ男に渡す。

「追加のお金を加えて、お釣りは八千四百四十五円。お確かめください」

　計算は合っている。

　確信のもとに渡したお釣りにマカ男がちらっと視線を落とす。

「確かに……。さすが元ソフトボール選手。愛嬌はないけど、瞬発力はたいしたもんだ」

悔しかったのか、蛇のような目つきになっていた。

「なんスか、なんスか、なんなんスかあいつ。超キモイ、嫌なやつだなぁ。あっ、あれがかまってちゃんってやつかぁ」

アパートから離れた途端、正史が甲高い声でまくし立てる。

「あいつ、千晴さんが研修中の俺に、いろいろ教えてるせいで配達が遅くなったってことくらい想像できないんスかね。嫌だなあ、ああいう思いやりのない人。それに時間内だから別に遅れたわけじゃねぇし。でもよく考えたら四時から家にいる独身男って変ですよね。たぶんニートだな。親の金で暮らしてるから、きっと昼頃まで寝てるんスよ。それで荷物受け取るのは夕方。きっとそうだ、しょせんそんな奴なんスよー」

千晴は足を止めず、無骨な口調で答える。

「配達と集荷の数で歩合の金額が決まるから、突っかかってくる人なんて、いちいち相手にしていたら務まらない。稼ぎたかったら急ぐ」

「でもさっきのかまってちゃん、すげえ嫌な感じだったし」

口を固く結んだ千晴が、後ろを歩く正史を振り返った。

「あ、怖ぇ。てか俺、喋りすぎっスよね。すいません」

反省したのか正史は肩をすくめている。千晴はまた前を向いた。

自分の目つきが鋭かったのかも。が、睨む気はなかったと釈明する余裕もない。とにかく急ぐ。歩合どころか分刻みで次の配達先は決まっている。

マカ男のアパートに行く日は決まって憂鬱だった。嫌なことを言われる前に千晴は気持ちの準備をする必要があり、そういった負担を毎回強いられること自体、また負担だった。

千晴の前任者はプロレスラーのような体格の男だったせいか、マカ男から文句を言われたことがなかったらしい。マカ男の対応について相談した際、「そんな人だったかな」と首をひねっていた。つまり、相手を選んで言っているのだろう。

あれこれ言われるのは結局、自分が女だからなんだろうか。女だからって舐めるんじゃないといちいち気を張って仕事をするのはしんどいし、楽ではない。しかしかまってちゃんを無視するのも、それなりにストレスはたまる。

千晴は小中高時代、ソフトボール部に所属し、前の会社ではソフトボールチームの選手として活躍していた。だから試合同様、ヤジなど黙ってやりすごし、スタミナをため、好機を狙って逆転すればいい——と考えていた。

前職は、スポーツ推薦枠で入社した。

しかしリーマンショックの影響でチームは廃部に追い込まれ、千晴は会社で働く張り合いと意味を同時に失い退職。その後、今の宅配会社に転職した。

転職は間違っていなかったと思っている。所属チームを失ったスポーツ入社組ほど惨めなものはない。廃部後、前の会社ではお荷物と陰口を叩かれたことが何度かあって、否定できない気持ちも千晴は感じていた。だから二十六で会社を辞めたときは、これ以上変な引け目を感じずに済むと、せいせいした。

駐車していた二トントラックの荷台の側面には「リスのマークの宅配便」と書かれ、さらに千晴と正史が着ているのと同じ、クリーム色の上下に分かれた作業着を着たリスのイラストが描かれていた。

「車の下、ちゃんと見て」

「あ、はい。そうでした」

指摘するのは何度目だろうか。けれど千晴は正史に、何度でも伝えてやる。

面倒そうに下を覗いた正史が助手席に座ると、千晴は左に切っていたハンドルを正面に戻してトラックを発進させる。次の配達先へ急がなければいけない。だがその前に、確認すべきルーティーンもまた忘れてはいけない。

乗車する際は周囲に人がいないか目を配り、耳をすます。駐車するとき、ハンドルは必ず左に切っておく。徐行すべきところでは必ず徐行する。

どの確認も忘れたら大事故につながる可能性がある。駐車時にハンドルを左に切っておくのは、万が一車が動いてしまったとき、人や他の車に当てないようにという配慮からだった。

「車の下に人がいたことなんてあるんスか？　今の子はボール遊びなんてするんスかね？」

「いないとは限らない」

前を向いたまま千晴は言った。

必要以上に他人にあれこれ言い含めるのが、得意ではない。だから彼女は最小限の言葉しか使わない。ぎこちない手つきでキャップを脱いだ正史は、坊主頭をタオルで拭う。

「千晴さんって、ソフトボールの選手だったんスか？」

赤信号に合わせて、静かに停車させる。千晴はマカ男に選手だったと言ったことは一度もない。だがマカ男を「あまり記憶にない」と言っていた前任者が、担当を替わる際、どうやら伝えたらしい。

ソフトボールの話を無視するように、千晴は正史の二の腕に視線を送った。

「それ、見えるから。もっと隠せないの？」

「あ、やっぱわかりますぅ？」

二の腕を手で隠した正史は、歯並びのよくない口元を見せた。

半袖から覗いている上腕には大きな絆創膏が貼ってあり、その端がたまに覗く。たぶん入れ墨を隠しているのだろう。彼を研修名目で伴い始めた初日から、千晴は気づいていた。

もちろんドライバーは入れ墨禁止。だが慢性的に人手不足の業界のため、他の会社と同じように、バレない限りはどうこう言われることはない。それに入れ墨は小さいものらしいので、千晴は特に気にならない。

けれど先月やってきた新任の所長が口うるさいタイプだった。見つかったら大事になるかもしれない、と、その点だけは気がかりだ。目が早い客だっているだろう。

「若気のいたりっていうか。消したいんスけど、金なくって」

正史は肩をすくめている。

一度忠告したのだから、今後は慎重に隠すようになるだろう。正史は高校を卒業後、ずっとフリーターだったらしい。それは入れ墨と関係があるのだろうか。いずれにしても仕事さえきちんとやってくれれば構わない。千晴はそれ以上彼を追及するような気は起こらなかった。

大きな入道雲めがけて、トラックを走らせる。

白い雲は、かつて千晴が所属していたチームのユニフォームを思い出させる。

と、彼女の内にある光景が蘇ってきた。

じりじりと肌を焼く太陽のもと、光のような速さでボールが飛んでくる。それを千晴は強い衝撃とともに受け止めた。

――ナイスキャッチー！

選手たちの高い声が飛び交って、客席からわっと歓声が上がる。よし、と、口角を引き締めた千晴が静かにガッツポーズを決めた。

愛嬌がないと言われたことを、少し気にしていた。

練習や試合のときはあらゆる感情が、顔や身体じゅうに自然と込み上げてくる。

けれど今の業務を務めながら笑顔を作ること——媚びるために顔の筋肉を動かすこと——が二十九になった今でも、千晴は得意ではなかった。長年やっていたソフトボールを言い訳にできないのはわかっている。でも今の仕事はセールスドライバー。配達だけやっていればいいわけではないだろう。

そんな葛藤を千晴は抱えている一方で、隣の正史はあくびをかみ殺している。


配達と集荷を終えたのは午後六時。夏なので周囲はまだ明るい。

朝の七時半から昼の休憩以外、千晴はずっと荷物を抱えて走り回っていた。それ以外にもトラックを運転したり、客から電話がかかってきたりと動きっぱなし。そこに正史への指導もあって、だいぶ時間をくってしまった。

千晴の勤める「藍町(あいまち)営業所」の敷地の外には、いつものように、フェンスに沿って六トントラックが停まっていた。

横をすり抜ける際、千晴は自分のトラックより少し高い位置にある六トンの運転席を、ちらっと見る。シートを倒してダッシュボードに足を乗せた運転手は、顔に苺模様のバンダナをかぶせて仮眠をとっているようだった。少し前に見た六トンの運転手はがっちりした体型だったから、もしや担当者が替わったのだろうか。千晴の運転する二トンは準中型免許でいけるが、六トンは中型以上の免許がないと乗ることができない。

トラックから降りると営業所の方へ歩きながら、千晴は高さ二メートル半はある、六トンの銀色の車体に焦がれるような視線を送った。車を運転するのが好きなのだ。

営業所はプレハブ造りの殺風景な建物で、その隣には、運ばれてきた荷物を仕分けするための倉庫がくっついている。プレハブの表はお客さん専用だから、従業員は裏口から入る。

帰店の手続きを済ませた千晴と正史は、裏口に近い、営業所の奥にある休憩室のパイプ椅子に向かい合って座った。テーブルを挟んだ他の四人がけの椅子には、千晴たちと同じように、今日の仕事を終え、くつろいでいるドライバーたちの姿がある。

「はー、暑かった。終わったぜ」

キャップを脱いだ正史は座ったままのけぞっている。すると彼のすぐ後ろの椅子に座っていた五十代のベテランドライバー、稲葉勝（いなばまさる）が立ち上がり、正史の頭を丸めた新聞で叩いた。

「あ痛っ、なんスか急に」

「指導してるチハのほうが疲れてるに決まってるだろう。おまえが先に言うんじゃない」

稲葉は正史を押しのけるように彼の隣に座ってきて、はす向かいにいる千晴に缶コーヒーを渡した。

「どうだチハ、研修生連れて回るのは。疲れたろ？」

「はい」

稲葉のらくだに似た、穏やかな目を見ながら千晴は答えた。

稲葉は十年前、運送会社から転職してきた。千晴はまだ入社三年未満の契約社員。契約なのに新人の指導までさせられて大変だな、と暗に稲葉は言っているのだろう。常に人手不足の物流業界。だが会社としてはこれ以上人件費を割きたくないらしい。

そんな理由から契約社員の千晴が正史の研修をやっている。

「俺って疲れますか。そうなんスか、チハ先輩」

即座に稲葉が注意する。

「先輩をあだ名で呼ぶんじゃない、坊主」

「坊主って。でもチハさんと回ってるおかげでいろいろ勉強させてもらってます。チハさんすごいんスよ。俺だったらすぐキレちゃうような客にも淡々と対応してるし」

「おまえみたいにチャラチャラしてるようなやつは、すぐ苦情だ」

「俺、何言われても平気っス。元気だけが取り柄の、この身体がありますから」

「なんだそりゃ。もしや俺をジジイだって言いたいのか」

「言ってないっス。腕相撲したら、俺、稲葉さんのその太い腕に勝てないと思いますもん」

なんだぁ、やってみるかあ？　と稲葉が腕をまくって、たちまち腕相撲大会が始まった。

千晴はひやりとする。右利きの正史が、絆創膏を貼っていたのは確か左だったか……。

右利き同士の試合は接戦だった。だが結局、最後は稲葉に押し切られるように正史は負けていた。床に寝転んで、足をバタバタさせて悔しがる正史を見下ろしながら、稲葉は力こぶを見せつけている。

「わざと負けてるとしたら、なかなかうまいことやってるわよねぇ」

と、千晴の後ろから話しかけてきたのは事務の町田蘭（まちだらん）だった。

目尻が下がった丸顔に長い髪を下ろし、社名の入ったTシャツの下には黒いスカートを穿（は）いている。

「あんな感じでお客さんの懐に入っていけば、かわいがられるかも。まあ、それだけでこの仕事が続くわけじゃないけど」

蘭はハーゲンダッツのアイスクリームを千晴に手渡した。

「これ、お中元の残りだって。冷凍庫がいっぱいになるくらいもらったの。向かいのおじいさまから」

と言って親指を立てる。おじいさまというのは蘭と話すため、毎日のように営業所にやって来る近所に住む老人のことだ。あまりに頻繁なので「蘭さんのカレシがきた」と言われているほどで、今日はさすがに手ぶらでは通いにくいと思ったのか、アイスクリーム持参で来たらしい。

「いいんですか、お子さんにあげたら？」と千晴。

「いいの、溶けちゃうから。今度は保存のきくもの持ってきてって、言ってみる」

ずるい表情をするときはいっそう目尻が下がる。シングルマザーの蘭は「カレシ」が来ると適当にあしらうのがほとんどだ。でも完全に突き放してしまっては気の毒だと思っているのか、たまに話を聞いてあげるのだという。

「おいっ」

と突如、低い声が休憩室に響いた。

一カ月前にやって来た新任の所長、土屋薫（つちやかおる）が立っている。

「いつまでゆっくりしているんだ。遅番の気がゆるむだろう」

その場にいた全員が静まり返った。床に座り込んでいた正史はおずおずと立ち上がり、蘭はそそくさと事務所へ戻り、稲葉のような早番のドライバーたちは土屋に一礼すると休憩室から離れていく。

「ったく」

舌打ちした土屋は、アイスを食べている千晴の横をすり抜けて事務所に向かう。

強いコロンの香りがし、千晴は動物のマーキングめいた印象を受ける。背の高い土屋は肩幅が広く体格も立派なので、彼が来た当初、蘭は「プロ野球選手みたい」と騒いでいた。前の所長は、一日の仕事を終えたドライバーたちがくつろぐことを「大事な時間」と見なしていた。しかし所長が替わっただけで休憩時間のあり方がこうも変えられてしまうのだろうか。

ふと立ち止まった土屋がくるりと振り返る。

「球、何キロ出た？」

「え？」

急な質問に千晴が戸惑いを隠せずにいると、土屋はやや太い眉を寄せる。

「ソフトボール。ピッチャーやってたって聞いたから」

「はい、九十八キロとか、百キロ未満ですけど」

「俺は百二十」

「は？」

「俺は百二十キロ。高校、大学と野球部だった」

千晴は少し黙った。

土屋は何か言われるのを待っているようだった。が、それ以上千晴が話さないと思ったのか首をすくめ、腕を回し、投球の真似事をしてから行ってしまった。

もやもやしながらアイスの残りを食べていると、何か、憮然としたものが立ち上ってくる。

今まで千晴はさまざまなソフトボール部の監督を見てきたのだが、その人柄によってチームの雰囲気が大きく変わってしまうのはよくあることだった。営業所の所長とスポーツチームの監督は、立場も身の振り方も、選手に及ぶ影響力もよく似ている。

二カ月後、千晴は契約社員から正社員になるかならないかが決まる。

そして、その場に土屋が関わるのは間違いないだろう。

二

千晴が正史の研修担当になって一カ月が経った頃、新入りのアルバイトがやってきた。

「樋口海人といいます。教習所に通っている最中なので、すぐドライバーとして活躍できないのが残念です。でも免許取ったら、がっつりハンドル握らせてもらう予定です。よろしくお願いします！」

「わかぁーい」「かっこいいー」とたちまち黄色い歓声があがった。二十四だという海人がすらりと背の高い身体を折り曲げて頭を下げると、蘭を入れた三人の事務員はさらに大きな拍手を送った。この町の客層は高齢者と女性がおもなので、若くて整った顔つきの海人が来てくれて嬉しかったのだろう。男性ドライバーたちはそれをおもしろくなさそうに眺めている。

「アイドルグループだったらなんとか正規メンバーに入れるかなって顔だけど、なんせ独身ってのがポイント高いわよねえ」

配達に出る前の千晴に、蘭がこっそり話しかけてきた。

海人の母親は蘭と同じシングルマザー。その点が蘭に親近感を抱かせたらしい。親の金銭事情で進学はままならず、大学は辞めるしかない状況に陥った過去があるのだという。

「『夢は、ハワイのトライアスロンの大会に出て、お母さんを招くことです』だって。けなげよねえ」それから少し声を抑える。「海人くんのお父さん、交通事故で亡くなったんですって。『乱暴な車に轢かれたから、自分は絶対にそういう運転はしたくないんです』って言ってた」

海人の話をする蘭からは優越感がにじんでいる。詳細は自分だけに教えてくれた、と言いたいのだろうか。海人は長身を生かし、高い場所の荷物も軽々と取ってくれるようで、事務や仕分けの女性たちから重宝されている。

でも、と気になった千晴は蘭を部屋の隅に呼んだ。

「樋口さんの親の話、私にしていいんですか？」

知り合って間もないバイト先の人間に、親の死別の理由を話すものだろうか。けれど蘭は表情に締まりがない。

「『所長にも話したことですから』って。割り切ってるんじゃない？」

そういうものだろうか。

海人は男性社員ともすぐなじんだようで、みんなと談笑している。

そうして正史の研修が二カ月をすぎようという頃。

正史とともに営業所へ帰った千晴を待っていたのは、土屋の呼び出しだった。呼び出された小部屋に行くと、土屋は腕を組んで大げさにため息を吐く。

「前置きなしで言うが、藍町のあるお客さんからクレームが入った。きみがいつもムスッとして愛嬌がないから、担当を外してほしいとさ」

「え」

あるお客さん——と思われる人物が千晴の脳裏に数人、交錯する。

誰だろう……？　マカ男だろうか。

千晴は現在三つの町を担当している。が、マカ男は藍町在住ではない。

「電話が来たときはかなりの剣幕だったよ。こっちも忙しいっていうのに」

「あの、誰でしょうか」

土屋は首を振り、やれやれといった調子で片眉を上げた。

「言えない。ずっと担当してきた地区なんだから、ある程度見当はつくんじゃないの？

とにかくお客さんを守る意味でも、言う必要はない」

千晴は絶句する。自分は三年近く藍町を担当してきたのだ。口うるさそうな客がいなかった、ということはもちろんない。だが一日の決まった時間内に百個以上の荷物を配達するのだから、一人あたりそんなに時間をかけてもいられない。ほんの少しのやりとりで愛嬌がないと言われても……。

疲れているときに素っ気ない対応をしてしまったのだろうか。それなら電話をしてきた人物は、私の対応を「愛嬌がない」と思いながら三年弱もの間がまんしてきた、ということだろうか。

わからないことばかりで困惑した千晴は、土屋の表情を探った。

「おっと。怖いぞ、目つきが」

両手を広げた土屋は軽いジョークを放ったような言い方で、「いや、女性にそんなことを言ったら失礼だな。すまんすまん、俺は時間がないんだ」

千晴の新たな担当先を説明すると、あとのことは社用メールに送っておいたからと土屋は残し、さっさと小部屋から出て行こうとする。

「すみません、やっぱり電話してきた方の名前だけでも教えてもらえませんか。直接謝罪を入れたいので」

「謝罪はこっちで丁重にしておいた。向こうがもう会いたくないって言ってるんだから、これ以上刺激する必要はない。それより、言うことがあるんじゃないの？」

肩をそびやかした土屋はもう一度千晴の前に立った。彼女は頭を下げる。

「申し訳ありません」

「それ、そういう素直な態度でないといけないよな」

ふたたび彼が部屋を出て行こうとしたとき、

「ちょっと、土屋さん」

という声が、うつむいていた千晴の耳に入った。

ドアを開けた土屋の向こうに稲葉と他のドライバーが数人立っている。不穏な気配を察し、話を聞いていたのだろうか。

「なんだ、ここはみんなマナーが悪いな」

土屋が厚い胸板をドライバーたちの方へ押し出すと、稲葉がそれを制する。

「待ってください。チハの、いや、榎本さんの対応にクレームなんて初めてです。だからその件はもう少し慎重に調べて、それから担当を替えるかどうか決めたほうがいいんじゃないでしょうか」

「俺に指図するの？」

「そ、そういうわけじゃないんですけど……」

「稲葉さん。あなたもね、榎本さんほどじゃないけど、小さいのだったら何本か電話が入っているんだ。集荷が遅いとか、荷物が濡れてたとか、今はクレーム一つでライバル店に客をとられるかもしれない状況だっていうのは、わかってますよね。これ以上クレームが来たら、あんただってどうなるかわからないよ」

怯えたように稲葉は下を向いてしまった。

千晴は言葉を失った。土屋は何を言っているんだろうか。

十年ほどこの地域を担当してきた稲葉は、住民たちの「生きた情報の宝庫」でもある。長年顔を合わせている稲葉だからこそ信頼して集荷を頼む主婦もいれば、親子どころか三代そろってなじみだという配達先だってある。ただ回っているだけではない。長い時間をかけて培ってきた信頼のうえに築かれたものを稲葉は持っている。

それなのに「担当を替えるかもしれない」とちらつかせる土屋は、稲葉の功績を見もせずに――もしくは見ないようにして――セールスドライバーなどいくらでも替わりがいるのだと脅しているようにも感じられる。そのみくびりは、どこから来るのだろうか。

いや、と千晴は思い直す。ことを荒立てては、かばってくれた稲葉や他のドライバーたちに迷惑をかける。とにかく今はやりすごし、いつか好機を狙って……強い球を投げてやればいい。

「私、担当を替わりますから。今日はそれで終わりにしてください」

きっぱりした千晴の口調に、やれやれと洩らした土屋は彼女の方を振り返った。

「同じ人が同じ場所をいつまでも担当していると、馴れ合いになって、よくないと思うんだよね。もっと頭を柔らかくして。あと榎本さん」

土屋は千晴の顔をまっすぐ指さす。

「その勝負師みたいな目つきはやめたほうがいい。ここはマウンドじゃない。もっと落ち着いて社会性を身につけろ」

千晴の新しい担当地区は鉛町、引き続き担当するのは、柑子町と砂場町となった。

藍町の担当から外されて気持ちが荒むのを抑え切れず、トラックに乗る際ドアを閉める音が大きくなった。事情を知っている正史が助手席から同情したような視線を向けてくる。

「申し訳ないっス」

苛立っている千晴は黙って正史を見やった。

「あの、俺に指導してたせいでチハさんは気が散って、クレームの原因になったのかも、なんて思ったら申し訳ないっていうか。いやいやなんでもないっス。ちなみにもらったシャツは、いい感じっス」

正史は着ているシャツの袖を引っ張った。

少し前、蘭に口利きしてワンサイズ大きい男性用のシャツを出してもらい、交換してやったのだ。もちろん蘭には適当な理由を伝えておいた。今のシャツの袖からは、絆創膏は覗いていない。

「チハさんは気になりませんか。俺の腕の……」

ハンドルを握ったまま、千晴はそっけない調子で答える。

「別に何も」

「興味ないってことですよね」

「これからどう仕事をしていくかが、大事だと私は思ってるから」

ぶっきらぼうな言い方になってしまった。しかしそれは千晴の本心でもあり、ここ二カ月ほど正史の仕事を見て思ったことでもあった。

正史には、海人のような器用さはない。けれど行動をともにしているうちにわかったのだが、正史は子供や高齢者に優しい。配達先に小さな子がいると千晴の見ていないところでハイタッチをしていたり、高齢者にはさりげなく天気の話を振ったり。お客さんに安心感を抱いてもらうための配慮を、たぶん無意識のうちにやっている。

と、千晴はここで考え直した。

「抱いてもらうため」にやっているのではない。正史はもっと自然なのだ。子供と触れ合っているときも気づいたらやっているという感じで、先輩である千晴の目を意識して……といったあざとさがない。だから多少リスクをおかしてでも、彼にワンサイズ大きいシャツを持っていこうと思ったのだ。

ある、ある、と声にしながら正史は荷物を確認する。そういうところはまだ新人らしい。だが端末のデータだけを信用するのではなく、目視で確認する癖をつけている。それは着実に仕事を身につけている証左でもある。データに頼りすぎるあまり、実際の荷物を紛失してしまっては意味がない。

過去は誰にでもある。悔やんだからといって消えるものでもない。

正史自身は腕のことを気にしているようだが、仕事は仕事。しっかりおぼえる気があるようなのでそれ以上、腕について問いただすのはこちらの興味本位でしかない。入れ墨も過去の印の一つだから、彼なりに理由があるのだろう、と千晴は考えていた。

「海人さんって、土屋さんと大学同じじゃないスか。それで海人さんも野球部だったそうです。そのせいかなぁ、土屋さんって海人さんを気に入ってますよね。二人ともハンサムだし」

正史は少しくちびるをとがらせている。

「土屋さんが前に働いてた宅配会社って、海人さんみたいな若くてかっこいい人がいっぱいいるとこなんですよね。求人にも『ガツガツ稼ぎたい方募集』とか書いてあったし。若いうちだけ身体使って稼ぎまくるっていうか、年がいったら働けないっていうか。土屋さんはまだ三十代ですけど、前の会社の若いメンバーに体力がついていかないから、先を見据えて、こっちに転職してきたんじゃないかなあ」

普段へらへらした印象の正史だが、今日は声にとげがある。

「実際はわからないけど、もしそうなら、自分が転職するはめになったのと似たようなことをこっちの会社でまたやってどうすんだろって、俺なんかは思うんスよね」

それからはたと姿勢を正す。

「あれっ？　何言ってんだ俺。嫉妬？」

慌てて首を振ると、自分の頬を両手で叩いてガッツポーズを決めた。

「俺、チハさんの名誉を取り戻すよう、がんばります！」

千晴は彼の方に手を伸ばすと、その左のシャツの袖をぴしっと下に伸ばしてやった。がんばれよ、という意味を込めて。

お昼は得意先でもあるコンビニで弁当を買い、冷房のきいた車内で食べた。食べている途中、窓を外から叩く者がいる。

いつも配達に行っている「パン工房るるど」のお姉さんだった。千晴が窓を開けるとパンの入った袋を二人分、「これ、食べて」と差し出してくる。

お礼を伝えるため千晴と正史が慌ててトラックから降りると、「いいのよ、わざわざ降りてこなくって。残り物だから」とお姉さんは言って逃げるように横断歩道を渡り、店の方へ帰ってしまった。

「うまかったなあ。焼きそばパンなんて食ったの学生のとき以来っスよ。今度のお昼はパンくれた人の店で買いましょうよ」

「うん」

さっきまで気分が重かった千晴だが、少し胸がすっとした。

「パン工房るるど」のお姉さんが残り物だと言っていたパンはまだ温かかった。こちらに気を遣わせないため、そんなふうに言ったのだろうか。

配達先の人たちに、ちゃんとおぼえてもらっている。それが千晴は嬉しかった。今日までやってこられたのは三年近くの間、こうしたさりげない心遣いに支えられてきたからだ。自分には積み上げてきたものがある。一件のクレームだけに縛られてはいけない。

あっ、と思った千晴は路上のカーブミラーを見上げた。すると――笑っている。

顔の筋肉の位置、動かし方、その力加減を忘れないように、いったん真顔に戻してから、鏡に向かって、ふにゃりとさっきの笑顔をまた作ってみる。

「何してんスか?」

正史が隣に立っていた。

たちまち表情を引き締めた千晴は配達先へ急ぐ。

次の配達先は、狭苦しいエントランスの階段が玄関まで続いている家だった。人が一人やっと通れるほどの狭い階段の両わきには、ずらりと植木鉢が並んでいる。どうしてこんな場所に置くのだろうかと思いながらも、進むしかない。

「危ないから、慎重に」

荷物を抱えた千晴は身体の向きを微妙に変えながら、階段を上っていく。わきを締めて、十キロほどの箱が横に振れないよう、バランスよく進むのには力がいる。だがこういうときこそ、ソフトボールで作り上げた下半身のねばりが利いてくる。

玄関前に到着すると息を吐いた。額の生え際から湧いてきた汗が、頬を伝い顎の先まで滴り落ちる。

そしてチャイムを押そうとしたとき、「あっ、ああっ」と背後からみじめったらしい声がし、土の詰まった陶器が続けざまに割れる音が住宅街に鳴り響いた。


パンをもらって気分がよくなったのは、つかの間のことだった。

配達先の植木鉢を割ってしまった。土屋に報告した千晴は先日彼に呼び出された小部屋の長机で、正史と並んで始末書を書くはめとなってしまった。

正史のミスとはいえ、彼は研修中の身だから責任は自分にある。それにしても先日のクレームのうえに今回の植木鉢の破損とは……。湿度の高い夏の暑さも加わって精神的にこたえた。

報告を受けた土屋は顔をゆがめ、「何やってんだ！　こんな初歩的なミスをやるなんて、おまえらバカか、バカなのかっ」と唾を飛ばす勢いで詰め寄ってきた。その剣幕に、普段なごやかな営業所は凍りつき静まりかえった。

確かに初歩的なミスだ。笑顔の作り方なんて研究している場合ではなかった。何をやっているんだろうか……。千晴は重い頭を抱えるようにしながら机に顔を伏せた。

その一方で、ある考えが脳裏をかすめていく。やってしまったものは仕方がない。なのに一度や二度のミスさえ許さず部下を責めてばかりでは、たぶん部下は上司についてこなくなるだろう。ソフトボール部の監督にもいろいろな人がいたが、感情まかせでものを言う監督は選手のやる気を削いでしまう可能性がある。土屋は自分たちを服従させたいのだろうか。それとも感情のコントロールがきかない性格とか。

ここ一カ月ほど、蘭と話す回数も減っていた。狭い営業所ゆえに顔を合わせる機会は多いのだけれど、蘭だけでなく他の事務員たちも無駄口をきかなくなってしまった。

そんな空気が千晴は息苦しい、楽しくない。

仕事なんて楽しくないのが当たり前と言われたら、否定はできない。けれど息を抜く隙間さえない職場で働くことに、果たしてなんの意味があるのだろうか。土屋は営業所の成績を上げたくて、やきもきしてるのかもしれない。だが社員の士気を下げてばかりでは、チームを勝利に導けないだろう。

本当に元野球部員？　顔を上げた千晴は首を傾げる。

「すいません。慎重にって、言ってもらった矢先に……」

　正史が頭を下げていた。

「しょうがない。最初のうちは何かしらやる。何度か失敗しないとわからないことってあるから」

「みんなの前であんなふうにガミガミ言われて……。もう二度とミスしたくないっス」

　恥ずかしそうに正史はうつむいている。

　配達先の人物は植木鉢と、それに上乗せした金額を弁償すると伝えた途端、急に機嫌を直していた。しかも植木鉢を落とされたのは初めてではないらしく、黙って立ち去る者も多いのだという。そうなると、わざと置いているのでは？　と穿った見方もしたくなる。

「俺、背が高くないから。もっと荷物を持ち上げないと両わきに何かあるとき、細い通路で当てやすいんスよね。でもチハさんも俺とたいして身長変わらないか」

　確かに身長が高ければ荷物を掲げる位置も変わってくる。だが変えられないものを嘆いていても仕方がない。

「桜井くんは……」

「正史でいいっス」

　千晴は咳払いしてから言い直す。

「正史くんは、足が速い？」

「まあ、逃げ足は速いほうっス」

茶化す正史を無視して千晴は続ける。

「時間がないときはたぶん、その足の速さが助けてくれると思う。荷物をしっかり目視で確認して、安全運転。あとは下半身を鍛える。それで荷物を持つときはこう身体全体を使う感じで……」

正史を立たせると、千晴は彼を横に並ばせ、重心の取り方を教えてやる。腰だけを使って上げ下ろししていると腰痛になる。腰痛対策はこの業界の必須課題だ。

「腰、こうスか」

「うん。それに『こうスか』じゃなくて、『こうですか』。お客さんに余計な誤解をされたら、もったいないから」

愛嬌がないと言われた自分が言うのも変な話だが。

「はい、わかりました。チハさん、こうですか」

ゆっくり屈(かが)み込んでポーズを取った正史は、心なしか嬉しそうに見える。

「あとは体力次第。体力なんていくつになっても鍛えられる。足の速さがあれば、今日のミスなんてカバーできる」

少し驚いた表情を浮かべる正史の目を見ながら、千晴は頷いた。

翌日の夕方、仕事を終えて休憩をとっているはずの稲葉が事務所の隅にあるパソコンに向かって、慣れないキーボード操作をしていた。

「何やってるんですか」

千晴が声をかけると、よほど驚いたのか稲葉は、

「おっ、びっくりした。なんだチハか」

と言って胸に手を当てる。「ちょっと残業を言い渡されて……」

歯切れが悪くて、よそよそしい。どうしたのだろう？

千晴は稲葉の肩を押しのけるようにして、パソコンの画面を覗いた。すると彼が今日まで担当してきた地区の住人の名前と年齢、家族構成がずらずらと書いてある。それらの横には「庭に犬」「午後、おばあちゃんはデイサービス」「短気」などと加えてあった。

息をのんだ千晴はあたりを見回し、所長と、彼のお気に入りの海人がいないのを確かめてから声を潜める。

「なんでこんなの、稲葉さんが……」

驚きと苛立ちを浮かべる千晴を避けるように稲葉は上半身をひねった。

「土屋さんに、俺が担当してきた町の情報を全部書き出せって言われてさ。パソコンとかそういうの苦手だって言ってるのに、配達の合間に、一カ月かけて、箇条書きでいいからって」

稲葉の不安が伝わってくるようだった。事情を話したことで張り詰めていたものが解け

たのか、稲葉はすがるような目を向けてくる。

「俺の持ってる情報を抜き取って、そのあと……もしかして会社から追い出されるのかな。十年かけて蓄えた情報だよ？　別に俺だって出し惜しみしてるわけじゃない。教えてくれって言われたら、土屋さんでも、海人くんでも、いくらだって教えてやるさ。でもこんなふうに一方的に命令されるとなあ」

気弱そうな表情の稲葉は困り果てた様子で首をひねっている。そんな彼を千晴は事務所の外へ引っ張っていった。するとさらに稲葉が打ち明ける。

「俺、リストラされるのかな。困るんだよなあ、うちの子、まだ大学も行ってないんだよ」

稲葉の不安と困惑に千晴は引きずられそうになった。

だからこそ自分を落ち着かせるために一瞬、目を閉じる。

試合で大幅に負けていても逆転なんていくらでもある。こういうときに大事なのは冷静な判断力。必要以上に焦らない。自分のなかに自信を取り戻すこと……。

しっかりしろ――という意味を込めて千晴は低い声を出す。

「知っていることを正直に、全部書く必要なんてない。十年かけて集めた情報でしょ。それを一カ月で書き出せるわけがない。それなのに書けって言うのは傲慢だと思いますよ」

敵のバッターが、汗と、土埃の混じった熱風でかすんでいる。

それをじっと睨みつけたときの気持ちが千晴の中に蘇ってきた。三年で正社員になれなかったらどうしようと自分は恐れていた。しかしその期限は、この会社が自分にとって必要なのかどうか、この上司のもとでやっていけるかどうか、こちらが相手を見極める期限でもあるのだ。

千晴の思いが伝わったのか、稲葉の目に光が戻ってくる。自分を取り戻したように千晴を見返すと、

「ああ、そうだな。その通りだ」と納得したように息を吐いていた。

着替えを済ませた千晴が営業所から出て行くと、また六トントラックがフェンスに沿って停まっていた。考えごとをしていたのでトラックの前を通るとき、

「こんにちは」

と声をかけられるまで千晴は気づかなかった。

四十代半ばくらいの女が六トンの車体に寄りかかるようにして立っている。

女は首にかけたタオルでゴシゴシ顔の汗を拭って、陽(ひ)に焼けた、目鼻立ちの整った素顔をこちらにさらした。身長は百七十センチくらいで、千晴より少し高い。

誰だろうと思いながらも、「こんにちは」と千晴は返す。

車体はやはり高さ二メートル半はあるだろう。そのそばを離れた女は千晴の前まで歩い

てきた。

「ここの所長さん、新しい人に替わった？」

千晴が頷くと、女はトラックを見上げる。

「あたしがこの中で寝てたら、みっともないから人目につかない公園かどこかに停めろって言ってきたの。東京にトラックを停められる無料の公園なんてあるわけないってのに」

もしかしたらドライバーが女性だから、みっともないなんて言ったのかもしれない、と千晴は思う。外聞を気にする土屋なら言いそうなことだ。

ポロシャツから伸びた女の腕は配送の仕事をする者らしく、皮膚の張った筋肉が小山を描いている。

「前から聞きたかったんだけど、もしかして大きいのが好き？」

「大きいの？」

稲葉とのやりとりを引きずっていた千晴はつい声を張ってしまった。

女は困ったように黙ると、丁寧に言い直す。

「あたしが乗ってるトラック、大きいでしょ？　よく見てるから、興味があるのかと思って」

「あっ、ごめんなさい。ええ、嫌いじゃないです」

女は肩をすくめ、別にたいしたことではないといった表情をする。

「こっちこそ急にすみません。突然だけど、準中型とか中型以上の免許って持ってますか」

　千晴が返答を迷っていると、女はふいに苺の絵柄の入ったシガレットケースからたばこを取り出した。車内は禁煙だからねと断ってから、吸おうとして、やめた。その手がかすかに震えていて、うまく火がつけられなかったようだった。それにこのあたりは喫煙禁止区域でもある。

「実は……ずっとあなたに話しかけたいと思っていたの。だけどこう見えて、あたし」苦笑を浮かべながら鎖骨あたりに手を添える。「すごいひとみしりなんです。自分で言うと嘘っぽいけど」

　千晴は安堵した。こちらの反応を慎重にうかがいながら話す女は、確かにひとみしりという感じがする。顔立ちがはっきりしているので積極的なタイプと誤解されやすいのかもしれない。

「私が持っているのは準中型免許だけです。でもまさか、こんな大きいトラックを女性が運転してると思わなくて」

　すると女は名刺入れから「井橋路子（いはしみちこ）」と書いてある名刺を差し出した。そこには六トン車に書かれたのと同じ「しゃくなげ運送」という社名が載っている。

「名前、教えてもらっていいですか」

少しためらってから、千晴は答える。「榎本です」

えのもとさん、えのもとさん……と路子は唱えている。ちゃんとおぼえようとしているらしい。

「榎本さんが運転しているとこを何度か見たんだけど、うまいですよね、運転。一発でわかった。停車するとき鳥が羽を休めるように、すーっと停まるから。助手席の人が絶対に酔わない走り方をしてる。トラックは事故を起こすとたいへんだから、大型が好きで乗りたいっていう人が、必ずしも大型を運転するのに向いてるわけじゃないんです。だからうちの会社の面接で、『大型がとにかく好き』とか『走り屋です』とか言う人は、かなりの確率で不採用になる」

ぶっきらぼうに見えた路子だが、運転の話になると饒舌（じょうぜつ）だ。

千晴が面食らっていると路子は両手をこすり合わせながら視線をそらし、また千晴に戻し、思い切ったように話し出す。

「あのね、うちの会社、今、運転手を募集してるんです。長距離やってた人が高齢で辞めちゃって。会社の規模はここより小さくなるけど、うちで運転やるか考えてみませんか」

「はあ」

と千晴は途方に暮れたように答えながらも内心では驚いていた。

まさか引き抜きのオファーを受けるとは思わなかった。

「ウチなら十トン以上の大型だって乗れる。大型免許を取ってから、研修を受けるのも可能です」

千晴が戸惑っていると、路子は肩の力が抜けたような笑みを浮かべた。

名刺入れをパチンと閉じる。

「よかったら考えておいてください。もし心配だったら、会社のことはネットとかで調べてくれれば、いろいろ出てくるから」

やっと言えた、と自分に言い聞かせるように路子はつぶやくと、「それじゃ」と残して高い位置にあるトラックのドアを開け、手すりをつかんでステップを踏んだ。身体を押し上げるとき、パンと張った二の腕に陰影ができる。

しばらく歩いてから千晴が振り返ると、運転席に座る路子は引き締まった表情であたりに目を配っていた。苺模様のカバーをつけたハンドルを切って、営業所から出発する。大きな影を落としながら千晴を追い抜いていくとき、軽くクラクションを鳴らした。

三

助手席に座る海人は、実にしっかりとしていた。

千晴の荷物が多ければ代わりに持つと言い、のどが渇いた頃にはかいがいしく飲み物を用意する。小さい荷物であれば自分一人で行けるからと言って、彼は一人で配達する。以前、集荷を頼まれた会社のリストもきちんと頭に入れてきたようで、それらの会社のそばに車が近づくと、千晴に断ったうえで社屋に出向き、「何か荷物ありませんか」と顔を出す。戻ってくると、「何もないそうです。でもこういうのも営業として大事なんですよね」と言って白い歯を見せた。

たぶん所長の土屋に教わったのだろう。

それなら、と千晴は思う。これ以上自分が教えることとなんてあるのだろうか。

「俺のほうから土屋さんに言ったんです。みなさん全員と組んで勉強させてくださいって。千晴さん……じゃなくて、榎本さんは唯一の女性ドライバーだから、きっと女性らしい気配りをされているんでしょうし、ぜひいっしょにまわりたいと思って」

そんな気配りを意識したおぼえはないので、千晴は少し首を傾げた。

「この業界は女性が少ないから榎本さんのような人が働いてるだけで、かなりイメージアップにつながるらしいです」

別に会社のイメージのために働いているわけではない。

と、いちいち引っかかるのは了見が狭いだろうか。

車を降りて腕時計を見た千晴は、荷物を抱えながら「ちょっと急ぎます」と海人に伝えて走り出した。

道の角を回るときはベースの内側を踏むように、腰に回転をつけて最短距離を狙う。海人は確かに野球をやっていたようだ。最近の二十代男性にしては珍しく、細すぎない、がっしりした下半身の筋肉をうまく使いながら千晴の走りについてくる。正史が途中でへばっていた距離をタッタッタッ、と軽快な音を立てながら、安定した速度で追ってくる。

「新入りなので何か失礼なことがあったらすみません。またよろしくお願いします！」

と配達先では挨拶し、帽子を脱いで、焼けた肌の目尻にめいっぱい皺を寄せる。

まるで宅配便のCMから抜け出てきた俳優のような笑顔に、ノーメイクでドアを開けた主婦は「は、はい。お願いします」と困ったように顔を伏せると赤くなっていた。

「ああ、やっぱり中は涼しいですね」

真っ白なタオルで汗を拭きながら助手席に座った海人は、クーラーの風を浴びてスポーツドリンクを飲んでいる。千晴は車を発進させた。次は少し離れたところに荷物を運ぶ。

「なんだかすみません。ずっと榎本さんに運転してもらって悪いなあと思って」

気を遣っているのか、海人は千晴の方へクーラーの風を向けてくる。

「俺も早く免許取りたいんですけど、あ、聞きました？」

「樋口さんがまだ免許を持ってないというのは、聞きました」

「樋口さんなんてやめてください。海人でいいです。むしろ海人って言ってくれるほうが、俺、嬉しいです！　母さんから『カイトー！』って、よく呼ばれてますから。母さんは女手一つで俺を一所懸命育ててくれた人なんで尊敬してます。それに比べて父親は、交通事故で亡くなりまして……。実は、父親は酒を飲んでよく母さんや俺に暴力をふるっていたんです。そんな俺をかばって母さんは家から逃げて、干物を売りながら育ててくれたんですけど」

「干物」と千晴が反応した。

「はい、母さんは干物屋さんで働いてました。お店の方がすごくいい人で、シングルマザーだから、かわいそうだからって、母さんにはいつも商品にならないような干物を持たせてくれて」

海人は話しながら、腕を組んでうんうんと頷いている。

「その干物のおかげで俺はこんなに身長が伸びたってわけです。だから俺は、これなら父親が酒を飲んでまた襲撃してきても、いつでもやっつけられるぞって思ってました。というのも母さんは、いつも酔っ払った俺の父親が追いかけてくるんじゃないかって、ずっと怖がっていたんです。でも俺が高校三年のとき、父さんは酒に酔って歩いてるところを車に轢かれてしまったんです。でっかいトラックにやられました。ふらーっと歩いてた父さんが悪いんです。もうグッチャグチャだったみたいで、母さんもさすがにそんな状態じゃかわいそうだあって、ミンチになったらもう憎めないって。憎いのは父さんじゃなくて酒だ、悪いのは酒なんだって。それから、母さんは酒を一滴も飲まなくなりました」

「へぇ……」

蘭から聞いた内容とだいたい合っている。

ただ、海人の過去を聞きながら千晴は少し心が騒いでいた。

千晴の姉は夫と離婚したのち、仙台の生家に娘二人を連れて帰った。その後姉は、父と母、そして子供たちに囲まれていたにもかかわらず、離婚の原因になった酒をやめられないまま、三年前に他界していた。平日の午前中、誰もいないときに台所の床で冷たくなっていたのだという。まぶたを下ろし横たわった身体のそばには、両親から禁じられていたお酒があった。コンビニで売られていたワイン一本。

前の会社から今の仕事に転職する狭間の出来事だったせいか、千晴はいまだに姉が亡くなったという実感がない。離婚した姉は仙台の家で父と母から大切にされ、助けられ、当時七歳と五歳だったかわいらしい娘二人を残し――なぜ平気で死ねるのだろうか。千晴の、亡き姉に対する醒めた憎しみと、心の壁は高く厚かった。

だが同時に、なぜ自分は年齢の近い姉を助けてやれなかったのか、どうして東京なんて離れた場所でのうのうと働いていられたのだろうかという後悔もあった。本当は、千晴は、おっとりと優しい姉がとても好きだったのだ。

そんな相反する思いが複雑に絡み合っているせいか、いまだに千晴は、姉は亡くなったのだと他人に話したことがない。地元に住んでいないから聞かれないというのも、もちろんある。

だからこそ、海人の話す過去はよどみがなく、さあっと流れていくようで——なぜ身内の唐突な死をそんな簡単に語れるのだろうか、という疑念が浮かんだ。

死別の受け止めかたはさまざまで、安易に比べられることではないのかもしれない。つまり彼の場合「ミンチ」などと軽くたとえられるくらい過去を消化できているということだろうか。

運転している最中、海人の方を気にしていたせいだろうか。

車を停めたとき、彼はふと千晴の目を覗き込むようにしながら聞いてくる。

「榎本さんって、彼氏、いるんですか」

千晴は答えない。答える必要のない質問だと思ったからだ。

隣から仰ぎ見てくる海人は何を誤解したのか、顔の距離をぐっと縮めてきた。千晴の身体を上から覆うように、彼女の運転シートの後部へ手を伸ばしてくる。

身体を硬くした千晴は、あえて威嚇するように海人の目を見ながらすっと窓の方へ上半身を引いた。

するとなんでもないような顔をして、海人もまた後ろへ身を引く。

「すみません。これがついていたから」

糸くずをつまんでいる。千晴はもう海人を見ない。ドアを開けると炎天下のもとに飛び出した。

荷物を抱えながら海人を後ろに伴い歩いていく。

いったいなんだったの……？　イライラしながら配達先の家のドアを叩いた。

同時に、千晴の中の、違和感のドアも叩かれる。

これから配達する先の一つが、マカ男の部屋だった。

ふと思いついた千晴は、マカ男の部屋に一人で行ってもらえないかと海人に頼んでみる。

「いいですよ、それくらい。代引きですね」

不信感を持たせた行いを取り戻そうとするように、詳しい理由も聞かず、海人は現金が入ったウエストポーチを受け取ると行ってしまった。

「あ、あれっ？　どうも」

出てきたマカ男は海人を相手にあたふたしながら、文句を言わずにマカを受け取っていた。しかも万札ではなく、千七百八十六円に対して二千円を渡している。

やっぱり……。　醒めた目を向けながら、千晴は少し離れた場所からマカ男の一挙一動を観察していた。

今までは「嫌なやつ」というレッテルを貼って耐えていたのに、急に耐え切れなくなった。やはりマカ男は相手を選んで難癖をつけている。それは自分が女だからなのだろう、と思うと千晴は悔しさよりもむなしさが勝ってしまう。女だというだけでこんな目に遭ってしまうのだと伝えても、面倒に巻き込まれたくない一般的な男の上司からは「大げさだ」とか「被害妄想」の一言で片づけられてしまうにちがいない。そんな予測が立ちはだかり、いつも自分の内に不満を抱えてしまう。今までどれだけマカ男に嫌な思いをさせられてきたか、いくら伝えても、伝えた相手が積極的に耳を傾けてくれない限り現実は永遠に伝わることはないだろう。マカ男のようなタイプの人間は、屈強に見える配達員の前では絶対に自分をさらさないからだ。

海人を行かせなければよかった。だがもしも、上司が自分と同じ経験のある女性だったら、せめて同じ目線に立ってくれる人だったら……。

戻ってきた海人を伴い、また歩く。

「俺、このまえ、桜井さんと着替え室でいっしょだったんです。桜井さんの指導係は榎本さんですよね」

「はい」

「あの人も腕とか……筋肉がついてきてるから、いろいろ努力してるんでしょうね」

そう言って海人は千晴の方を見ながら自分の左の上腕を撫でた。千晴はまた前を向いて歩き出す。正史の入れ墨のことを暗に言っているのだろうか。

少し気味が悪くなってきた。また狭い空間に二人並んで座るのが、千晴は苦痛に感じられる。だが助手席のドアを開けようとした海人に反射的に声をかけた。

「車の下を確認して。子供がいるかもしれないから」

「はい、子供こども……うわっ！」

けたたましい声で叫んだ海人が飛び退いた。

何かと思ったら、車の下から這い出てきたのは黒猫を抱えた青年だった。

確認の際、本当に人がいたのは初めてだ。三十前後に見える青年は右腕に黒猫をぶら下げ、左手でめがねと髪の乱れを直してから、すっくり立ち上がると、不機嫌そうに目前の二人を睨みつけた。

その顔に、千晴は見おぼえがあった。

「斎木さん、さきほどうかがったらお留守だったので、不在通知を入れておきました」

斎木は黙ったまま服のホコリを払っている。

あっ、と海人が騒ぎ出した。千晴の後ろに寄ってきて「この人、このあたりでは有名な医者一家の息子さんですよね。いいお客さんだから気に入られたほうがいいって教えてもらいました」と、わざわざ報告してくる。

医者一家かどうかは知らないが、斎木自身は確かサラリーマンだったはずだ。微妙に間違っている海人の情報はたぶん、土屋からもたらされたものだろう。すると最初の情報源は稲葉が今打ち出している箇条書きだろうか。柑子町はもともと稲葉の担当だったはずだ。

「斎木さん、初めまして。新しく入った樋口海人です。まだ運転免許もないバイトなんですけど、いつかこの町を回ってみたいと思ってます。ええと、斎木さんってモテますよね。だってかっこいいですもん。猫ちゃんもかわいいなあ。また配達させてもらいます！」

海人のおべっかに斎木は一言も返さない。軽蔑したような目で、海人に左のひとさし指をまっすぐ向けながら言い放つ。

「僕はきっちり時間通りに荷物を受け取りたかったのに、猫が逃げたせいで受け取れなかったんです。その失意と悲しみの強さが、あなたにわかるんですか」

「ええっ？」と動揺を見せながら海人は後ろに下がる。

「何もかもわかっているような、訳知り顔をするな。免許もないバイトのくせに」

イライラした様子の斎木は黒猫を肩に乗せるようにして抱くと、背を向けて自宅の方へ行ってしまった。

斎木の背中越しにこちらを向いている黒猫は、呑気そうに目を細めている。

その姿がまったく見えなくなってから、斜め下を向いた海人はこめかみに血管を浮かせ、

「なんだ変人かよ」と唾棄(だき)するように言った。

斎木が指定した再配達の時間帯は夜の七時から九時の間だった。

二年以上斎木の家に配達をしている千晴は、彼が異常に時間にこだわるタイプであり、再配達は八時にしてくれないと困ると以前言っていたので、八時ちょう

どに訪ねてみた。

　ドアの向こうから現れたのは、水玉模様がはっきりした、旧モデルのゾゾスーツを着た斎木である。

「時間ぴったりですね、すばらしい。早すぎるのも良くないし、遅れるのもまた不吉だ」

　さらさらと伝票にサインした斎木は荷物を受け取る。旧モデルのゾゾスーツの上には胸元から下半身を覆う黒いエプロンを着けていた。女子校に通い、ずっと女子チームに所属していた千晴は顔の造作の整った男にあまり免疫がないのだが、斎木はたまに奇妙な格好をしているせいか、そこが妙に抜けた感じとなって緊張よりも好奇心が勝ってくる。

「あの、暑くないんですか」

「誰が？」

「斎木さんです。失礼ですけど、暑くないんですか」

「暑いです。当たり前じゃないですか」と胸を張っている。

「それならどうして……」

　しかもそのゾゾスーツ、ちょっと古いし、と千晴は思いながらもあえて聞かずにいる。

　すると斎木はめがねの奥の目を細め、顎に手を添えた。

「僕は水玉模様が好きなんです。だから身に着けていると、とても落ち着く」

　ふっと千晴の頭に苺模様のハンドルカバーが浮かんだ。

「榎本さん、あなたは見たり、身に着けていたりすると落ち着くものはありますか」

「はい。あった……いえ、あります」

「それはなんでしょう?」

「姪っ子の写真です」

「そういうものが身近にあると、毎日を楽しく生きられるのではないでしょうか」

斎木の言葉を聞いて、なぜか千晴は稲妻に打たれたような気持ちになった。

先日見た、路子が運転していた六トンより、もっと大きいトラックに姪っ子二人の写真を飾ってみたい。いかつい個室のようなその場所に、かわいい二人の顔が並んでいたら、どんなに素敵だろうか。

「そう……そうだと思います」

「よかった。僕は淡々と決まったペースで仕事をこなす榎本さんの姿を見るのが、好きなんです。それに比べて昼間連れていた若い男は嫌いです。僕のことをよく知りもしないくせに、上から値踏みしているような感じがした。態度が一定しない人は嫌いです」

容赦ない指摘を下すと、斎木はエプロンに挟んでいた水玉模様のタオルで額に浮かんだ汗を拭いた。

「あの、熱中症になるかもしれませんから、気をつけてください」

「誰が?」

　こんなに長く彼と話したのは今回が初めてだった。けれどこの数分で斎木の投げる「球」の癖がなんとなくわかってきたので、千晴はあえて具体的な言葉を使ってみる。

「誰がって、斎木さんです。失礼ですけど、顔も赤いし、やっぱり暑いんじゃないですか」

「暑いです。顔が赤いのは自分では見えませんから、わかりませんでした」

　へりくつばかり言ってくるなと思いながらも、千晴は慌てて付け足す。

「もう脱いだほうが安全だと思いますけど」

「ふうむ、気に入っていたけど仕方がない。榎本さんがそこまで言うなら脱ぐことにします。では」

　ドアが閉まった。不可思議な会話にもかかわらず、千晴の違和感のドアは叩かれない。斎木の発する言葉や態度の向こうには、相手に気に入られようとか侮り（あなどり）といった裏が感じられないからだろう。

　帰ろうとしたとき、また背後のドアが開いた。

「そうそう、言い忘れました」

　あとは営業所に車を戻すだけだったので、時間に余裕がある千晴はまた斎木の前に立つ。

「僕は通勤の途中によくあなたのトラックを見るんですけど、最近、榎本さんは藍町の方へ配達に行っていませんね」

「はい、どうしてわかったんですか」

「毎朝、僕は御社の藍町営業所の横を通って駅に向かいます。週末はやはり同じ時間に、御社の横を通って散歩しています。その際、あなたが運転するトラックをたまに見かける。最近の榎本さんは藍町とは逆方向にトラックを走らせている」

「御社……」

とつぶやきながらも、斎木の観察眼と分析に少し怖いものを感じる。

「私は、藍町の担当を外れたんです」

「外れた。外された、の間違いじゃないですか？」

話題を変えようとして千晴は無表情のまま切り出す。

「私、配達中に、斎木さんが恋人と歩いているところを見たことがあります。髪が少し長くてかわいらしい感じの」

「恋人？　そんな人、僕にはいませんよ。もしかして僕の会社に掃除で来ている望月アルエさんかな。えーと、僕と彼女は恋人同士ではなく、プリンの固まる前みたいな関係なんです。僕が卵でアルエさんがミルク、いや僕がミルクで……まあ、プリンになったことがないからわかりませんけど」

斎木は千晴の誘導など意に介さない様子でさらに続ける。

「で、どうして榎本さんは藍町の担当を外されたんですか。僕はそういったことをあなた以上に多く経験しているので、事情はだいたいわかります」

　理由は言わないほうがいいだろう。

と思いながらも、千晴は話してしまいたい気持ちもあるのだった。

だから小さな声で洩らす。「実は、愛嬌がないと言われまして」

「誰が？」

　カチンときた千晴は力強い声で言い直す。

「今ここにいるこの私が、愛嬌がないと、藍町のお客さんから、クレームを受けたんです！」

「なんとっ！」

　斎木は大きく目を見開いた。客だとわかっていても千晴はイライラする。

「それは災難でしたね。ところで榎本さんはこの柑子町の住民から、愛嬌がないと言われたことはありますか」

　担当を外されたときの悔しさが込みあげてきて、千晴はくちびるを嚙んでから、いえ、とつぶやいた。

　一方で、暑さで顔の赤さが増してきた斎木は得意げに胸を叩く。

「なぜあなたが担当を外されたのか、僕が教えてあげましょう。つまり藍町はお貧乏人が多いからです。僕の住んでいる柑子町はお金持ちが大半。金持ち喧嘩せずと言いますが、お金に余裕のある人は愛嬌とか愛想笑いなんて表面的なものに騙されないし、そんなものはそもそもセールスドライバーに求めていません。仕事をきっちりやってくれるかどうか、見ているのはそれだけです。なぜならお金持ちは小心者でケチだから、自分のお金や物品が雑に扱われないか、常にそれだけを気にしています。しかしお貧乏人は見る目が甘い。すぐ情に流されるから愛想笑いを見抜けない。いつも欲求不満だから、愛想笑い一つで、ころっと騙される」

「そ、そんなことありません！」

藍町の住人に対してあまりに失礼なので、千晴は声をあげた。

「本当にそう思っていますか。榎本さんは藍町の人間に裏切られたんですよねぇ？」

そんな話をしている間にも斎木の顔はみるみる赤くなってくる。眩暈がするのか、目元を押さえると、「ああ、気分が悪い。では失礼」

と言ってドアが閉まった。

遠くから花火の音がする。顔を赤くして怒るのはむしろこっちのほうじゃないかと千晴は言いたかった。

それに褒めたと思ったら貶めたり、まったく意味がわからない。藍町の住人は悪い人ばかりではないのだ。それなのに、愛嬌がないと言われてしまった。くそう。

「訳知り顔してるのは、おまえのほうだろうがっ！」

感情のままに吐き出すと、その上に花火の音がポンポンと重なる。

でも、久しぶりに大きな声を出してすっきりした。それにしてもいつから自分はこんなふうに周りの思惑をはかって、がまんばかりするようになったのだろうか。

四

正史を伴って回る残りの日数も少なくなってきた。

最初の頃は「なんスか、なんスか」と勢いがよかった正史だが、近頃妙におとなしい。仕事を終えて休憩室のパイプ椅子に座った彼は腕を組んで難しい顔をしている。

立ったままの千晴が彼の目の前に缶コーヒーを差し出すと、「おっ、いただきヤス」と下くちびるを突き出し、頭を下げた。

千晴は隣に座る。「もしかして、バレた？」

腕のことを言っているつもりだったが、気を回されプライドが傷ついたのか、

「何もないっス」

と正史がむっとした口調で言い返してきたので、うんざりした表情を浮かべながら彼の横腹を小突いてやった。

ははっ、すみません、と正史は笑いながら千晴の腕をよける。

「なんだかみんな、おとなしくなっちゃいましたね」

二人そろって稲葉の方を見た。疲れているのか腰を叩きながら目を細め、一文字ずつゆっくりパソコンのキーボードに打ち込んでいる。早番が終わったドライバーたちも、以前のように一日の出来事を笑って話すこともなく、さっさと帰宅してしまう。

作業中の稲葉に千晴が声をかけると、彼は声を潜める。

「土屋さん、俺の作った情報を持って、さっそく海人くんと配達に回ってる。俺はなんにも言えない。黙って見てるだけだよ」

と、急に正史が話に入ってくる。

「土屋さんは海人さんをえこひいきしてる。俺、そういうの苦手っス。いかにも体育会の仲間内〜って感じ」

「体育会の人がみんなそうではないと思うけど」と千晴。

「俺はガチガチの文系だから、おまえとは群れないよ」

「ええ、なんでっ」

正史が稲葉の背後から抱きついた。気持ち悪いなあと言って、稲葉は正史の腕をふりほどいている。

その横で千晴は井橋路子の勤める「しゃくなげ運送」のことを思い出していた。

先週の休日、一人で千葉の会社を見に行ってきたのだ。

海沿いの敷地にはさまざまな積載量のトラックがずらりと並んでいた。路子が乗っていた六トントラックや、十一トン以上のものまであって、よく磨かれた車体は太陽の光を受け、魚の鱗（うろこ）のような光を放っていた。

社屋を囲むフェンスの外から、千晴は、さまざまなトラックが出入りする様をしばらく観察した。運転手は若い男性ばかりではなく、四十代以上に見える人や、女性ドライバーも何人かいて、みな粛々（しゅくしゅく）と働いているような印象を受ける。彼らが交わす会話も「おう」とか「どうも」とかその程度だった。ドライバーを募集する貼り紙がどこかに貼ってあるかと思ったが、見つけられなかったので、欠員が多いわけではないようだ。

その後、少し離れた場所にあった食堂に寄って、早めの夕飯を摂った。レジでお金を払う際、「しゃくなげ運送」について聞いてみると、食堂の夫婦は少し言いにくそうにしていたが、千晴がドライバー希望とわかった途端、いろいろ教えてくれた。

中でも気になったのは、十年ほど前に「しゃくなげ運送」が高速道路で車八台を巻き込む大事故を起こしたという話だった。原因は過積載。行政の監査が入ったところ、ドライバーたちの健康状態も悪く、過労防止の対策をほとんどしていなかったなど多くの業務違反が判明したらしい。それで結局「しゃくなげ運送」の施設には半年間の使用禁止命令が出た。事故はテレビでも報道され、多数出た負傷者の中には障害が残った人もいたのだという。

だがこの事件は前社長時代の話であって、現在の社長はその息子。父親のがめつい営利主義に走った失敗を受け、息子社長はかつての企業理念を全面的に猛省し、その後は社員の健康に気を配るようになったのだという。同じような事故をもう一度起こせば事業停止になるというのもあるが、それ以上に、二度とくり返したくないという教訓が強かったのだろう。

「ネットとかで調べてくれれば、いろいろ出てくる」と路子が言っていたのは、この件だろうか。さらに千晴が調べていくと、「しゃくなげ運送」以外にも多くの運送会社が事故や違反を起こしている事実もわかった。積載量によって利益が変わること、人件費削減の問題、健康上の要因が大事故を引き起こしやすいなど理由はいくらでもある。大型トラックは時と場合によって凶器になり得る。だから、「大型が好きで乗りたいっていう人が、必ずしも大型を運転するのに向いてるわけじゃない」と路子は言っていたのだ。性別よりも、適性が優先される仕事なのだろう。

「でも女の人がドライバーになったのは、今の社長からだよ」

「井橋さんよね、第一号は」

夫婦は最後にそう教えてくれた。井橋路子は「しゃくなげ運送」のパイオニア的な存在らしい。

空き缶をゴミ箱に捨てた千晴は、稲葉と正史に「お疲れさま」と伝え、帰り支度を済ませた。

今日の千晴は珍しく水玉模様のワンピースを着ていた。斎木の話を聞いて、ずっとクローゼットにしまったままだったものを着てみようかという気になったのだ。

映画でも見て帰ろうかな、と思っていると土屋が海人を連れて営業所に戻ってきた。

千晴は挨拶し、二人とすれ違い、しばらくすると背後から土屋の問いかけが聞こえてくる。

「おまえ、ああいうの好きか」

すると海人が立ち止まった。

「ワンピースですよね、素敵じゃないですか」

こちらに背を向けている土屋は千晴が聞いていることなど気づいていないようだ。しかし海人は上司相手にずいぶんリラックスしている。

「俺はパンツスーツの女のほうが好きだな」

「へえ、意外です。そういえば前から思ってたんですけど、土屋さんってめちゃくちゃモテそうですよね」

「いやいや、不倫はダメだよ。今の時代ああいうのは流行らないから。俺は不倫するやつってバカなんじゃないかと思ってる。このご時世、何言われるかわかんないじゃん。ほら、あれだ、コスパが悪すぎるってやつ」

「じゃあ、今の流行ってなんですか」

「嫁だよ嫁、嫁自慢。俺は嫁さん大事にしてます、今日も嫁さんかわいい！　なんて言ってるのが賢いやり方だな」

「なるほど、やっぱ土屋さん頭がいい。さすが法学部！」

軽く笑いを交換してから、二人は事務所の方へ歩いていった。

蟬が鳴いている。てくてく歩きながら千晴はむなしい感情を持て余していた。

せっかく着てきた服が、男同士の仲間意識を繋ぐための道具に貶められてしまったようで胸くそ悪い。それにしても土屋はだいぶ海人を気に入っているらしい。

なんだか喉が詰まるような感じがする。千晴は喉から胸にかけて手でさすりながら、営業所のわきにある自販機の横を通りすぎた。

と、路子が飲み物を買っているところに出くわした。

大きな目を見開いた彼女は自販機から栄養ドリンクを取り出す。

「えのもとさん。これ、何か飲みます？」

「いえ。もう帰るところですから」

少し歩いてから千晴は自販機の方を振り返った。

「あの、『しゃくなげ運送』の路子さん」

ピクリと肩を動かすほど、路子は反応していた。

「おぼえていてくれたの？」

「はい。今日はいつものトラック、ないんですね」

すると路子は営業所とは逆方向に視線を移す。

「ここで寝るなって言われたから、別の運送会社の駐車場に停めさせてもらってるんです。少しでも仮眠をとらないと事故になるから」

確かに、仮眠のあるなしで事故の確率は大きく変わる。

路子は肩をすくめた。「どう？　前にした話。悪い話じゃないと思うけど」

千晴は少し考えてから口を開く。

「私、もうすぐ契約社員としての三年が終わるんです。そのあとは、正社員になれるかどうかわからない。でも……」

「まあ、せっかく三年も頑張ったんだったら、慣れた仕事で正社員になるのもありですよね」

路子のやんわりした言い方に、千晴はなかなか答えられなかった。

迷っている。考える時間がもう少し欲しい……。

「大事なことだから何度でも言うけど、大型に乗ると、誰でも気持ちが大きくなります。あと大型ってスピードを出すのに時間がかかるから、高速でいったん速度が出ちゃうと、ブレーキを踏みたくないっていう心理に陥りやすい。前の車が遅いと煽ったりして自分本位になる人もけっこういる。だからそういうのが平気になっちゃう人には、働いて欲しくない。逆に言えば、そうならない人にこそ、仲間になって欲しい」

愛嬌など、ほとんど関係ない世界なのだろう。ただし自分の判断一つで、多くの命を巻き込んでしまうかもしれない仕事でもある。ミンチというたとえが脳裏をよぎっていく。

「もう少し、考えさせてください」

千晴は慎重に伝えた。

五

日曜日の朝七時、営業所の前に見知らぬ乗用車が停まっていた。

千晴が不審に感じていると、従業員用の裏口から出てきた蘭が駆け寄ってくる。

「ちょっと、大変なんだってば！」

蘭は興奮気味でバタバタと両手を上下させている。千晴が眉根を寄せていると、

「お金、お金なのよ、お金！」

と騒いでいるのだが、最近別人のようにおとなしかった蘭の目には元来の彼女らしい好奇心が宿っていて、嬉しそうにも見える。けれど「お金が大変」とはただごとではない。

「どうしたんです？」と千晴。

「金庫のお金がね、朝になったら全部盗まれてたんですって！」

声が洩れないよう口に手を当てながらも、蘭は外の蟬の声に負けない声量を放った。

えっ、と千晴は身構える。

「警察に通報するのかよくわかんないけど、なんだかもめてるみたい。今日は朝からほら、例の『カレシ』から腰が痛くて出かけられないからバナナと牛乳買ってきて～なんてメールがきたの。無視しようと思ったけど、死んだら嫌じゃない？　それで、しょーがないかって早く来てやったんだけど……まさかこんな現場に立ち会えるなんて！」

あまりに高揚しているため千晴のほうが「しっ」と口の前に指を立てたほどだった。よほどストレスがたまっていたのだろう。

「盗んだ人はわかったんですか」

「それがわからないのよ。とりあえずあたしじゃないからね！　でも、まだ警察に通報しないところを見ると……」

きょろりと目を動かした蘭は、意味ありげに千晴を見る。

「内部の犯行、かもしれない」

嚙みしめるように言うと蘭が頷いた。

金庫の前では、このあたり一帯を管轄する支部長と土屋が何か話しているようだった。

すると乗用車は支部長のものなのだろう。五十前くらいの支部長は腕を組んでじっとしているところが、騒ぎを大きくしたくないと語っているようにも見える。一方で、小さな声で報告している土屋は千晴が見たこともないほどおろおろしていた。気の毒ではあるが、蘭が嬉しそうにするのもわからなくはない。

その後出勤してきたドライバーや事務員たちはやはり、支部長と土屋が発する不穏さに驚いているようだった。そのたびに蘭は彼らを金庫から離れた場所へ引っ張っていって事情を説明している。

それからすぐ、まだ警察に通報していないという情報が回ってきて、千晴は蘭の指摘の鋭さについ苦笑してしまった。

と、土屋がこちらを見る。

「ちょっと、集まってもらえるか」

それぞれが戸惑いを浮かべながら土屋のもとに集合する。厳しい表情の支部長は土屋の後ろに立っており、その足もとには金庫があった。

「だいたいもう聞いていると思うが」

土屋が蘭を見ると、彼女は何も知らないような顔でそっぽを向いている。

そして声を抑えながら土屋が話した内容は、だいたい蘭が言った通りだった。朝いちばんに出勤したのは土屋と蘭。その直後、金庫の異変に気づいた土屋が支部長に連絡を入れた。金庫は数字を打ち込んで開けるもので、その番号を知っているのは土屋とチームリーダーの稲葉だけだ。

土屋の話が終わると、全員の視線がまず稲葉に向かった。

「お、俺はやってませんよ！　入試を控えてる子供だっているんだから、たかだか百万くらいの金で手が後ろに回るようなことをするわけがない！」

彼は一歩前に踏み出すと、「むしろ今日来てないやつらはどうなんです？　海人くんは？　連絡は取れたんですか」

ピクリと土屋が反応した。

「あいつは今日は休み」

「連絡は取ったんですか」

土屋は面倒そうに口を曲げる。

「まだ電話に出ない。休みだから寝てるんだろう、バイトだからな」

「彼も呼ぶべきじゃないでしょうか」

「だから電話に出ないって、さっきから言ってるだろうがっ」

土屋が恫喝(どうかつ)するように怒鳴りつけた。

ドライバーや事務員たちの間に、たちまち緊迫感とは別の、しらけた空気が流れていく。

慌てて咳払いした土屋は背後の支部長を気にするような仕草を見せてから、たずねる。

「榎本さんは、何か知らないの？　海人に金触らせてたよね。あんな感じで他の見習いにも金持たせたりしたの？」

千晴は当惑を隠せない。

どうして知っているのだろうか。代引きの際に使うウエストポーチのことを言っているのかもしれないが、海人から聞いたのだろうか。いずれにしても本来禁止されている行為をしたのは事実だった。

「確かに、一度だけ樋口さんに代引きを代わってもらいました。それ以外は誰にも現金を持ってもらったことはありません」

「なんで海人にやらせる必要があったの？」

しきりに貧乏ゆすりをしている土屋の動きが千晴の神経を逆撫でした。けれど彼女が声を発する前に、その後ろにいた正史が前へ進み出る。

「土屋さん、チハさんはずっと男の住人から集荷のたびに嫌がらせを受けていたんです。いつもマカの代引きをしてる人です。そいつはチハさんとか、俺みたいに弱そうな男とかを狙って、言い返せないこっちの立場を利用して弱い者いじめみたいなことをしてくるんです。だから海人くんみたいに身体の大きい人が行ったらどうなるか、試しにやってもらったんです」

「嫌がらせ？　セクハラか」

土屋が眉根を寄せると、正史がはっきり言い返す。

「セクハラじゃなくて嫌がらせ、超陰湿なハラスメントですよ」

「早く相談すればよかったじゃないか。そういうのは黙っているから相手がつけあがるんだ」

土屋は支部長を意識しているのか、諭すような口調で胸を張っている。すると正史が語気を荒らげた。

「土屋さんは相談どころか、そもそもこっちの話なんて聞こうともしてくれないじゃないですか！　チハさんがどんなに嫌な思いをしてたか知ってるんですか？　慣れていた地区だって勝手に外されたんだ」

いいから、と囁いた千晴が正史を止めようと背後から彼の腕をつかんだとき、

「なんだおまえ、ナイト気取りか。腕に入れ墨入れてるのだって知ってるぞ」

土屋の暴露に、千晴の手の中の腕が、ぶるりと震える。

「な、なっ……なんスかなんスか、だったらなんなんスか！　俺の腕、土屋さんは見たんスか。いったい誰から聞いたんスか、海人くんですか？　お二人は仲いいですもんねっ」

噛みつくような勢いの正史を、千晴だけでなく稲葉も加わって止めに入った。やめろと言いながら、稲葉が背後から正史の両わきに手を入れて制止する。

「なんだ、男の嫉妬か。見苦しいな」

軽蔑するような視線を注いだ土屋に、「ちょっと話戻して」と支部長が注意を入れてくる。

「はあ、すみません」

「ちゃんと部下の教育できてるの？」

土屋は悔しそうにうつむいていた。

「あの、ちょっと」と、稲葉が手を挙げた。「ひとまず配達に出ていいでしょうか。待ってるお客さんがいますから」

土屋たちははっとしたようだった。

その直後、支部長の携帯が鳴った。ああ、はいはいと彼はすぐ会話を始め、何かを取り繕うように建物の外へ移動していった。

「配達、そうだな。だが、金を盗んだ者がもしここにいるなら、そのまま逃げようなんて考えないでほしい。今はみんなが疑われている。ここで働く者全員、名前も住所も本物かどうか、今確認取ってるところだからな。見習いの人間も同じだ」

土屋の一方的な発言に、千晴は目の前が一瞬白くなった。

すると、その白色の向こうに少しずつ、大きなトラックの運転席が見えてきて、姪っ子の写真を飾っている絵が浮かび上がってくる。姉が亡くなってから姪っ子たちは変に感情的だったり、逆に感情を抑えるようになったり、情緒が不安定になってしまった。そんな二人は遊園地のアトラクションが大好きだから、たぶん、背の高い運転席に乗せてあげたら喜ぶだろう。それからさらに白色の奥に進んでいくと、千晴の目の裏に、太陽の光を浴びた真っ白な真夏のマウンドが見えてくる。

はあ、と千晴は腹の底から熱い息を吐き出すようにしてから、顔を上げ、土屋を見た。

「盗んでいない人がほとんどのはずなのに、私たちを責めるようなことばかり言わないでください。休日返上で出ている人だっているんです。今の発言が心理的に影響して、交通事故の原因になるかもしれない。荷物を管理しながらお客さんに配慮して、時間内に配達するのがどれだけデリケートな仕事かってことくらい、土屋さんはよくご存じだと思いますが」

前に調べた運送会社の事故リスト。そこには土屋がかつて勤務していた宅配会社も載っていた。「しゃくなげ運送」と同じく、社員の健康に関する監督不足で、何件か事故を起こしていたようだった。

しかし怒りでみるみる顔を赤くした土屋は、くちびるを戦慄かせると、上から千晴の鼻先に向かって指を突きつける。

「この機に乗じて言いやがって、立場もわきまえずよく言えるもんだな。おまえ、誰に言ってるかわかってんのか。愛嬌がないってクレームがついたこと、おぼえてるよなあ」

今度は正史と稲葉が、千晴と、興奮する土屋の間に割って入った。

けれど千晴は頭の芯が氷のように冷えている感じがある。だから大事な試合でバッターを睨みつけて威嚇するときと同じように、土屋の目をまっすぐ見返した。

相手がどんな立場の者であろうと、千晴はもう、自分を見下してくる相手に迎合するのはやめようと決めていた。違和感とがまんを重ねてきたからこそ、試合のときと同じように、まっすぐぶつかっていいんだと感じる。そもそも選手は監督の駒ではないのだから。

「クレームの話をこの場に持ち込まれても、別件ですから困ります」

千晴は普段と同じ調子で言った。

かっと耳を赤くし、顔を引きつらせた土屋が何か言おうとしたとき――表の客用チャイムが呑気な音で鳴り響いた。

「はいはいっ」

緊迫した場から逃れるように答えた蘭が壁の向こう側にある客用カウンターへ向かい、その後入れ違うように支部長が戻ってきた。上と相談した結果、やはり警察に通報したほうがいいと判断がおりたのだという。土屋は気まずそうに頷いていた。

壁の向こうから蘭がひょっこりと顔を出す。

「すみません、お客さんが呼んでますけど。チハさんと土屋さん」

「私ですか」

カウンターに向かうと「パン工房るるど」のお姉さんを始めとした、千晴の見慣れた住人たちが並んで立っていた。四十代から七十代の男女四人は全員、藍町在住者でもある。

「ああ、よかった。配達前に間に合って」

肩幅の広い短軀(たんく)の男は、千晴の少し後ろに立つ土屋を見た。彼は米屋の三代目で、店の名が入った前掛けをしている。

「新しい所長さん？」

「はい、そうですが。何か？」

土屋は千晴の前に出る。

「あんたのとこの新しい配達員から聞いたんだけど、どうして千晴ちゃんを担当から外したの？　俺たちは文句なんか言ってないのにさ」

「は？　それは、誰から聞いた話でしょうか」

「新しく来てる坊主頭の若い人だよ」

事務所とカウンターを区切る壁の向こうから、いたずらが見つかった子供のような顔をした正史が覗いている。

「しかしそれは、クレーム対応の結果でして」

土屋の返答に納得がいかないのか、米屋は腕を組んだ。

「それはないよ。クレームを言ったのは五十代後半くらいの男だろ？　林田(はやしだ)っていう小太りの男で、けっこういいマンションに高齢の母親といっしょに住んでるんだ。あれこれ一方的にまくしたてて、最後は『もう結構』って自分から話を終わらせるとか、そんな感じだったんだろ?」

「え、ええ。まあ、そうだったような……」

土屋が後ろに下がった。図星だったのだろうか。

「あいつは何かっていうと、すぐクレームの電話してくるやつで、このあたりでは有名なんだ。ただあんまり追い詰めると孤立しちゃうだろうからって、腹にすえかねるけどこっちはこっちで連携取ってやりすごしてるんだ。高齢のお母さんのことも大変だろうし。とにかく俺らは千晴ちゃんの配達に文句はない」

今度は私が話すとばかりに、「パン工房るるど」のお姉さんがずいと前に出た。

「所長さん、いちいち声の大きい人に騙されてちゃダメよ。満足してる人は配達してくれる人に満足してますなんて、普通言わないでしょ? パン屋だって美味しいなんて言ってくれる人はまれ。何も言わずにまた買いに来てくれることが、美味しいのあかしだと私は思ってるんだけど」

「そうだ、その通り」

他の店主たちが小さく拍手をし、頷いている。

「でもね、ときにはこういうふうに、私たちも言葉にして言わなくちゃいけないと思って、今日は来たんです」

残り物だけどこれ、と「パン工房るるど」のお姉さんはパンがたくさん入った袋を千晴に渡してきた。

「みなさんで食べてくださいね」

「ありがとうございます」

九十度の角度で千晴は頭を下げた。顔を上げると、お姉さんの瞳が、大変だったねと語っているように感じられる。日曜の準備で忙しい時間を割いて、わざわざ来てくれたのだろうか。

「ご忠告痛み入ります。まだまだ、勉強不足で申し訳ありません」

土屋も深々と頭を下げていた。そこに虚勢の色は一切なく、態度は丁寧だった。

ふと千晴が後ろを見ると、稲葉と正史が壁の向こうにいて、「配達代わりに行ってきます」と書かれたメッセージボードを掲げている。

「所長さん、まだ新任なのにいろいろ言ってごめんなさいね。あなたもこれ、食べて」

頭を下げたままだった土屋は顔を上げると、目尻が赤い。それから、はいとかすれた声を出している。ああ、土屋さん泣きそう。金庫のこともあったし、もしかしたらいろいろといっぱいいっぱいで、余裕がなかったのかも。

と思ってから、千晴は土屋から顔をそむけた。本当は自分だって泣きたいのだけれども……。

そこで、目前の自動ドアが突然開いた。

「おや、藍町のみなさんではありませんか」

片手を挙げて入って来たのは、柑子町に住んでいる斎木だった。今日は旧モデルのゾゾスーツを着ていない。スウェットパンツに合わせた黒地のTシャツには白のドットが散らばっている。

「これは斎木のぼっちゃん。おはようございます」

藍町の四人がそろって挨拶した。

「おはようございます」

配達する箱をカウンターに置いた斎木は、胸ポケットから華麗に取り出した自前のペンで伝票に住所を書いていく。

「お願いします」

こちらに箱を差し出すとき、髪がさらっとゆれた。いつの間に集まってきたのか、蘭以外の事務員たちがカウンターに一列に並んで頬を染めて見惚れている。

「今日はお伝えしたいことがあるので、僕はわざわざ藍町くんだりまで来たんです」

くんだりって……。さすがに千晴はツッコみたくなった。が、藍町の住人をお貧乏人とたとえたくらいの男である。二年以上に亘る付き合いで、彼が少し、いや、だいぶ変わっていることくらい千晴はよくわかっていて、むしろ驚いているのは土屋のほうだった。

　周りの反応を一切気にしない様子の斎木は、さらに続ける。

「今日の早朝なんですけど、御社の樋口海人さんが車を運転してるところを見ましたよ」

「えっ！」

　その場にいたドライバーと事務員全員が、さきほどの感動的なやりとりなど吹き飛んだような声をあげた。海人は免許を持っていないはずだ。

「本当に、うちの樋口でしょうか」と土屋。

「肌のよく焼けた、世に言う、ひと昔前のＡＶ男優のような外見の男ですよね」

「えっ、いや、まあ」

　言葉に詰まる土屋を無視して、斎木は眉を上げる。

「朝五時に起きて新聞を取りに出たら、すごい速さでうちの前を黒のＢＭＷが走り抜けていったんです。もうあたりはうっすら明るい時分でしたから、僕は、樋口海人さんだとすぐにわかりました。それで車のナンバーはこれです」

　斎木が数字を書いたメモをカウンターに置くと、土屋が慌ててメモを取ろうとした。

　しかし、置いた当人の斎木がまたそれを奪い取ってしまった。

　裏返したメモを顔の横に並べ、「あの人、怪しい人ですよね？」と言う。

　苦しそうな笑顔を作った土屋が「は？」と洩らす。

「樋口海人さんは、怪しい人ですよね」

「いや、別にそういうわけでは……。どうしてそう思われましたか」

「誰が？」

ぎょっと目を剝いた土屋は、尻のポケットから出したハンカチで汗を拭く。

「ええと……斎木さまが、です」

「僕？　ああ、樋口海人さんは配達の途中で会った際、僕に『免許を持っていない』と言っていました。でも実際は立派な車に乗っていた。つまり嘘をついていた。そして黒のBMWの窓のほとんどには黒いフィルムがぴっちりと貼られていた。黒いフィルムをぴっちり貼った黒い車。そんな車に乗る人は怪しい人か芸能人か、ひと昔前のAV男優くらいじゃないでしょうか？」

いや、あの樋口はそういった男優ではないのですが、と土屋が苦し紛れに言っている。

金庫のことと、免許の件。どちらも怪しいことばかり。AV男優かどうかは定かではないが、二人きりのとき、海人は自分を誘惑しようとした。それは好意というより、彼なりの思惑があって近づいてきたような感じを千晴は受けた。こちらの座る運転席のシートに腕を伸ばしてきたときの動作も自然で、あれは明らかに車を運転している者特有の動きである。千晴はやっと自分の中の違和感の、点と点が結ばれたような気がした。

「ともかく重要なご助言、感謝申し上げます」

土屋が頭を下げる一方、藍町の住人たちは「さすが斎木のぼっちゃん、すごい目を持っていらっしゃる」と斎木に向かって拍手している。

「どうも、どうも」

片手を挙げている斎木は、得意げにめがねのつるを指で持ち上げていた。

蘭が千晴のそばに来て、「インテリタイプもいいわよねぇ」と言ってはしゃいでいた。昨日まで別人みたいにおとなしかったのに、ずいぶん気が変わるのが早いものだ。

でもやっぱり蘭はいろいろおもしろがって、楽しそうにしてもらわないと、らしくない。千晴は蘭の背中をドンと叩いた。

「あれ、何？　なんで笑ってんのよぅ」

と言われた千晴はすぐさまカウンターに置いてある鏡を見た。

そこには、口の端に浮かんだえくぼに、安堵の笑みを宿した自分の顔がちゃんと映っている。


空の低い位置に積乱雲がぐんぐんと四肢を伸ばしている。

「夕立がきそうですね」

ハンドルを握りながら正史が言った。

助手席に座っている千晴の身体はたまにガタガタと上下する。いつもと同じ道を走っているはずなのに、どうして正史が運転するとこんなにゆれるのだろうか。当の正史はハンドルを固く握りしめ、進行方向へ必死に目をこらしている。

運転に余裕がない。免許を持ってはいるが、実際に動かすのは久しぶりなのだろう。荷物が多いので焦る気持ちはある。しかし二トン車を懸命に運転する正史にプレッシャーを与えないためにも、千晴は黙って助手席でゆられていた。

昼の休憩時間は「パン工房るるど」に寄ってサンドイッチを買った。

公園のわきに車を停め、木陰のベンチに座って昼食をとる。飲み物を抱えて走ってきた正史が千晴にペットボトルのお茶と缶コーヒーを渡した。

「はい、どうぞ」

「ありがとう」

千晴が財布を出すと正史はそれを手で制する。

「午前の配達、だいぶ時間がかかったんで、お詫びっス。あと、俺の運転で気分悪くなってないかなあって」

「実は、いつ外に飛び出そうか迷ってた」

「ええっ、ひどい。なんスかそれぇ」

一度隣に座りかけた正史は、すぐ腰を上げた。

「今日は吐き気止め持ってきたんで、言ってくださいね」

「冗談だって」

すねた様子の正史がやっと隣に座ってくる。

「なんだ、チハさんが冗談言うの珍しいから、マジかと思いました」

あながち冗談でもないのだが、正史の自信を挫く必要はないので千晴は黙っている。狭い住宅街の道を事故を起こさないように注意深く運転しながら、時間内に荷物を届けて、配達先の客に気を配る。これらを並行するのは簡単ではない。「セールス」と「ドライバー」を兼ねることはかなりのマルチタスクにあたるので、やはり難しい。正史の作業を横から観察する立場になって改めて、千晴はそう思うのだった。

二人はサンドイッチに齧りつく。

金庫の盗難事件のあと、樋口海人は捕まった。金庫のナンバーは土屋が開けている際に盗み見たのだという。どうやら海人は常習犯だったようで、他のバイト先でも小さな犯行を重ねていたらしい。盗難の原因を作った土屋は所長として一人営業所に置くのは不適任とみなされ、事件後は別の上役が置かれることになったため、現在、藍町営業所は課長と所長の二人体制になっている。

「土屋さん、すげぇおとなしくなりましたよね。ああいうの、借りてきた猫っていうんスか。猫に失礼なたとえですけど」

ふふっと笑って正史はソーセージの挟まったパンを噛みちぎる。

確かに土屋の勢いは収まった。けれど今は課長もいるので、結局のところ千晴にとって営業所は居心地のいい場所ではなくなってしまった。それが本来の職場なのかもしれないが、疲れて帰って来た場所でほっとできないのはつらい。

「つたく、上の人間の顔色ばっかり見てるから、あんなことになるんスよ」

パンを食べ終えた正史は千晴の方へ顔を向ける。

「土屋さんにもっと言ってやりたいこと、あったんじゃないスか」

「うーん、どうかな」

「言ってやればよかったんスよ。で、なんて言うつもりだったんスか。このバカヤローのコンコンチキとか？」

海人の盗難が証明されたあと、土屋は千晴に直接謝罪を入れてきた。そして蘭から聞いた話によると土屋は今、妻が子供を連れて実家に帰ってしまい、一人暮らしなのだという。驚いたことに土屋からその話を蘭に打ち明けてきたらしい。

でも、そんな状況だったらなおのこと土屋を責めるのは違うような。

缶コーヒーを飲み干すと、千晴は口を開く。

「うん、ちょっと世間知らずなのかなって思ったけど、それ以上、特に言いたいことはないかな」

「あれだけ言われて、それはそれで怖いんスけど」

だがやはり、土屋に期待する気持ちが湧かない千晴はそれ以上言葉が出てこないので、

「よし、休憩終わり」

と言って袋にまとめたゴミを持って立ち上がった。すると慌てて正史がついてくる。

一週間、正史が主導した配達を千晴は一切手を出さずに見守った。

そして正史を伴う最後の日、彼の運転は最初に比べてだいぶ安定してきていた。

若いからコツをつかむのが早いのだろう。明日からは独り立ちだ。

「俺の腕がどうこうって、土屋さん言ってましたけど、結局うやむやになっちゃいましたね。俺、このまま働いてていいのかなあ」

ハンドルを握りながら正史が言った。

「いいんじゃない。ちゃんと仕事はしてるんだから、もう土屋さんも言わないよ」

「でも……」

「わざわざ言いたくないでしょ」

正史は何も言わない。

どこからともなく、夕方の五時を知らせる「七つの子」が流れてきた。スピーカーが壊れているのか、音が割れていて、ものがなしい響きを伴っている。

間が空いてから、はい、と正史は頷いた。

「でも、チハさんにだけは教えます。俺、傷の上に入れ墨入れてるんスよね。一生消えな

い傷。えっと、小さい頃親父にやられたんです。怪我したとき、俺、なんにもできなくて。親父にはやられっぱなしで、弟はびゃんびゃん泣いてるし、母さんは見て見ぬふりで……。何を言っても家では俺が悪いってことになっちゃうから、その傷見ると、すげぇ無力感におそわれる。だから見たくないんスけど、見ますか？」

「やめとく」と千晴はつぶやいた。「無理に見せる必要ない」

「そうっスよね。今の話、重いっスよね」

千晴は少し考える。

「人の体験に、重いも軽いもないような気がする」

「そうっスよね」

正史の持っている過去も、簡単に誰かに話せるようなものではないのだろう。彼もたくさん葛藤を抱えながらやってきたのだろうか——自分が姉のことを、まだ誰にも言えないように。

急にスピードが落ちたと思ったら、正史は車を壁沿いに停めた。サイドブレーキを引いて、ハンドルを左に切る。

「すみません……」

千晴とは逆の、ドアの方を向くと、正史はうつむいてしまった。

「大変だったね」

ぼそっと言ったら、うなだれたままの正史はかすかに首を振っている。

「土屋さんがマカ男の話を出したとき、かばってくれたよね。すごく嬉しかった、ありがとう」

正面を向いたまま千晴は伝えた。正史は声を洩らさず、しくしく泣いているようだった。

窓の向こう側にある積乱雲に夕陽の色が溶け出している。


営業所に帰る途中、正史はいつか稲葉のようにグループリーダーになりたい、と照れくさそうに教えてくれた。営業所の雰囲気は上司の影響を受けやすい。だが配達に出てしまえば、あとは一人で黙々とノルマをこなすだけだから向いているかも、と感じたようだ。

「いっそ正社員になって所長を目指したら？」

千晴の提案に「えーっ、俺が所長っスか」と正史は驚いていた。けれど土屋のあれこれを目にしたからだろうか。

「でも、少し前の土屋さんより、いくらかマシな所長になるかもっていう自信はあるっス。そう考えたら土屋さんっていろんな意味で勉強させてくれたわけだから、ある意味すごいっスね。いやいや、褒めすぎかな」

前向きな発言に千晴はほっとする。

営業所に帰った正史は稲葉と将棋をさしていた。休憩室の一角にはまたドライバーたちが集まって、おだやかな賑やかさが戻ってきた。近いうち営業所を移ると言われている土屋は何も言ってこない。

千晴にとっては、土屋がいてもいなくても変わらない。今の仕事を続けるか否か。藍町の人たちが味方してくれたのもあって、たぶん、正社員にはなれると思うのだけれど……。

営業所を出ると、いつの間にか少し前まで降っていた夕立があがっている。

暗くなりかけた地上に立って、千晴が空を見上げると、ひらべったい雲が何層も重なっていた。深い青、夕陽のオレンジ、それらが雲の中に複雑に映り込み、混ざり合っている。

「さっきまで虹が出てた」

声がした方を見ると、習志野(ならしの)ナンバーの六トントラックが黒い影を背負うように停まっていた。

「路子さん」

千晴は路子の方へ歩いて行く。蝉の声はいつの間にかヒグラシに変わっている。ここ一週間で陽が落ちるのがだいぶ早くなった。

「所長さん、ここで休憩とってもいいからって急に言い出したの。どうしたんだろうね、浮気がバレたような顔してたけど」

千晴が笑うと路子も愉快だったらしく、重ねるように声を出して笑った。

「うちで働くこと、考えてくれた？　実はあたし、この営業所に来られるのは今日までなんです。この地区を外れるから、いわゆる担当替え」

「そうなんですね」

少し自分に相談してみよう、と千晴が視線を落とした先には六トン車を支える、黒くてどっしりと厚みのあるタイヤがある。人を選ばず誰でも支えてくれる無骨で立派なタイヤ。

ヒグラシの声がやんだ。

汗が背中を流れていく感じも、むくんだ身体にブラジャーが食い込む不快感もすべて消え去って、千晴は意識の奥の水中に潜り込んでいく。

自分をかばってくれた藍町の人々が浮かんだ。稲葉や正史や蘭の姿も見えた。みんな笑っている。彼らに向かって、自分も笑いかけるだろう。

しかし、彼らへの感謝や親しみとはまったく別のところに千晴の関心は向かっていた。

もうこれ以上、周りに合わせて自分を押し殺していたくない。姉のように、あの子は優しい子だったと言われたまま死んでいくのは嫌だった。

仕事を替えるのはけっして不義理にはならないはずだ。むしろ必要以上に愛想を振りまいて、自分を殺して働き続けるほうが、一生付き合っていく自分自身に対して不義理を働くようなものだろう。

千晴はゆっくり顔を上げた。少しずつ、ヒグラシの声が戻ってくる。

「今から習志野まで帰るんですか」

「そう」

「私、明日仕事が休みだから。帰り道、乗せてもらっていいですか」

「習志野までだけど、いいの？」

「もちろん」

千晴の返答を受け、口の端をぐっと上げた路子は運転席の方へ回り込んで乗車すると、

「乗って」と中から合図を送ってきた。

ドアを開けたらシートの位置は思っていた以上に高い。

運転席から寝そべるように身体を伸ばしてきた路子が手を差し伸べてくる。

「ありがとう。でも、自分で乗ってみたいから」

ドアの横についている手すりをつかんでステップに片足を乗せると、千晴は渾身の力を込めて自分の身体を押し上げた。水の中から魚が跳ね上がるときに似た力強さを感じる。

路子がエンジンをかけた。ミッション車特有のクラッチ、アクセル、ギアチェンジを流れるように行って、ドゥルンドゥルンと声をあげ始めたトラックは、千晴が働いていた場所からゆったりと離れていく。

毎日のように歩いていた道なのに、ちょっとシートの位置が高くなるだけで、こんなにも世界の見え方が変わるのか。

腰の下から響いてくる振動は、新たな人生の幕開けを知らせるクラッカーのようだ。

「じゃ、行くよ」

「すっごく楽しみ。レッツゴー！」

千晴は子供のような声をあげていた。

あまり話すのが得意ではないと思っていた。それが大きなトラックに乗ったら饒舌になるというのはなぜだろう。

こんなことは、ソフトボールをやっていたとき以来じゃないだろうか。

けれどそんな発見を振り切るように車体は次第に速度を増していく。

異能の女

一

私は栗入りのドイツパンを手に取ると、がぶりと齧りついた。

もちろん焼いてすぐのものではなく、しばらく時間を置いて生地のバランスが最良の状態になったパンである。

が、その味わいは予想以上に衝撃的で、ああっ、とたまらず心の中で叫んでしまう。滋味、というものをそれまで期待していたのだけれど、実食の先にあるものはまったく違った。

むしろ噛みしめるたびに伝わってくるのは突き抜けるような旨味だった。そのあとライ麦の荒々しい風味が鼻腔いっぱいに広がっていき、次に舌がびっくりするほどの酸味を感じる。そこへ不意に茨城産のほっくりした栗の甘みが加わって、舌の上で生地と混じりあった。こ、これこそまさに強靭で粘りのある頑固で勤勉なドイツ人と、農耕民族・日本人の平和なマリアージュって、ドイツ人と話したことなんてないけど。

歓喜のうめきを洩らしていると、次第に目の奥に、先日訪ねた栗農園の光景が思い出された。

知らない土地を訪ねるのが、私は好きではない。

二十九年の人生で東京から出るなんてほとんどなかったし、出る必要もなかったのだ。けれどある日、大好きなドイツパンの酸味に、日本の栗の慎み深い甘みが加わったらどんなに素敵だろうとひらめいたときには、もう足が止まらなかった。目利きとして有名な八百屋から聞いた情報をもとに、東京から電車を乗り継いで、気づくと私は茨城の大きな栗農園にたどり着いていた。

パンの材料は自分の勘を信じて、「いい」と感じたものを自ら見つけないと意味がない。そういった自分なりの試行錯誤の積み重ねが最上のパンを生み出すのだから。

これは私なりの信念で、根拠は二十九年かけて向き合ってきた自分の感性のみである。

栗農園に行った日は風が強かった。

重さを増したいがぐりが頭上から不意打ちで襲ってきて、痛みに弱い私は、途中何度かくじけそうになりながらも、結局いくつも栗を拾った。

靴底で優しく踏んで広げ、トングでつまみ出した栗たちは、どれもぷっくりつやつやと光っていた。その栗を茹でて食べたら目の奥で白い光が炸裂する。これが世にいう性的な甘い感傷というやつだろうか。そんなもの異性同士の深い接触が苦手な私は味わったことないけれど、こっ、これが……。

「日和さん。中に入っている栗って、どこで買ってきたの？」

あやさんの声が私の妄想をぶっつりと断ち切った。

彼女はパンを焼く際に店のオーブンを貸してくれた人で、私がアルバイトをしている「ベーカリーあや」のオーナーである。

「茨城の栗農園で採ってきました」

「えっ、もしかして、栗を拾うために茨城まで行ったの？」

「はい」

「遠出するのが苦手だって言ってなかった？　乗り物酔いしやすいからって」

「このパンに入れるために必要な栗だと思えば、別に」

「がまんできたってこと？」

「がまんというか、いろいろ忘れていました、はい」

都合がよすぎるだろう。

と思われるのはわかっていたが、実際そうだったのだから仕方がない。美味しいドイツパンを焼くために必要な栗だと思えば、電車のゆれなど平気だった。

けれどその一方で、胸の内にはあやさんへの反論が少し渦巻く。

実費で茨城まで栗を採りに行く大切さが、どうしてわからないのだろうか。やはりマヨネーズやチーズやチョコレートといった、高校や大学が近所にある「ベーカリーあや」の常連客に合わせた、わかりやすい味のパンを作っている人には伝わりにくいのかもしれない。

もちろん思っているだけで、口にはしない。私はアルバイトにすぎないし、このドイツパンは店のために焼いたわけではないからだ。

「あの、オーブンを借りておいてなんですけど、あやさんもお一ついかがですか」

なまこに似た形のパンをナイフで厚めにスライスしていく。

「ありがとう。きれいに焼けてるじゃない」

パンの表面を眺めていたあやさんはそれを口に放り込んだ。咀嚼(そしゃく)しているうちになぜか顔から表情が消えていく。

「あの、いかがでしょうか」

もしや不味(まず)かっただろうか。まあ、味や食感の好みは人それぞれだから仕方がない。

あやさんはなかなか口を開かなかった。

「やっぱり、お口に合いませんでしたか」

けれどうんと言ったきり、あやさんは考え込むように少しうつむいた。

「そんなことない。でもうちのパンと全然味が違うっていうか……初めて食べる味」

ドイツパンを初めて食べるなんて、そんなわけはないだろう、十年はパン屋をやっているんだから。眉間に皺を寄せながら、しばし黙考していたあやさんがふいに顔を上げる。

「もしかして、他のパン屋で働いたことある？」

「いえ、この店が初めてです」

「そうよねえ、履歴書にも書いてたもんね」

あやさんは自分に言い聞かせるようにつぶやいた。いつもにこやかな彼女らしくない、ぎこちない笑顔だった。少し寂しそうでもある。つい、こちらまで変にぎくしゃくしてしまった。

週五日、基本的には朝の七時から夕方の四時まで、私が「ベーカリーあや」で働き始めてから一年が経つ。最初は販売の仕事だけやっていたのだが、半年前から厨房に入れてもらえるようになった。

今日はあやさんの厚意に甘え、自分で考案したパンを店の厨房で焼かせてもらったので、片づけを終えたときには日がとっぷりくれていた。

お先に失礼します、と声をかけて私は店を出る。来客の多い時間帯には販売のアルバイトを入れているのだが、今日はすでに帰っているため、店にはあやさん以外誰もいない。

あやさんはいつも立ち働いている。朝七時（正確にはその十分前）に私が店に入るときはもちろん、夜は七時くらいまでにかけて、休憩を抜いても十時間以上は働いているようだった。

身体が頑丈だから、少しくらい無理をしても平気なのだと彼女は前に言っていた。だけど私なら、とっくに倒れているかもしれない。店を持つなんて自分には無理かなと思う。

音楽プレイヤーを操作し、私はイヤホンを耳につけた。好きな曲が流れてくると同時に外の雑音が遮断（しゃだん）される。さらに苦手なにおいが不意打ちで鼻に入らないように、マスクを着ける。

自分なりの儀式を済ませたあと、私は店の前を走るなだらかな坂道を下っていく。ぽつぽつと街灯が並ぶ先には小さな駅があって、その周辺に集まるスーパーや書店などに寄り道していると、駅の方から知っている男が歩いてきた。

といっても彼と話したことはない。

めがねをかけたその人は私が見る限り、寒い時期は黒いコートを着ている。年齢は三十歳くらいで、どうやら彼は駅向こうにあるドイツパン専門店の常連客のようだった。何度か私は「ベーカリーあや」の店内から彼の姿を見たことがあって、そういうとき、たいてい彼はドイツパン専門店の袋を携えていた。早朝に見かけることもあるから、たぶんこのあたりに住んでいるのだろう。

でもそのめがねの男は「ベーカリーあや」のパンを買いに来たことは、一度もない。

彼がドイツパン専門店の袋を持って、あやさんの店の前を通るのは、だいたい夕方の六時半頃。

男はこちらの視線にまったく気づかないらしく、颯爽と私の前を通りすぎていった。

今日は木曜日、あと少しで六時半。

男の進む先にあるのは「ベーカリーあや」。男の手にはやはり——ドイツパン専門店の袋がある。

ひっそりとした住宅街の公園に面した喫茶点、その名は「並木道(なみきみち)」。

今日も落ち着いた色調の店内はがらんとしていて、近所の騒音も少なく、半分近くの窓辺には緑が押し寄せている。

「これ、味見してもらえますか」

私は栗入りのドイツパンの入ったタッパーを「ちょっと変わったお友達」である香代(かよ)さんとバードさんの前で開けた。パンの持ち込みについてはマスターに前もって断ってある。

香代さんは絆創膏だらけの指で、切ってあるパンをつまむと口に入れ、慎重に咀嚼する。

少し黙ってから「うん、うん」と頷いて、「美味しい。けど、こういうのなんて言うの？　クセになる複雑な美味しさ？　好きな人は好きって感じ？」

「香代さんって『ベーカリーあや』のパン、食べたことありますよね」

「ある」

「あっちはどうでした？」

「あたしは『ベーカリーあや』のパンも美味しいと思ったけど」

香代さんの隣に座っている「バードさん」こと鳥居さんは、なかなか私の焼いたパンを食べてくれない。難しい顔をしたまま丁寧におしぼりで手を拭いて、つまんだパンのにおいをあらゆる角度から、くんくんと嗅いでいる。

「ちょっと、日和ちゃんに失礼。変なものなんか入ってるわけないでしょ」

バードさんは眉根を寄せた。

「別に疑ってるわけじゃない。こっちは日和さんと同じで鼻が利くし、なんせ四十二年この特殊な感覚と付き合ってるんです。まずは吟味してからと思いまして」

「吟味って、怪しんでるって言ってるのと同じじゃない。言い訳してないで早く食べなさいよ」

またツッコまれている。

「私、気にしてませんから。あの、バードさんはご自分のペースでどうぞ」

「誤解させたらすみません」

と言ってバードさんはこちらに顔を向けて、少し笑った。バードさんの背後の窓から差し込んできた光が彼の頭に反射している。

バードさんは両サイドと後頭部にだけ髪を残した禿げ頭である。はっきり言ってかっこいいとはいえないデザインのめがねには、指紋の跡がついていて、洗いすぎて色が抜けた服には毛玉もたくさんついている。足もとは靴下にぼろぼろのサンダル履き。いろいろ誤解を受けそうな外見だけれど、私はバードさんが不潔な人ではないと知っていた。むしろ彼は潔癖すぎるところがある。

程度の差はあるが、私と同じく音や味に過剰に敏感な体質なので、彼の場合、服装やめがねにまで注意が向かないのだろう。故郷である山形を出てからは有名な大学の声楽科に進んだそうだから、音に対する感受性は、私たち三人の中でいちばん鋭いのかもしれない。

やっとパンを口にしてくれたバードさんを指さしながら、香代さんが言う。

「ね、ね、美味しいと思わない？」

「指をささないで。あと、先に意見を言われちゃうと困るんだよなぁ」

意気込んでいた香代さんは不満そうに口を閉じて正面を向いた。

絆創膏を貼っていない手も、腕も、香代さんはいつもどこかしらに傷をつくっている。

香代さんは、動物の気持ちがなんとなくわかるという感性の持ち主だった。

その性質を証明するものは何もない。もちろん超能力者というわけでもない。けれど、たとえば動物がよく捨てられている場所へ行くと、なぜか「ピン」ときて胸がザワザワするらしい。そして「ピン」ときた場所にはたいてい、子猫や子犬が捨てられているのだという。

放っておけないのだろう。現在彼女は六匹の猫と、二匹の犬とともに暮らしている。保護した動物たちの世話をしている際、手や腕に傷ができるのだ。

「自分は『ベーカリーあや』のパンや市販のパンより、このパンのほうが好きですね」

バードさんが厳しい表情で言った。「ドイツパンがどういうものか詳しいことはわからないけど、『ベーカリーあや』のパンは前に食べたとき気分が悪くなった」

バードさんは片手を開いて「吐きそうだ」というジェスチャーをした。あやさんには聞かせられない話だが、彼は誰にでもこんなふうに、はっきり言うわけではない。ちゃんと人を選んでいる。

バードさんの舌はたぶん私より敏感なのだろう。もちろんいやらしい意味ではなくて要するに、私以上に原料や添加物に対し、敏感に反応する感性を持っている。

あやさんの店のパンの平均単価はおよそ百六十円前後とお値打ちなので、人件費を差し引いたうえでその価格帯にするためには原価を下げる必要がある。なので使われているのは業務用のツナ、マヨネーズ、チョコレートなどなど。一般的に美味しいパンを作るためにはなんの問題もない材料だが、バードさんのように味覚が敏感で「合わない」と感じる人にはとことん合わないのだろう。

「この茶色い地味なパンは……」

「栗入りのドイツパン」と私が言葉を挟む。

「すみません。このドイツパンはなんというか……パンに詳しくないからアレなんですけど、旨いです」

「もっと上手に言ってあげたら？」

「ボキャブラリーが豊富じゃなくて、失礼しました」

「芸術家のくせにね」

香代さんの言い方がきつかったので腹が立ったらしい。バードさんは苛立ったようにオーガニックコーヒーを呷ると、口をへの字に結んだ。

香代さんもバードさんも、そして私も、「気にするほうがおかしい」とか「神経質すぎる」とか何かと普通の人と比較され、人一倍がまんした経験が多かったせいだろう。似た者同士で集まると、ついがまんの蓋が開いて、小さな爆発を起こすことがある。

でも、私はそれでいいと思っている。

がまんしてがまんしてがまんした挙げ句に大爆発を起こしてしまうより、たとえ愚痴であっても、ストレスは小出しにして受け流し合っていったほうが健康的ではないだろうか。もちろん相手は選んだうえで、だけれど。

私たち三人は何かしら「敏感すぎるセンサー」を持っていて、ストレスを感じやすいというのも同じだった。しかしこういった感覚過敏な人たちが五人に一人はいるらしい。

人より五感が敏感というと、超人のようなイメージも湧いてくるが、長所と短所は表裏一体。横並び意識が強いこの国では短所ととらえられるほうが多いのかも。それに私は香代さんとバードさん以外、敏感な人に会ったことはないけれど、実は知らないうちにすれ違っているのかもしれない。果たして他の人たちはどこで、どうやって暮らしているのだろう。

世の中は何かとタフな人が基準になりやすい。そんな世に生きる、まったくタフではない私たち三人は、こうして月に二度ほど集まって、仕事や日常の出来事を話したり悩みを打ち明けたりすることにしていた。

「バードは料理ができないけど、味覚が鋭いのは確かだから、日和ちゃんはパンの出来についてもっと自信を持ってもいいんじゃない？　でもこれって」

香代さんは私の方に顔を寄せてくる。「すごい才能とも言えるかも。だって、ごく普通のパン屋さんに勤めて一年でこれを焼き上げたんでしょ？　しかも一人で」

「ごく普通のパン屋っていうか、はい」

「作り方は誰かに教わったの？」

「基本はあやさんから教わりました。でもドイツパンについては誰にも」

「それってどういう意味？」

「ドイツパンの本を買って、パン作りのＤＶＤを観て、いろんなお店に行って……といっても近隣ですけど、いろいろ食べ比べて、何度か作ったり焼いたりしながら自分なりに研究を重ねました」

「じゃあ、直接誰かから教わったわけじゃないのね？」

二人に向かって頷くと、香代さんは驚いたように身を引いた。

「ドイツ人からも？」とバードさん。

「ドイツ人からも教わってません」

「日和ちゃんは誰からも教わってないって、今言ったじゃない。ちょっと、何おもしろいこと言ってやったみたいな顔してんのよー」

腕を組んだバードさんは得意気に胸を張っている。彼なりのユーモアだったようだ。

「それにしてもすごいよね。もしかしたら、パン作りは日和ちゃんに合っているのかも」

「パン作りが合ってても、パン屋の仕事が向いているとは限らない」

「やめてよぉ」

と、小さい悲鳴をあげながら香代さんはバードさんの薄い背中をバシッと叩いた。「そんなのわかってるわよ！　でもあたしたちみたいなタイプの人間は自分に合ってることを見つけるのが、どれだけ幸せに結びつくかって、わかんないのぉ？」

「わ、わかってますよそれくらい。香代さんこそ肌が敏感だとか言っておきながら他人（ひと）を叩くのはやめてください」

「あんたは他人じゃなくって、バードじゃないのよぉ」

「意味がわからない……」

機嫌を悪くしたらしい。バードさんはすみませんと私に言ってから、香代さんに背を向けた。

二人の言っていることが、私はどちらもわかるような気がする。

自分の敏感なセンサーのせいで、今まで楽しいことより嫌な思いをするほうが多かったから。

小学校の頃はよく給食に食べられないものが出て、それを教師に無理矢理食べさせられたとき、私は吐いてしまった。さらに「石井日和はわがままだ」「自分勝手だ」というレッテルを貼られ、クラス中の笑い者にもなった。昔から満員電車が苦手で、間違えて乗って気分が悪くなり、車内で吐いてしまったときは「マジか」「自己管理くらいしろよ」と見知らぬ人たちから言われた。それでも立てずにいると鞄や足がバシバシ背中に当たってきた。

教師はきゅうりを食べられない私に向かって、こう言った。

がまんして食べてみろ。ただの食わず嫌いで、食べてみたら美味しいかもしれないじゃないか。

お酒が飲めない人は、がまんして飲んだら美味しいと思えるのだろうか。お酒を飲めないことも、きゅうりと同じでただのわがままなのだろうか。お酒ときゅうりに、いったいどんな違いがあるのだろう。

ふと気になって、バードさんに聞いてみる。

「最近、お仕事はどうですか」

居心地が悪いのか、バードさんは足を組み替えた。

「職場に新しい上司が来て、その人が居酒屋とかパチンコとか……」チラッとこちらを見る。「キャバクラとか賑やかなのが好きみたいで、それはそれで好きにしたらいいんだけど、こっちまで誘ってくるからつらいです。男なら女と酒は当たり前だろうとか、決めつけられるのがちょっと。なんでも一方的に見る人に限って、断ると、付き合いが悪いなんて上から言ってくるんだよな」

「一方的にしか見られない人だから、平気で文句なんか言えるのよ。職場、替われないの？」

「そう簡単には、なかなか」

バードさんは警備会社で働いている。

刺激的なことを好まない彼は騒音のひどい場所の警備や、人でごった返すコンサート会場などは避け、深夜の仕事や静かな住宅街の警備を中心に回してもらっているようだった。が、もちろん選んでばかりもいられないだろう、仕事なのだから。

「あ、でもいいこともありました」

　バードさんが声をあげた。

「ここ三カ月ほど警備しているビルに、たまにきれいな女の人が来るんですけど、その人が最近やたら俺をじっと見るんです」

「で？」

「つまり？」

「いや……きれいな人だなあと思って」

　顔が赤く染まって表情がゆるんでいる。

「もしかしてその人が、自分に気があると思った？」

　香代さんの指摘に、いやまさか、と言ってバードさんは強くかぶりを振った。

「それ、私たちの気質と関係ないから。男が勘違いする、よくあるパターンだから。それ以上その人に自分の妄想を押しつけて近づいたりしたらダメだからね。気持ち悪いって警察に通報されるかもよ」

「警察っ？　見られてるのはこっちだぞ」

「どうせ向こうは目が悪いとか、そんな程度の理由だと思っておいたほうがいい。ねえ日和ちゃん」

「うーん、もしかしたらその女の人、カモになりそうな人を探してる詐欺師かもしれませんね」

「わー、あたしよりひどいこと言ってる！」

構わずに私は続けた。「でも、そういうところで反応するバードさんって、ごく普通の男の人っぽいですね」

「うん、すごく普通の男って感じ。つまんない。いつものバードのほうがマシ」

「つまんないってなんだ、失礼だな！」

と言いながらも目を細めたバードさんは、顔をくしゃくしゃにした。今日初めて出た笑顔だった。普通の男という響きに彼が憧れを持っているのはなんとなくわかっていたので、香代さんは背を押す意味であえて言ったのかもしれない。少し言いすぎな気もするけど。

香代さんはふと自分のめがねのフレームを指で触った。繊細なわりに、他人に対しておざっぱに振る舞ってしまいがちな彼女が、気を遣うときに出る癖だ。

「ところでバードは、歌はもうやらないの？」

「金になりませんから」

「そういう問題じゃなくて、パンを作るのとパン屋をやるのがまったく違うのと同じっていうか……」

バードさんは首を振ると、それ以上の追及を拒むようにうつむいてしまった。

本人いわく出生地の山形では、少年合唱団の花形美少年として有名だったらしい。けれど大学を出たあとは歌うことがだんだんつらくなり、歌唱指導の仕事も含め、少しずつその分野から遠ざかってしまったのだという。

なぜそうなったのか、前に聞いたことがある。

「人の視線とか、いろいろ圧倒されて」

それきりバードさんは透明な箱に閉じこもるように黙り込んでしまった。

原因は歌そのものではないようだ。人の視線もまた、刺激の一つではある。


そもそも私たちが出会ったきっかけは、香代さんがやっていたブログだった。

ブログの名は「犬と猫との日々」。作者の名前は「カヨ」とあって、ペットを飼えないアパートに一人暮らしをしている私は、そのブログをよく見ていたのだ。

一年ほど飽きずに見ていられた理由は、香代さんの人柄にあったと思っている。たとえブログであってもデザインや言葉の選び方などから、だいたい人柄というものは伝わってくる。

「カヨ」さんはアフィリエイト目的でもなければ、変に目立ちたいという精神の持ち主でもないらしく、ブログからはただ「捨てられた動物たちについて知ってほしい」という優しさのようなものが伝わってきた。でも動物に傾倒しすぎるあまり、たまに垣間見える弱さみたいなものもある。弱いものに共感できるのは、すごく強い人か、同じように弱い人でしかないのかもしれない。香代さんは後者で、一年休まずにブログを見ていた私だって同類だったのだろう。

ある日、ブログにこんな文章が出てきたときはドキッとした。

――声はしないけど、川原のくさむらのあたりに犬がいるような気がする。

――ざっと歩いてみたけど何もいなかった。あーほっとした。

――でも気になったから今朝、川原に行ってみたら、やっぱりいた！ アマゾンの段ボール箱に入れられて一匹隠れていました。生後一カ月くらい？ 手足をガムテープでぐるぐる巻きにされた状態でした。

そんな文章とともに、ゴールデンレトリバーに似た薄汚い雑種犬が写っていた。ガムテープを剝がす際にはさみで毛を切ったらしく、子犬はところどころ地肌が見えしまっていた。虐待されたなんてわかっていないような、いや、わかっているからこそ、かわいらしい目をこちらに向け、ピンク色の舌をぺろりと出していたのかもしれない。

その後ブログには、「ありがとうございます」といった感謝のコメントがずらずらずら、と並んでいった。しばらくすると「ヤラセだろ」「偽善者」と糾弾が混じり始め、「かわいい動物を拝めるのに横槍を入れるな」「保護しないで逃げる人が大半。おまえが捨て犬の立場だったらどう思う?」「ブログ主は女神」と反論のコメントもまた湧いてくる。

みんな、汚い弱った犬や猫が、きれいに蘇っていくさまを見たいのだ。安全な場所から、自分の手を一切汚さず、身銭も切らずに、感動と復活の物語を眺めていたいのだろう。

感動のおすそわけをいただきながらも、私は、せめて保護のカンパをしたほうがいいのかなと思っていた。けれど見知らぬ人と連絡を取るなんてありえない。それにしても「カヨ」さんはすでに何匹も保護しているようだったが、「カンパお願いします」と一向に書く気配もない。ちょっと善人すぎるのではなかろうか。

それとは別に、「カヨ」さんの直観力の強さが私は気になっていた。

どうして声を出さない子犬をくさむらから見つけ出せたのだろうか。なぜ猫ではなくて、「犬がいる」と思ったのだろう?

それ以外にも、ときどき挿入される記述に気になるものがあった。


――歯医者の麻酔が効きすぎて気づいたら眠ってしまいました。

――持病の頭痛がきたからもう寝ます。小さい頃からずっと頭痛もち。すぐ頭が痛くなっちゃうのよね。でも薬を飲むと体調が悪くなるからめったに飲まないんですよ。

――動物たちの気持ちが水面に映り込むようにわかるから困る。ちなみにあたし、頭はしっかりしてます、たぶん（笑）

今度は私の直観が冴えてきた。

この人はもしや、薬品や痛みや動物の気持ちなど、いろいろ刺激に敏感なタチの人ではないだろうか。

そうかもしれない、でも違うかも……。

ある日、ブログが止まった。それから半年ほど更新されなかったので、もしかして作者が死んだ？　それとも動物のほう？　などいろいろ気になってしまい、さんざん迷った挙げ句、ブログに載っていたアドレスに私はメールを送ってみることにしたのだ。私にとってかなり異例の決断だった。

すると、すんなり返事がきた。

実はあたし、半年前に離婚しちゃったんです。子供は元夫と向こうの親にとられてしまいました。そんなこんなでいろいろありまして、ブログの更新もできなくて。半年もたっていたなんて、自分でもびっくり！

いきなりこんなこと打ち明けられたら引きますよね。でもあたしも一応、人を見て判断しています。あのー、甘えるようでたいへん申し訳ないのですが、今度ウチの動物たちにご飯をあげるの手伝ってくれませんか？

あなたが気にかけている子犬のアマゾンもいますよ、たぶん。

もう一度メールを読み返してから、思った。

面倒なことには関わらないほうがいい……。それに「人を見て判断している」なんて変な感じがする、会ったこともないのに。

でも似たような悩みを抱えている人なら、やはり会って話してみたい——そんな無自覚な欲求が私を突き動かしたように思う。こちらの勘違いであれば適当にカンパして帰ればいいだけだ。同じ品川区に住んでいるというのもあって、気づいたら「アマゾンに会いたいです」と返事を打っていた。

けれど訪ねていった先の家で、

「どうもわざわざすみません」

と言って出て来たのが、禿げ頭で地味な印象の中年男だったので度肝を抜かれた。

「えっ、あの、女性では？」

まさかのネカマだったか、やられたなと動揺していると、禿げ頭の男は暗い目つきのまま、

「自分は、香代さん……ブログの著者です、その香代さんの知人で鳥居啓介といいます」

「はあ、けいすけさん」

クールな名前だなと思って、知らぬ間に復唱していたらしい。

「名前だけはかっこいいでしょ?」

と、猫背のままじっとりと見返してきたので慌てて否定した。

私のマスクに視線を送った鳥居啓介さんこと、のちのバードさんは「風邪ですか」と聞いてきた。

「いえ、風邪ではなくて、鼻がよすぎるっていうか」

「鼻がよすぎる?」

「はい、においの情報を多く拾ってしまうタチなんです。だから外を歩くときはいつも着けてるんですけど、外したほうがいいですか」

「いや、別に。どうぞそのままで」

バードさんの後をついていくと、マスクをしているにもかかわらず、ごく普通の石鹸の自然な香りが感じられた。すると次第に自分のものさしが、「禿げている地味な中年男」から「禿げているうえ地味で少しダサいけど、清潔かもしれない男」に変わってくる。たぶんこの感覚の積み重ねが「えー、あんな男とどうして付き合うの? 信じられないっ」という第三者との感覚のズレを生むのだと思う。もちろん付き合う気などないが。

「カヨ」さんの品川の家には立派な庭があって自家用車も停まっていた。夫と離婚し、子供も向こうの家にとられてしまったと書いてあったから、生活に困っているのかと思ったが、実は昔からこの土地に住んでいる資産家なのかもしれない。

　庭の端にある別棟まで行くと、そこにめがねをかけた中年女性が立っていた。

　初見は、おばさんという軽率な単語が浮かんでしまった。丸形のめがねをかけて髪を後ろでまとめ、アースカラーとも言われる柿色のワンピースを着ている。

　はじめましてと中年女性がこちらに向かって言いかけたとき、どこからか「ウォーン」と警戒を知らせるような叫び声が聞こえた。

「あっ、いけない」

　慌ててバードさんは門の方に走っていく。ガチャリと門の閉まった重い音が響いて、どこか不吉な予感に戸惑っていると、別棟の裏から稲光のごとく何かが飛び出してきた。

　それは大きな犬だった。よだれを飛び散らしながら一目散に駆けてくると、手足を広げて跳ね上がり、立ち尽くしている私の顔面近くにがばっと覆い被さった。

　ぎゃあっと叫んでみたものの、顔中を舐め回されたり、臭い毛を押しつけられたりの嵐で何がなんだかわからない。

「メールをくれたヒヨリさん？　あたし、カヨです」

　けれど犬はなかなかどいてくれなかった。前なんて見えないし、動けない。

「あらら、やっぱり自分を気にかけてくれる人はわかるんだよね。犬嫌いのバードには絶対近寄らないもん。ああ、おしっこ洩らしちゃってる。よっぽど嬉しかったんだ、よしよし」

生温かいおしっこをひっかけられながら、私は倒れそうだった。

マスクがずれて、ツンとした獣臭さが鼻を直撃する。そのにおいに反応して胃がけいれんし、たちまち胃液が込み上げて、喉がぐっと詰まったときにはもうがまんできなかった。

「え、待って。ちょっとちょっと……」

香代さんとバードさんが犬をどかしてくれたようだったが、気分が悪くなった私はその場で跪いて吐いてしまった。

母屋に入れてもらうと、もう一度トイレで吐いて、胃の中が空っぽになってからはソファーで休ませてもらうことにした。

水をもらいながらも気分が治ったのは、二時間後くらいだったと思う。

「すみません、体調が悪かったみたいで」

言い訳しながら二人のいる応接間へ行くと、「自己管理くらいしろよ」とは言われなかった。

「ごめんね、犬が苦手なんて思わなくて」

香代さんが戸惑ったように謝ってくる。半年間止まっていた動物のブログにメールまで送ってくるような人間が、犬に飛びつかれたくらいで嘔吐するなんて、普通は予測できないだろう。

バードさんもさっきの無愛想な男はどこへ？　という感じで恐縮している。

「むしろこちらこそすみません。犬に会いに来たのに倒れるなんて……自分で掃除しますから」

吐いた場所を意味するように外を指さすと、「もう片づけたから」と香代さんが言った。

「私、においにすごく敏感で。今まで犬を飼ったことがなかったから、まさかここまで犬のにおいに反応するとは、自分でも思ってなくて」

話しながらみじめな気持ちが募ってきて、自分で自分が情けない。

「うちの犬、臭かった？」

昨日洗ったんだけどな、と香代さんが少し悲しそうにつぶやいた。

ああ、と頭を抱えてから、なんとか伝えようと試みる。

「そうじゃないんです。さっき言ったように、私が異常ににおいに敏感なんです。そう、私が異常者なんです。ブログを見ていたくらいだから、動物は大好き。でもまさか、近くに寄ったらあんな独特のにおいがするなんて……」

言えば言うほど嫌な人間になっていくようで、最後は声が小さくなってしまった。

「苦手なものは苦手。そういうことですよね」

バードさんが断言した。

顔を上げ、そうです、まったくその通りと言ってから、私は窓の方に向かう。

「だから、外出するときは必ずマスクを着けるようにしています」

きゅうりを強要した教師と同じように、通じない人にはそれ以上言っても通じないとわかっていたので、もう説明する気は起こらなかった。犬や猫は別棟で飼っていて母屋には入れていないようだ。応接間もトイレも、さっきまで休んでいたソファーも、犬のにおいはしなかった。

そのとき私がいたのは一階だったから、こちらの姿を見つけたのだろう。

庭に放されていたさっきの犬が窓のそばに寄って来て、ブンブンしっぽを振っていた。それから前足の肉球を窓に押し当て、懸命に動かし、ガラスに当たった爪がかしかしと乾いた音を立てている。

「その子がアマゾン」

いつの間にか近くに立っていた香代さんが教えてくれた。最後にブログで見たときは抱っこできそうなくらいの子犬だったのに、半年ほどでこんなに大きくなるものなのか。

「さっきはびっくりさせてごめん、会いに来てくれて嬉しいって」

え、と洩らし、私は香代さんを見た。

「たぶん、そんなふうに言ってるみたい。なんとなく」

腰を落とすと私はガラスに両手を当てた。かしかし滑りながら、アマゾンもガラス越しに両手を重ねてくる。

「それくらい誰でもわかるでしょ。どう見ても、この犬、喜んでるから」

胡散臭いものを見るような声でバードさんが言った。

動物の気持ちがなんとなくわかるというのは本当かもしれないし、もしかしたら思い込みの部分もあるのかもしれない。けれど気分が悪くなって、嘔吐した初対面の私を家に入れ、あれこれ非難しないでいてくれた人が目先の損得だけで動いているとも考えられない。

アマゾン、と私は窓の向こうの犬につぶやいた。

うおおおアマゾン、触れられなくてごめんね、でもずいぶん大きくなったんだねえ、よかったよかった。

胸の内で語りかけると、アマゾンが無事に育ってくれたのが嬉しくて、目頭が熱くなった。

せっかく会いに来たのに吐いてしまうなんて……。どうして私は犬のにおいが苦手なんだろう。犬が苦手なら、他の動物のにおいもダメかもしれない。小さい頃からそんな予感はあったのだ。でも確かめるのが怖くて、あえて動物の近くに寄らないようにしていた。

でも……。

「あの、アマゾンを拾ってくださって、本当にありがとうございます」

視界の向こうでゆれている香代さんは、確かに女神のようにも見えた。その後、気が済むまでおいおい気持ちよく泣いていられたのは、香代さんとバードさんが持っている優しい包容力のおかげだったと今は思っている。

落ち着いた頃、香代さんが応接間の椅子を勧めてくれた。そこに座ってから、それにしても私みたいな知らない人間をよく家に入れましたね、と照れ隠しもまじえながらたずねると、

「動物が好きで、本当に手伝いに来てくれるような人に悪い人はいないと思ったから」

香代さんの言葉にバードさんも頷いている。

私たちはそれから互いについていろいろ話した。

この家は香代さんの生家で、ご両親はすでに他界している。結婚していたとき香代さんは別のマンションで暮らしていたのだが、動物だけはこの家で飼っていたらしい。なぜかというと元夫が動物好きな人ではなかったから。そして離婚成立後、マンションは引き払い、香代さんはこの家で動物とともに暮らすようになって、子供を引き取った元夫は自分の親がいる家に住むようになった。

離婚の理由には動物の事情も関係しているのでは？　と邪推したが、もちろん私は黙っていた。

バードさんは香代さんの友達なのだという。

「友達？」

二人を見比べると香代さんがまず笑った。

「変な想像しないでよ。今日はいちおう、知らない人と会うわけだから、バードには用心のため来てもらったの。さすがにあたしだって離婚してすぐ男を家に引き入れたりはしないわよ」

それならバードさんは男ではなくて何者なのか。門番代わりと頼っておいて、男じゃないと言い放つのも失礼では？　だが彼は文句も言わず、苦虫を噛みつぶしたような顔で座っている。

「バードはね、『タグ友（とも）』なの」

と、香代さんは教えてくれた。


香代さんは以前、警備会社に事務員として勤めていた。そしてそこに「新入り警備員」としてやって来たのがバードさんだった。休憩時間になると彼は休憩室のベンチに座って、新しい制服についているタグを糸抜（いとぬき）と糸切りばさみで丁寧に取っていた。

古参の警備員はおもしろがって、「四十すぎの髪の薄い新人、出向いた先でもシャツのタグ取ってたよ」と香代さんに教えてくれた。

果たして、借りものの制服のタグを取っていいのだろうか。気になった香代さんは仕事先から戻って来たバードさんに聞いてみることにした。

「タグがあるとチクチクして気になって、集中できないんです」

制服を借りている云々(うんぬん)より、仕事に集中するためタグを外すのが先決――そんな自分なりのプライオリティの高さというか優先順位を言っているらしい。「なに男らしくないことヌカしてんだあ?」と、古参の警備員なら言うだろう。しかしタグを外したからといって仕事をおろそかにしているわけではない。

「何か、言ってきましたか」

バードさんは憂鬱そうな目を向けてくる。その内気そうな雰囲気からすると、神経質とか過去に言われた経験があるかもしれない。

と、思った香代さんは持っていたジャケットを裏返し、その場でバードさんの方に向けた。ちょうど着ていたシャツの首のところも持ち上げて見せてやる。

なぜなら香代さんもまた、タグはすべて取り外す人だったから。

「ええっ、私もそうですよ!」

二人が友達になったきっかけを香代さん宅の応接間で聞きながら、思わず声をあげた。

そう――私自身も新しい服や下着を身に着ける前に、タグを必ず外す癖があった。癖というよりもう習慣になっている。

「だって、外さなきゃ、気になってしょうがないもんねえ！」

香代さんの発言にそうそうと同意しながら、年齢も職業も違う私たち三人は、あっはっはと腹の底から笑い「タグ友」が三人になったねぇと盛り上がった。

めったに笑わないバードさんもこの日は笑っていた気がする。それにしても似た気質を持つ者同士で話すと、なぜこんなに満たされるのだろうか。

別棟の窓越しに見せてもらった動物たちはどの子もまるまる太って毛艶がよく、元気そうだった。最後は用意していたカンパを香代さんに渡せたので、その日は家に帰ったあとまですがすがしい気分だった。


喫茶店「並木道」の窓が晩秋の風を受け、かたかた鳴った。

香代さんはおかわりしたカフェインレスの紅茶――カフェインに敏感な体質なので――を飲みながら話す。

「懐かしいわねぇ、あれからもう二年でしょ？　日和ちゃんはパン屋さんに勤めだして一年。バードは警備の仕事を続けてる。続けるのだって大変よね」

香代さん自身はすでに警備会社の事務を辞めていた。その後別の会社に転職して今に至るのだが、最近あまり自分の話をしないような。

「転職したけど、香代さんだって仕事自体は続けてるじゃないですか」

うながすと、でも、と言い淀んでから「ううん、バードのほうがすごいよ。苦労も多いはずなのにさ」と話を変え、肩をすくめてしまった。

そういえば初めて会ってから、まだ一度もバードさんの歌を聴いたことがない。

「私、バードさんの歌を聴いてみたいです」

「いやいや、何を突然」と、今度はバードさんのほうが亀のように首をすくめてしまった。

「だって音楽の大学も出たっていうんだから……」

そこまで言うと、日和ちゃん、と香代さんがたしなめるような視線を送ってきた。それ以上彼を追い詰めないでと言っているような。

本当に、バードさんは歌が歌えるのだろうか。

私は息を吐いた。香代さんもバードさんも、人生の核心めいたところに近づくと、なぜか怖じ気づいてしまうらしい。持ち前の感覚の鋭さゆえに臆病になるのはわかるけれど。

そのとき喫茶店のドアが開いた。

枯れ葉とともに冷たい風が吹き込んできて、そのあと黒いコートを着た男が入ってきた。

「いらっしゃい」

声をかけたマスターの調子からすると常連客らしい。男は私たちから離れた壁際の席に座った。でも目が離せないのでしげしげ見ていると、「知り合い？」と香代さんが聞いた。

間違いない。あのめがね、黒いコート……。

駅向こうにあるドイツパン専門店でドイツパンを買ってから「ベーカリーあや」の前を必ず通る男だ。

「知り合いじゃないけど、知ってる人です。でもあの人は私を知らないはず。ときどき夕方の六時半頃に、あやさんの店の前を通る人でして」

「夕方の六時半頃。日和ちゃんってよく見てるね」

香代さんが感心している。

「だってほら、持ち前の性質上、いろいろ気がつくタチなんで」

刺激に敏感というのは裏を返せば、普通の人よりあれこれ気がついてしまうということだ。

「それは日和さんの長所です。あの人、きれいな男の人だ」

バードさんの意外な指摘に「え、なんでそんなこと言うの？」という感じで私と香代さんはそろってバードさんに顔を向けた。

「いやあ、美しい人は性別を問わず、全身でハーモニーを奏でていますから」

よくわからない回答だったが、音感に鋭い芸術家らしい発言と言えばそうだ。ひとまず納得してから私は、その「美しい人」を眺めた。

確かに端整な顔立ちをしている。スタイルもいい。男は黒革の手袋をはめた指でしっかりタグがついたままのコートを脱ぐと、めがねを直し、手袋をはずして、長い足を組んでから耳栓を外した――耳栓？

「あの人、もしかして私たちと同じようなタイプの人？」

香代さんの指摘に私たちは顔を見合わせる。

そんな偶然あるわけない、と思いながらも気づいたらドイツパンの入ったタッパーを持って立ち上がり、男のいるテーブル席の前まで行って、

「あの」

と私は話しかけていた。確かめたいことがあったのだ。

手もとには私が焼いた最高に美味しい……と自分では思っているドイツパンがある。目の前にはたぶん毎週、ドイツパンを買っている男がいる。これ以上絶好の機会はないだろう。

「突然すみません。私、『ベーカリーあや』という名のパン屋でパンを焼く仕事をしている者です。実は、あなたにちょっとお願いしたいことがありまして」

ショップカードを渡すと、男はそこに書き添えた名前を読み上げる。

「石井日和さんですか。はじめまして、僕は斎木匡といいます」

予想以上に礼儀正しい人だったので少し緊張する。「こ、こちらこそ、はじめまして」

ショップカードをテーブルに置いて、斎木さんは居住まいを正した。

「僕にお願いがある、なんでしょう？」

軽く胸に手を当てた反応は頼もしく、親切そうでもあるからほっとする。

「あの、間違っていたらあれなんですけど、いつもドイツパン専門店でパンを買っていますよね？」

「誰が？」

「えっ」

私は何か、おかしなことを言っただろうか……。動揺しながらも言い直す。

「あなた……いえ、斎木さんが、です」

「僕はいつもパンなんて買っていませんが」

「ええと、何度か……斎木さんが、D駅近くのドイツパンの店の袋を持っているところを見かけたことがありまして」

「えっ、怖い、怖すぎる。石井さんは僕のストーカーですか？」

初対面なのにそこまで詳しく知っていれば、そう思われても仕方がない。

「ええと、私はストーカーじゃなくて、単にいろいろと細かいことに気がつくタイプの人間なんです。とにかくあなたが、夕方の六時半頃に『ベーカリーあや』の前を通るのを、何度か見かけたんです。そのとき斎木さんはいつも、D駅近くのドイツパン専門店の袋を持っている」

「おおっ！」と斎木さんはここで初めて大きな反応を見せた。

「それは確かに僕です」

そしてショップカードを裏返すと、

「なるほど、ここに描かれた地図を見たらすぐわかりました。僕は毎週、月曜と木曜の午後六時に、D駅の近くのドイツパン専門店でドイツパンを買い、このショップカードの店の前を必ず通って帰ります。通る時間は確かに午後六時半」

よくわからないが、たぶん、曜日と時間に彼なりのこだわりがあるのだろう。

そこまで詳しく教えてくれるなら、やはりけっこういい人かも。

タッパーの蓋を外しておずおずと彼の前に差し出した。

「これ、私が焼いたドイツパンなんです。斎木さん、ドイツパンがお好きなんでしたら、ぜひ味見して感想を教えてくださいませんか」

「嫌です」

即答だった。

「知らない人が作ったパンなんて得体が知れない、まさか食べるわけがない」

斎木さんはそれ以上言わずに耳栓をしてしまった。

「そ、そ……そうですよね、突然すみません」

お邪魔しましたと頭を下げて、すごすご二人のもとへ戻ろうとしたら、なぜか香代さんが立ち上がってやって来た。

「すみません、ちょっとくらい食べてあげてくれませんか。だってあなた、週に二回も買いに行くほどドイツパンがお好きなんですよね？　さっき言ったようにこの子もパン屋で実際にパンを焼いているんです。だから、パンを作るのがとっても上手。それにそもそも日和ちゃんはよく知らない人にこんなことを頼むタイプじゃない。でも勘のいい子でもあるから、今回はきっとあなたを見込んで頼んでいるんだと思うんです。どうかお願いします」

座ったままの斎木さんは耳栓を外し、くるりとこちらを向いた。

「僕の会社の上司に水元という者がいます」

「え？　はあ、なんの話ですか」

わけがわからない様子の香代さんを無視して斎木さんは続ける。

「その水元が先日、『面識もない人から意味のわからない要求をされたときは、これを読みあげてやるといい』と言って僕に紙を渡してきました」

斎木さんは鞄から一枚の用紙を取り出した。

「ええと、『他人の事情に平気でずかずか首を突っ込んでくる人は、自分の抱える問題から目をそむけたいだけだから、放っておけばいい』」

カッと顔を赤くした香代さんは「なっ、失礼しましたっ」と甲高い声を出すと、大股歩きで床を鳴らしながら席に戻っていった。

ひやひやしながらも香代さんの後を追うようにして、私も席に戻る。そのあと香代さんはずっと機嫌が悪かった。彼女がトイレで席を外したとき、バードさんは斎木さんの方を見てから、「あの人の言うことも否定できないな」と囁いた。

二

あやさんの店の厨房を借りて、またドイツパンを焼いてみた。

焼き上げたのは焦げ茶色をした円柱形の田舎パン。白く粉をふいた硬い表面にはヒビが入っており、内側の生地はねっちりと舌にからみつくようで、やはり美味しい。

パンはざっくり分けると三種類になる。「ベーカリーあや」で売っているような日本のパン屋さんのパン、フランスのパン、ドイツのパン。いろいろ食べ歩いた果てに自分の味覚に合っていて、もっとも美味しいと私が感じたのはドイツパンだった。

理屈はよくわからない。ただ舌と感覚が「これだ」と教えてくれる。

美味しいと思ったら材料を集めるのも、生地をこねて熟成を待っている時間も、パンに関する試行錯誤をこらすのも、私は楽しくて仕方がなかった。

あやさんの店のパンを彼女のレシピにもとづいてこね上げ、焼いているときもおもしろいとは感じたが……ドイツパンはそれ以上におもしろくて、身体の動きにぴったり合った服を着たときと似た感じがある。

私は、焼き上げたパンの感想を聞いてみたい。けれど先日、あやさんにパンを食べてもらってから、あまり二人で話す時間がとれなかった。

この前、香代さんとこんな話をした。

――もしかしたらあやさんって人、パン作りについてはもう教えてくれないかも。そろそろ日和ちゃん、今の店は卒業したほうがいいのかも。

――いやいやまさか、私なんてまだ……。

――でもにおいにしても味覚にしても、日和ちゃん独自の鋭い感覚って、プラスに言い換えれば「自分だけの才能」とも言えるでしょ。「ベーカリーあや」ってドイツパンとはなんの関係もない町のパン屋さんだから、日和ちゃんにはもっと、日和ちゃんらしい場所があるんじゃないかな。

香代さんはたぶん、町のパン屋さんを見下しているわけではないだろう。それに才能なんて表現が私にとって正しいかどうかもわからない。確かなのは、ドイツパンを作って焼くという行為は、自分の性（しょう）にとても合っているということだった。

「動物の気持ちがなんとなくわかる」という香代さんの敏感さをプラスに言い換えるなら

ば――動物たちを癒すことができる、ということだ。音感が鋭いバードさんなら、まさに歌と歌声。それが彼の持つ最大の強みであり、プラス面だろう。まだその歌を聴いたことはないけれど。

自分の感じることを疑わず、まっすぐ信じたほうがいい。

だが今まで、あまりに自分の感覚が独特すぎるので、私は自分を信じられないあまりに、たくさんの遠回りをしてきた。

私は工業系の高校を出ているのだが、卒業後は工場の仕事を転々とした。そもそも父親が工場に勤めていたので自分も機械をいじる仕事が向いていると思い込んでいた。けれど工場内の騒音が神経にさわり、慢性的な頭痛に悩まされた果てに通えなくなった。

人間関係が原因で辞めたくなったわけではないからと、次は宝くじ売り場で働いてみた。するとたくさんの女性たちとともに小さな箱に詰め込まれ、人に酔って気分が悪くなった。当たりくじが多く出る売り場だったせいか、接客時の混雑と相まって、いっそう苦しくなってしまった。閉所恐怖症というわけではないけれど、バードさんと同じく精神論ではどうにもならないほど、私も人込みが苦手なのだった。

世の中にあふれかえっている、普通、という得体の知れない基準に引き寄せて考える人。周りの人に合わせられないのはわがままだからがまんしろという頭で物を考える人。そういった個人差のわからない、鈍感な人たちには永遠に私の話は理解されることはないだろう。酒が飲めない人に「それならノンアルコールビールを飲めばいい」と勧めるのと同じように——そういう問題ではないのだ。

世の大半を占める人たちと同じことをやって、彼らのやり方に自分を合わせるばかりであれば、私の場合、消耗するだけの人生を歩むことになるだろう。

だからこそ自分に合うものと出合うのは、難しい。

でも、もしかしたら出合ってしまったのでは……。

と思わせてくれたのが「ベーカリーあや」だった。


「ベーカリーあや」の面接を受けたのは一年前だった。

店はかつて通っていた工業高校の近くにあった。それで私は気楽な気持ちでバイトを申し込んだのだ。

深緑色に塗られた外壁は高校時代に見たときより、だいぶ色が褪せているように見えた。

十年以上前、この店がオープンした当初は、スリムな女性オーナーが一人でやっている店と話題になっていた。


「すみませーん」

声を掛けると、店の奥から怒ったような顔つきの女性が歩いてきて、こちらが拒む隙もないほどの勢いで「こっちこっち」と手招きされた。

そのままレジの前に二人で並ぶ。

「面接に来た石井さんでしょ？　えーっと石井……なんだっけ？」

「石井日和です」

「そうそう。でね、いきなりで申し訳ないけど、今、面接している時間がないの」

店主のようだった。高校時代に見かけたときより、身体の面積がふっくらと広くなっていて、顔つきも少し変わっているような。

「厨房でパン作りを手伝ってくれている人……修業させてくれって向こうから言ってきた男の子なんだけど、その男がなんと連絡もなしに今日来なかったのよっ」

早口に気圧(けお)されながらも、私は頷く。

「本当は今の時間帯は、その男がレジをやる予定だったの。だから申し訳ないけど、日和さん、今からレジやってもらっていい？」

だいぶ腹が立っていたのだろう。男の子から男、と表現が変わっていた。店主は眉を八の字にして、私に向かって両手を合わせている。

「でも、あの、まだ私……」

面接もしていないのに店のお金を触っていいのだろうか。もちろん持ち逃げなんてするつもりはないが。けれど店主は構わず、レジの操作方法やパンを袋に入れるときの決まりごとをてきぱきと説明していく。

「じゃ、お願いね。ほら、さっそく来たから」

「ええっ、一人でですかっ」

店主はエプロンを投げてよこす。

「とにかく店を開けないと。閉まってたら、気まぐれでやってるって思われちゃう。ショーマストゴーオン！」

いらっしゃいませーと言いながら店主は奥の厨房に行ってしまった。

エプロンを着けてから、慌てて私も客に挨拶する。最初に入ってきた常連らしき中年女性が「今日は少ないわねえ」と不満げにつぶやいている。見習いとして来ていた男がいないせいだろうか。パンの棚も、冷蔵の棚も、商品は三分の一ほどしか埋まっていない。それでも中年女性はかき集めるようにして、トレーに山盛りのパンを並べてきた。

店主に言われたように、甘いパンと塩気のあるパンは分けて袋に入れる。

「ちょっと！」

「は、はいっ」

目の前で大きな声を出されたので、驚いて声がひっくり返った。声の大きい人が苦手なのに。しかし何も気づいていないような中年女性は口もとをだらしない感じにゆるめている。

「ねえ、いつもいる石川ちゃんは？」

「石川ちゃん？　私は石井……」

「あんたじゃなくって石川ちゃんよ。いつも厨房とこっちを行き来してがんばってた男の子。二十代後半くらいでシュッとした」

無断欠勤した男は石川というらしい。たいそう気に入っているのか、こちらに身を寄せてしきりに聞いてくる。

「どうしたの？　風邪ひいたとか」

助けを求めるように奥の厨房を見たら、店主は忙しそうに立ち働いている。

「今日入ったばかりのバイトなんで、よくわからないんですけど」

話の途中で男子高校生がどっと入店してきた。始業時間が近いせいか、忙しない感じでパンをトレーに並べていく。高校生たちから追い出されるような格好になった中年女性は、購入したパンの袋を持って迷惑そうに出て行った。と思ったら、今度はその男子高校生の列があっという間にレジの前にできてしまった。そこへ複数の女子生徒も加わって、「パン少ないんだけどー」と文句を言っている。陳列台も入れて四坪ほどの店内は、すし詰め状態と化していた。

「板チョコのパンって今日ないんですかー」「総菜パン、あとどれくらいでできますか」

「きんぴらパン復活してくださーい」

立て続けに言われ、人に酔いながらもあたふたしていると、突如、隣にエプロンを着けた人物が並んできた。

見知らぬ三十代の女である。

誰？　と思う間もなく、てきぱきと質問に答えてレジを打ち始める。

「袋、お願いします」

見知らぬ女から言われ、はっとする。高校生たちのエネルギーに圧倒されながらも、その女の人がレジをやってくれたおかげで、私はパンを崩さず袋に入れる作業だけに集中できた。

「マヨコーンパン焼き上がりましたよー」

と今度は見知らぬ男がトレーを二枚運んできた。

店主はやはり黙々とパンを焼いている、かと思いきや、その隣にまた見知らぬ別の女。すると新たに加わったのは三人。いったい誰なんだ？　店主が一人でやっている店ではないのだろうか。

けれど考える間もなく客がやって来て、時間はどんどん経過していき、店主に休憩をうながされたときには午後一時をすぎていた。

厨房に続く店の裏口から表に出ると、壁沿いに置かれた椅子に座った。と、疲労のあまり長いため息が洩れる。

でも気分は悪くなかった。圧倒的な数の客をこなしているうちに、私の「敏感センサー」は突然動作を止めた。その後は自動運転に切り替わったのか、目の前の仕事だけに集中できた。他の人より余計な情報を拾いやすいため、私はいろいろなことに慣れるのに時間がかかる。だが今日は気を遣うお金の処理を別の人がやってくれたおかげでうまくいったのかもしれない。

「日和さん、お疲れさま。はい、お昼ごはん」

あやさん――営業許可証には「真田あや」と書いてある――が隣の椅子に座って、店のトレーを差し出してきた。ハムチーズパンと卵パン、あとシナモンとレーズンのベーグルが載っていた。さらに牛乳パックもあるから、まるで給食のようだ。

「ごめんね、突然レジなんてやらせちゃって。でもほんと助かった、それ食べて」

「あの、手を洗いたいんですが」

「もしかして、今日、洗ってなかった？」

手を洗いたくてもそんな余裕など一切なかったのだ。正直に頷くと、

「そっか、水道はそっちにあるから自由に使って」

私はもう一度厨房に戻って手を洗った。「そっか」って、大らかというかズボラな経営者だなと思いながら。

また裏口から出てさっきの椅子に座ると、あやさんは隣でクリップボードに挟んだ伝票

の計算をやっている。

「気にしないで食べてねー、外でこれやるのは気分転換だから」

と、電卓を叩きながら言われたものの、隣に慣れない人がいるから気になって仕方がない。結局バードさんと似て私も、人の視線に圧倒されやすいところがある。けれどあやさんはまったくこちらを見ないで、鼻歌を歌いながら電卓を叩いている。

店のパンは、コンビニで売っている総菜パンや菓子パンをグレードアップしたような味だった。もちろん美味しい。でも一個百六十円程度のものが多く、単価を抑えているせいか、複雑な味わいは感じられない。ベースのパン生地は三つとも同じような味だが、上の具材でアクセントをつけているようだった。ベーグルについては「ベーグルもどき」と言ったほうが正しいような。見た目はくるっと巻いているけど、茹でる過程を省いているようで、もっちりした食感がない。それにこのオレンジピール。すぐ近くにある高級スーパーで売っているものと似た香りがする。あやさんは厳選した食材店と取引する「こだわり派」ではないらしい。

ちらりとこちらを見たあやさんが、

「ずいぶん慎重に食べてくれるのねえ」

「あ、いえ……すみません。集中していたから。美味しいです」

胸の内で批評ばかりしていたので謝ってしまった。

ふと恥ずかしくなる。

女性が一人で店を切り盛りするのは大変だろう。いきなり修業中の男に仕事をすっぽかされたのだって、災難だ。今日来ていた高校生たちと私が同じ年齢の頃から、あやさんはずっとこの場所で一人、ショーマストゴーオンと唱えながら店を続けていたのだろう。

「今日はなんというか、難儀でしたね」

口にしてから余計なことを言ってしまったと思った。けれどあやさんは片手をひらひらさせて、

「難儀って、むしろ大変だったのはあなたのほうでしょ。まだ面接もしてないのに、いきなりレジに立たされちゃって！」

しばらく弾けるように笑っていたが、急に真面目な顔になる。

「ところでレジを手伝った人から何か言われなかった？ 日和さんは今日がバイトの初日だって、言うの忘れちゃったから」

「いえ、別に」

「ならよかった。あとから加わった三人はね、少し離れたところでパン屋をやってる人たちなの。修業に来てた男にトンズラされたって電話で泣きついたら、ヘルプで来てくれた。みんな忙しいのにごめんねー」

厨房に向かって声を張り上げている。そう言われると確かに、厨房を手伝っていた女性

は「パン工房るるど」と書かれた別店舗のエプロンを着けていた。

「困っても、なんとかなるもんだよね」

血色のいい肌に、丸々とした顔。そこにくっついた目を細めながら、あやさんは身体をゆらして笑っている。

このパンの味、それに明るいこの態度。助けを求めてすぐ仲間が来てくれるなんて、信頼されているのだろう。

「面接はもうＯＫ。今日の働きぶりを見たから、面接の必要はなし」

「えっ」

ちょっと判断が雑じゃなかろうか、という戸惑いが顔に出たらしい。

「大丈夫」と言って私の腕をポンと叩く。「今日来なかった男より、ちゃんとやってくれた日和さんのほうがずっと信頼できる。結局あのあと、トンズラ野郎に着信拒否されたの。何も言わずに逃げをうつなんて男らしくないわよねえ。修業したいって自分から言ってきたくせに。でもそんな人、よくいる」

何度も騙された経験がある、ということだろうか。

「パンを袋に分けるときのルールはわかった？」

「甘いパンと塩気のあるパンですよね。でも……」

思わず詰まってしまう。「何？　気になるから正直に言って」と迫ってきたから口を開く。

「この店のパンは甘いパンと塩気のあるパンというより、正確には、全部甘めのパンと言ったほうが私にはピンときます。パンのベースにはすべて砂糖が入ってますよね。日本食と同じで、日本の食べ物は、だいたいどれも甘めに作られています。つまり甘めの味つけにすることが庶民的なお客さんに受ける秘訣なんだと思います。上に載った具材も卵とか、ハムにチーズとか身近なものがほとんど。それは近くに学校があるから、若いお客さん向けにしているんですよね。値段も学生が安心して購入できる価格設定だから、このお店が地域の人から受け入れられている理由が、よくわかりました」

そこまで話し終えてはっとする。

驚いているのか、あやさんは何も言わずに目を見開いていた。

しまった、つい上から目線でいろいろ言ってしまった……。心にぽっかりと不安の雲がかかる。

「すみません、失礼なことばかり言ってしまって」

けれどあやさんはすぐに答えない。少しぼんやりしていたようだった。

「別にそんな……。でも、まさかそこまで正直に言われるとは思わなかった」

立場をわきまえずに余計なことばかり言ってしまった。耳が熱くなるのを感じながら、慌てて頭を下げる。あやさんは身を引いて、構わないといった感じで手を振っていたが、その顔にはまだ驚きの色が残っている。

どうせびっくりされたのなら、このまま言ってしまえ。

「あの、一ついいですか」

「何？」

外したエプロンを裏返す。

「このタグ、気になるので、取ってしまってもいいですか」


半年間レジの仕事をやったあと、あやさんは厨房の仕事も手伝わせてくれるようになった。

それで出勤時間が早くなってしまったが、接客で変なエネルギーを消耗するより私にはよかった。何より雑音の入らない場所で、黙々とパン生地に向き合っていられるのは幸せな時間だった。

芳醇(ほうじゅん)な香りを放つライ麦粉に、イーストを加えて機械でこね上げる。焼き上がったときの食感の差は、グルテンの強さと、こね上げる時間によって決まるのだけれど、なぜかそれらの微妙な変化が私には手に取るようにわかるのだった。

この直観力ともいえるものが、私の性質の強みなのだろう。機械から取り出した生地はしっとりと指にからみつき、ぐにゃりと気を失った美少年のようにも見えてくる。しどけなく両手を広げ、あられもない肢体をさらしているところを無残にさくさく切り刻み、清潔な粉をまぶしながら、どんどん丸めていく。いくつもいくつも、どんどんどんどん丸めていく。

イーストを含んだ生地は生きている。分割された美少年たちは時間を置いて寝かせると、ますます生気と艶を増していく。具材を置いていく作業もリズミカルにこなせば楽しい。トレーをオーブンに入れるとき、最初は慎重に、身体が慣れてからは「タン・トン・タン」のテンポでやる。でも焼き上がったドイツパンにはもう美少年の面影はない。一つひとつが荒涼とした異国の大地を思わせるような存在感を放っている。愛情を込めながらあらゆる工程をおこない、心を込めて焼き上げれば、パンは驚くほど見事な成長をとげてくれる。

浴室と似た環境の厨房は、肌を乾燥させる冷気が苦手な私には天国のように感じられた。そんな私の背後には、なんでもやらせてくれたあやさんの大らかさがある。

三

その日は午後二時に仕事が終わったので、また厨房を借りて自分なりに研究したパンを焼いてみた。材料費は自腹でも、ドイツパンの研究がおもしろくて仕方がない。

焼き上がったものは「食べてください」と、あやさんに渡してから店を出た。

しかし忘れものをしてしまったので、店の前まで戻ってみたら、販売員として最近働き始めた大学生の嶋田さんが入口のドアを背にして話しているところだった。

「石井さんってもうすぐ三十ですよね。何度か外で見かけたことがあるんですけど、いつもマスクとイヤホンつけてるし、非常識じゃないですか？」

「別に迷惑かけてるわけじゃないんだから、いいんじゃない？　確かうるさい音が苦手だって、最初の頃に石井さん言ってたと思うから……」

あやさんはためらうような口調だった。

「だからってイヤホン？　意味わかんない。それならマスク着けてるのは対人恐怖症か何かですか？」

「鼻が良すぎて困ってるって聞いたけど」

「えー、そんな人いるんですか、聞いたことない。学校だったらまっさきにいじめられるタイプだと思う」

「ここは学校じゃないでしょ」

「そうですか？　学校も社会も同じようなもんじゃないでしょうか？　だって就職活動のときはみんな同じようなデザインの同じ色のスーツ着て、メイクも髪型もそっくりにするじゃないですか。石井さんって絶対就職できないタイプだと思うな」

マスクは着けたままなので、外していたイヤホンを装着し、店を離れた。

昨日売れ残ったパンをいくつかもらっていた。それを店に忘れてしまったのだが、別に明日持って帰ってもいいし、たとえ腐っても構わないと思った。

自分にとって落ち着く音楽を聴きながら、電車に乗って、五つ先の駅で降りる。そうして住宅街を歩いていくと文化会館の前に着いた。

警備中のバードさんがいたので、イヤホンを外す。

休憩を取るところだったらしいバードさんは警備員仲間数人に、同じ休憩先に行こうと誘われているようだった。しかしそれを遠慮がちに断って、隣の公園に移動していくと、

「付き合い悪いよな、あいつ」と聞こえてきた。

――学校も社会も同じようなもんじゃないでしょうか?

――石井さんって絶対就職できないタイプだと思うな。

そんな言葉、真に受けなくていい。それにあやさんにはちゃんと、バイトの初日にマスクとイヤホンをつける理由を伝えている――。

バードさんは公園の端にあるベンチに座って、うつむいていた。

静かな会館の警備だと聞いていたが、警備員仲間や上司との関係など多方面から刺激を受けるため、疲れることが多いのかも。

ふう、とため息をつくのと同時に、いつまでも店の厨房でオーブンを借りているわけに

はいかないだろう、と思った。正社員だった頃の貯金を切り崩しながら今日までやってきたものの、店で働き始めて一年。パンを作っている間はとにかく夢中で、自分の性別も年齢も忘れていられるのに、ふとした隙を狙って現実が立ち現れる。本当は二十九だからって大きな決断をする必要なんてない。けれど、もうすぐ三十という言葉に脅されるような響きを感じてしまう。その脅しを振り切る強さが私は欲しい。

風に混じって、きれいなハミングが聞こえてきた。

ひとさし指を小さく動かしながらバードさんが歌っている。正確には口を閉じたまま、鼻を通した声だけで歌っていた。

少し高い声と低い声、その二つが重なって、一本の線になっていくような奥ゆきのある歌声だった。

バードさんのハミングを聞いていると、電車に乗って栗拾いをし、茹でたものをドイツパンに練り込んだときの嬉しさが湧き上がってくる。焼き上がったパンを食べたときの甘やかな感傷も思い出す。今まで食べたパンの中で、いちばん美味しいと感じたのだ。

「あれ？」

気づいたら、すぐ横にバードさんがいた。

あ、と声をあげ、植木の陰に隠れながらも顔が熱くなる。

「パンを焼いたから、渡そうと思って来たんです」

二人で並んでベンチに座った。

緑が多い場所だから、においも気にならない。マスクを外してリュックからパンを取り出し、バードさんに渡した。

「職場までわざわざ来てくれるなんて、普通の男なら自分勝手な誤解をして、へらへらする場面なんでしょうね」

「誤解してもいいですよ、なんて絶対に言いませんよ。普通の女じゃないから」

「よくわからないけど、ひどいなあ」

目を細めて笑ったバードさんは、たちまち人の好さそうな顔になる。

「この前、香代さんに用があって電話を入れたら、受話器の向こうから娘さんの声が聞こえてきました」

娘さんとは月一回しか会えないと前に聞いていた。

「すごく楽しそうに犬や猫と戯れていたようだった。そのとき俺の耳に、久しぶりに音楽が流れてきました」

バードさんは魔法瓶に口をつけた。品のいいコーヒーの香りがする。

「高級なオーガニックコーヒーですか？」

「はい、でも特別高級というわけでもない。何より自分がいちばん美味しいと感じる味です」

自分がいちばん美味しいと感じる味。

バードさんはポケットから腕時計を取り出した。腕に巻きつけたときの感じが苦手だから、ポケットに入れているようだ。

「すみません、もう時間なんで。これ、ありがとうございます」

パンを持ってぺこりと頭を下げると、また現場に戻っていった。


D駅の駅舎内を歩いているとき肩を叩かれた。

振り向いたら、誰もいない。不思議に思いながら前を向くと、両手を広げた斎木さんが立っていた。

わっ、と声をあげてから慌ててイヤホンを外す。

「石井さんが気づかないから、僕はあなたの前にこうして立ってみました」

「すみません……なんでしょう？」

「先日、僕は、あなたが勤めている倒産寸前の不動産屋のような店の前を通りました」

倒産寸前って、そろそろペンキを塗り替えたほうがいいのかもしれない。

「『ベーカリーあや』」

「そう、『ベーカリーあや』。それで店を覗いたら、あなたが厨房でせっせとパンを焼いているところも見えました。確かにあなたはパン職人のようですね。だから今日はあなたが焼いたドイツパンを、僕が食べてあげます」

もう少し言いようがあるだろう。むかっときたが、前はこちらから味見して感想を教えてくれとお願いしたのだ。これはチャンスかもしれない。自分用に残していたパンをリュックから取り出そうとしたら、斎木さんは「ついてきてください」と言って、すたすた先に行ってしまった。

「ちょっと、あの」

戸惑いながらも後を追う。歩いているうちに、どこへ向かっているのかわかってきた。ドイツパン専門店だろう。それしても斎木さんは歩いている間、私に何も聞かないし、自分について話そうともしない。ああ、そうかと思いつく。自分からは話さないけど、質問すれば答えてくれるのでは？

「斎木さん、今日は耳栓をつけていないんですね」

「僕は夜になったら基本耳栓は外します。この町の夜は静かですから、必要ありません」

なるほど。先日喫茶店で会ったときは日中だった。それに静かな店とはいえ、そこに行き着くまでの通りには確かに車も多かった。要するに騒音の程度によって使い分けているのだろう。

妙に親近感が湧いてきた。

「ところで斎木さんは、どうしてこんなに急いでいるんですか」

たぶん目的のドイツパンが売り切れるからとか、そんな理由だろう。

「僕は、お風呂は十時に入るので、立ち話をする時間がないからです」

「ええっ」

そんな理由かよっ？　それにしてもずいぶんな速さである。身長も足の長さも違うから、私は少し駆け足をする状態になった。

「石井さんが焼いたドイツパンの名称はなんですか」

おっ、質問。なんの苦もなくその名は口にのぼる。

「パダボーナー・ラントブロート」

斎木さんはやはりドイツパン専門店に入って行った。買うものは決まっているらしく、ドイツ人店主は彼の姿を見ると、準備していた袋を差し出していた。それから店主と斎木さんは何か話している。

私のほうは店の外でリュックを下ろし、彼に渡すパンを用意した。

店から出てきた斎木さんはやはり、こちらを一切見ようともせず、すぐさま歩きだした。しかもさっきよりずっと速度がある。

走りながら追っていくと、彼が私の方に手を差し出したので、「はいっ」と自分のパンを渡した。まるでバトンリレーのようだった。斎木さんは受け取ったパンをドイツパン専門店の袋に入れる。

「僕は、さっきの店で、いつも買うパダボーナー・ラントブロートを買いませんでした。だから今日はあなたが焼いたパンを組み入れてパーフェクト」

いつも決まった種類のパンしか買わないということだろうか。荒くなってきた呼吸を飲み込んで、必死に彼と並ぶように小走りしながら話しかける。

「どうしていつも、あのドイツパンの店で買っているんですか」

「誰が？」

ぜいぜい息をしながら、もうツッコむ余裕もなかった。

「斎木さんがです！」

「石井さんが働いている店のパンを、僕は一度だけ食べたことがあります」

「えっ、本当ですか」

「嘘をついて、いったなんの得があるんですか？」

こっちを見ようともしない。それに主語を言わないと聞き返してくる。

そんな斎木さんの性質に合わせて聞き直してみる。

「どうして斎木さんは、『ベーカリーあや』のパンを一度食べただけで、それ以降食べなくなってしまったんですか？」

「僕は『ベーカリーあや』の甘いパンが嫌いです」

「でも甘いといっても、一般的な店と同じくらいの甘さだと思いますよ。日本人は少し甘いくらいのパンが好きですし。だから『ベーカリーあや』のパンも、そのレベルに合わせているっていうか……」

「日本人がどうだろうと、僕は嫌いなものは嫌いです」

そこで彼は初めて足を止めた。必死に肩を上下させながら、私も止まる。

「あなたはドイツパンが好きではないんですか？」

「も、もちろん好きです。でも……」

「でもじゃない」

斎木さんがこちらを向いた。

「あなたはパン職人なのに、自分の嫌いなものと、好きなものの違いさえわからないんですか。一般的とか日本人とか、得体の知れないどこの誰だかわからない他人が美味しいと言うかどうかを基準にしているんですか。それならその顔についている口はなんです？　いったいなんのためについているんですか」

私は言葉が出てこなかった。

心臓を、パン切り包丁で割かれたような衝撃を受けていたから。いっけん穏やかな波様の刃先でも、指を切ると、どきっとするほど血が噴き出す。

そうだ——どうして私は自分が持っている唯一無二の感覚を、信じられないのだろう。他人とか、もうすぐ三十だからとか、周りの目ばかり気にしているなんて、どうかしている。自分は普通の人とは違う性質の持ち主だとわかっているのに。

斎木さんはにこりともしない。まったく愛想を振りまかないのはバードさんと似ているが、バードさんの目の奥には、共感と温かさが潜んでいる。

けれど斎木さんの目に横たわっているのは、コールタールのような虚無だけだった。外で耳栓をするこの人は、私と同じように音に敏感なのかもしれない。だがけっして、敏感なだけの人ではないのだろう。共感というなまぬるい橋は、すでに絶たれていた。

斎木さんはまた歩き出す。私はもう、追うことができない。少し先に建っている「ベーカリーあや」の前を、彼は見向きもしないまま通りすぎていく。その時間はぴったり六時半。

四

パン作りが落ち着いた午後、厨房の片隅であやさんと話をすることにした。

「私、ドイツパンの専門店で修業をしてみたいんです。ドイツパンを作るのがすごく楽しくて、うまく言えないんですけど、自分に合っていると思いました」

自分の能力を隠すのはもうやめよう。だから、素直に伝えたらいい。少しずつ温めてきた考えだったので、あやさんがどんな反応をするか特に怖いとは思わなかった。慎重な面(おも)

持ちのあやさんは、うんと窮屈そうにつぶやいてから洩らす。

「そんなことだと思った」

快活で仲間も多いあやさん。でもその裏には、一人で店を守っていく勇気と、地に足のついた覚悟と、いらないものは切り捨てる冷静さがあることに、私は気づいていた。

「日和さんは確かにパン作りの仕事が合ってるんだと思う。最初に私が説明したとき、全然意味がわからないって感じであたふたしていたから、大丈夫かなあこの子って思ってたんだけど……。私が一通りやって見せたら、何度か間違えて、でもそのあとは一気におぼえちゃったから、ちょっとびっくりした」

耳から入る説明だと、人によって早口だったり、周囲に気が散っているせいもあってイメージが湧きにくく、混乱する。けれど目から入ってくる情報は、比較的すっと理解できる。それは昔からだった。

「うちのレシピもあっという間におぼえちゃったし、それ以外にも自分から本を見てフランスのパンとか、ドイツのパンとか、どんどん勉強して黙々と作っていっちゃうから、正直怖かった。おとなしいけど実は情熱的な子なのかなって」

「単に、楽しかっただけです」

「その感覚って大事よね。私、楽しいなんて思うこと、めったにないもん」

それは店の責任を一人で背負っているからだ、と思ったけれど厚かましいから口にはしない。

「正直に話していい？」

あやさんの問いかけに私が頷くと、彼女は両足をばらりと前に投げだす。

「あなたが焼いたドイツパンを食べたとき、腹が立ってきちゃった。だって半年しか教えてないのに、しかも私超忙しかったから、丁寧に教えたわけでもないでしょ？　料理だって簡単な自炊しかしてないって言ってたよね？　それなのに、どうしてこんな美味しいドイツパンを焼けるのって。しかもお手本みたいなやつじゃなくて、ジャズでいうなら少しアドリブを加えたような大胆な味っていうのかな。そもそもなんでドイツパン？」

眉間にしわを寄せたあやさんは、ぶるりと頭を振った。

「もう二度と教えてやるかってくらい動揺しちゃった。自分の、十年以上やってきた仕事を否定されたような気にもなったり。でも日和さんは私の見てないところで本を読んで、家で焼いて、努力していたんだろうし……。それにしては勘がいいっていうか」

首をひねってから、私を見た。

「でもあなたが最初に来た日、渡してきたものがあるでしょ？　――日和さん自身の取扱い説明書。受け取ったときは意味がわからなかったけど……。つまり、こういうことなのかなって、最近になってわかってきた」

一年前、私が初めて店を訪ねた日、もう面接の必要はないとあやさんは言ってくれた。

けれど今までさまざまな「合わないこと」を経験した果てに、私は突然職場を辞めてしまうようなことが多かった。だから生まれて初めて自分の「トリセツ」を作って渡してみようと思ったのだ。

私の苦手、それに対して私自身が持て余し、困っている反応。ざっと箇条書きしたものに目を通したあやさんは、聞いてきた。

――はっきり聞くけど、障害があるの？

――いえ。でもそう思ってもらっても構いません。普通の人と違って、いろいろ敏感すぎるんです。生活するうえでそれが障害になっているといえば、実際そうだから、知っておいてもらったほうがいいと思いました。

もし雇いたくないと思ったならば、別にこの店で働かなくても構わない。それくらいの覚悟を決めて渡したものだった。

苦手なにおいを嗅ぐと気分が悪くなる。男性のくしゃみのような大きな音を突然聞くと、圧倒され、頭が真っ白になる。だから自分の調子を保つためにも通勤時はマスクとイヤホンをつけさせてほしい。人が多いところが苦手なので、大量にお客さんが来る日は前もって、気持ちの準備をするためにも教えてほしい。同時に複数のことができないから、あまり多くを一度に要求しないでほしい。その代わり仕事は丁寧にこなします。少しずつ、早くできるように頑張ります。

働く前から条件をつけるなんて、身勝手と取られる可能性がある、というのはわかっていた。でも何もかも他人に合わせなければという状況で働くのは、自分には無理だというのも二十九年生きてきてわかっていた。

「私の事情を知ったうえで採用してくださったので、今は感謝しています」

「事情を知ったっていうか、実はよくわからなかったのよ」

あやさんは頬に手を添える。

「でも実際にあなたが困ったように立ちすくんでるのを見て、少しわかった。圧倒されるってこういうことなのかな、って。些細なことよね。でも本人には、本人だけが感じる世界があって、些細なことじゃないんだろうし」

前もってトリセツを渡していたからだろうか。あやさんは私に、私の苦手を無理強いしなかった。だからこそ一年も休まず働き続けられたのだ。

「味覚と嗅覚が敏感だから、材料が一グラム違うだけでも味の違いがわかる。繊細な味のパンも作ることができる。苦手と得意がはっきりしていて、その分、得意で合っている何かに出合ったら、たちまち水を得た魚のようになる――」

ええと、努力は必要なんですが……と言うと、あやさんは頷いた。

「でもこれからはマイナスっぽいことばかり書かないで、『パン作りが超得意です』って、トリセツに書き加えたらいいんじゃない？」

これ、皮肉じゃないからねとあやさんが加えた。

「次、修業する店は探したの？」

「駅向こうのドイツ人のパン屋さんに聞いたら、そんな余裕はないって怒られました」

「何それ、ちょっとその職探しは頼りないんじゃない？」

その通りだと思ったので、後頭部をポリポリとかいた。

「でもあなたの場合、どうにかしないともったいないわよねえ」椅子に深くもたれながら大きく息を吸って吐いてから、あやさんは嬉しそうににんまりと目を細める。

「知ってる？　私ってまあまあ知り合いが多いのよね」

初めて働いた日、あやさんの仲間である三人が助けにきて、なんとかなったのを思い出す。

そのとき店のドアが勢いよく開いた。

厨房にいる私とあやさんはそろって売り場の方へ目を向ける。

きゃっ、と声をあげた販売の嶋田さんを押しのけるようにしてこちらに向かって来たのは、水玉模様のマフラーを巻いた斎木さんだった。今日は土曜なので私服姿だ。

「ちょっと、石井さん。来てください！」

大事な話をしているところだったのに、と思いながらしぶしぶ売り場に出て行ったら斎木さんは一方的にまくしたてる。

「あなたの焼いたドイツパンを食べました。この店の、舌が痺れるようなひどいパンと違って、上品で優雅で、とにかくすばらしく美味しかった！　今後、僕はどこへ行ったらあなたのパンが買えるんですか？」

ひどいパンって……。いつの間にか近くに来ていたあやさんの視線が痛い。

「実は、もうすぐ私、別の店で修業するんです」

「ほう、それはどこですか」

「まだ決まってないんですけど」

「決まったら、ぜひ僕に教えてください。これは僕の会社の名刺です」

名刺を私に押しつけると、彼はすたすた入口の方へ戻っていく。ドアを開けたところで、くるりと振り返った。

「石井日和さんの門出を祝って、ボン・ボヤージュ」

おいおい、それを言うならドイツ語だろう……。けれどこちらが言い返す前に、ドアを閉められてしまった。慌てた感じで嶋田さんが迫ってくる。

「今のかっこいい人、誰ですかっ？　石井さんの知り合い？　紹介してくださいよ！」

嶋田さんは私の陰口など、すっかり忘れているような勢いだ。

が、しゃくにさわった様子のあやさんが、嶋田さんの浮かれっぷりを断ち切るように、

「いったいなんなのよ、まったく。なんて無礼な男なの」

と吐き出した。普段はにこやかなのに、眉をぎゅっと寄せて悔しそうに歯を食いしばっていたものだから、こっちはどきどきする。あやさんのパンは美味しいですよぉ、と、急に態度を変えた嶋田さんが揉み手をしながらすり寄っていく。それをきっ、と睨みつけたあやさんが、

「きょろきょろしないの。かっこいいって、あなたの年齢からしたらあんな男ただのオジサンでしょ！　ほら、使用済みのトレーがたまってる、最近無駄口も多い！」

と強い口調を放ったから、嶋田さんはあたふたしていた。

「日和さんも、何をぼんやりしているの！」

「はいっ」

と、背筋を伸ばして私は厨房に戻っていく。

この店は常連をたくさん抱えている。だから斎木さんの発言が偏っていることくらい、あやさんだってわかっているはずだ。でもあそこまではっきり言われたら、腹が立つというのもまたわかる。

内装や材料を扱う業者の中には、女性オーナーに対し、法外な価格をふっかけてきたり

露骨に見下した態度を取ったりする者もいるらしい。店を続けるためにはにこにこしているだけではやっていけない。ときには毅然とした態度が必要なのだろう。すべて個人の性質にそって世界は広がっていく。あやさんのパンが好きな人は彼女のパンが焼き上がるのを待っている。私は、私のパンを焼けばいい。

「山梨？　なんで山梨なの？」

えーっ、と香代さんが不満そうな声をあげた。

私は、バードさんと香代さんとともに、またいつもの喫茶店に集まっていた。店の奥でマスターがゴリゴリと小気味いい音を鳴らしながら豆を挽いている。

「山梨というか、正確には清里のドイツパンを扱っている店です。清里は水が美味しいし、牧場もあるから牛乳だって新鮮なものが手に入る。味にうるさいお客さんも各地からやって来て、パンの美味しい店も多い。何より東京みたいに人がごちゃごちゃしてないから、空気もきれいで、私には合ってるんじゃないかと思って」

「東京だって、静かで、水も空気もきれいなとこはあるじゃない」

「でもドイツパンの専門店って少ないから、結局全国の店を検討することになりました」

もちろんあやさんが知っている店を中心に、である。腕を組んでいつものごとく顔をしかめていたバードさんが、ゆっくりと口を開く。

「でも清里の店が、いちばん自分の性に合っていた」

「そういうことです」

私の返答に納得がいかないのか、香代さんはくちびるをとがらせている。

「ずいぶん親切だね、あやさんって人。清里で住むところまで手配してくれたんでしょ？」

「あやさんというか、清里の店の方が前に見習いの職人が住んでた家が空いてるからって、貸してくれたんです。あっちは東京と違って空き家も多いし」

「それはいいけど、接客は大丈夫なの？　ストレスで逃げたくなったらどうするの？」

「そのときは自分を守るためにも、がまんしないで逃げるか、いったんどこかに避難します」

はっきりそう言えたのが、自分でも不思議で嬉しかった。

「自分に合っているものを見つけたんだから、それだけに集中すればいい。苦手なことは他の人に頼ればいいんです」

組んでいた腕をほどいたバードさんが悟ったように言うと、今度は香代さんが腕を組んでおもしろくなさそうにふんぞり返った。そして、たまに絆創膏の下の傷を掻いている。治りかけで痒いらしく、血も出ているようだった。

「あまり差し出がましいことは言いたくないんですけど」

香代さんの手の傷を見てから、彼女の顔に視線を戻して私は続ける。

「香代さんは、動物の気持ちがなんとなくわかる。それで、つい犬や猫を拾ってしまうのはよくわかります。たぶん私も同じ性質を持っていたら似たようなことをすると思う。でも、もう犬や猫がよく捨てられている場所にあえて行くのは、止(や)めてみたらどうですか。今いる八匹の子たちだけをこの先一生大事にするのは、あらゆる動物の気持ちを理解することに通じてるんじゃないかって、私は思うんですけど」

なんだか上から言っちゃってごめんなさい、と付け加えた。

小さく呻(うめ)いた香代さんは、こちらを見ないでくちびるを噛んでいる。

小さい頃、犬や猫を拾ってくるたびに「捨ててこい」と幼い彼女に命令した祖父や両親を香代さんは憎んでいた。両親が亡くなってからは、親が残した家で助けた動物たちとともに暮らす——それが彼女なりの復讐であり、人生のやり直しでもあるというのは、うすうす感じていた。

「今は娘さんのことだってある」

と、バードさんが含めるように伝えた。ふと私は聞き返す。

「娘さん。娘さんがどうかしたんですか？」

腕をといて肩をすくめた香代さんは、腹をくくったような顔をした。

「最近、娘がね、よく家に来るの。前の夫が少し前に娘を連れて再婚して、それで娘は居場所がなくなったって感じてるみたい。前の夫とは別れるとき、意地の張り合いみたいに娘を争って、向こうの親も参戦するような格好になったから、あたし、疲れちゃって、最後は娘の手を離しちゃった。だから娘には申し訳ないっていう気持ちがいつもあって……」

香代さんは傷つきやすく、疲れやすくて、慢性的な頭痛や蕁麻疹などの症状に悩まされている。エネルギーの強さやストレスへの耐性には個人差がある。目に見えない差だからこそ、他人から誤解され、ときには迫害さえ受けてしまう。たった一人の娘を手放すなんて――と、母親としての罪悪感を刺激し、彼女を責め立てるのは簡単だろう。

「実は、あたしのほうで娘を預かれないか、もう一度前の夫と話し合ってみようと思ってるの。法律とか面倒なことはあるんだけど、離婚した当時と違ってあたしは今、仕事もしてる。それで、うちの犬や猫と遊んでるときに娘が言ったの。『お父さんもお祖母ちゃんも、動物に思いやりがないから嫌い』って。あたしがたくさん動物を飼っていることを、向こうの親や前の夫が何か言ったのかもしれない」

本当のことはわからないけど、と香代さんは加えた。

「娘さん、動物を保護して世話しているお母さんが好きなんじゃないかな。ニュースになるような、自分勝手な飼い主とは違うってことくらい、わかってると思う」と私が言った。

「だといいんだけど。でもね、娘もあたしと同じようなタイプなのかなって、何度か疑ったことがある。だけど自分と同じ思いをしているなんて考えたくないし……」

「もしそうだとしたら、理解してくれるお母さんといっしょにいるほうが、なおさらいいんじゃないかな」

バードさんが推し量る(おしはかる)ように言った。前にこの喫茶店で斎木さんから言われたことを思い出す。自分の抱える問題から目をそむけたいだけ。

いったん目を閉じた香代さんは、しばらくめがねの縁をなぞっていた。だがふいに、大きく深呼吸する。ぐいっと親指でめがねの奥の目尻を拭い、それから顔を上げ、口角も上げた。

「決めた。あたし、少しずつでもやってみる。ちょっとくらい無理してでも、娘の気持ちを優先してあげたい。娘と、動物たちもいっしょに暮らして、これ以上は拾わないように散歩コースからいつもの道も外す」

するとめいっぱい口を結んでいたバードさんが、急に切り出した。

「実は、俺も報告したいことがあって」

「何？　まさか彼女ができたとか？」

すかさず香代さんがツッコんでくると、バードさんは眉を八の字にして、いやそういうのじゃなくて、と手を振っている。

「警備中にこっちを見てくる、きれいな女の人がいるって前に話したけど、おぼえてる？」

「うん、よくおぼえてる」

なぜか香代さんと私は声がそろってしまった。その女性がバードさんに気があるなんて思っちゃいけない、とおせっかいを言い含めたような気もする。私たちの反応の速さが不満だったのか、バードさんは少し黙った。ごめん、変な意味はないからと言い訳してペコペコ頭を下げていると、彼はやっと話を続けてくれる。

「実は、その女の人がまた警備中の自分の前を通ったんで、こっちはあえて気づかないふりをしてたんです。そうしたら、少し先まで歩いて行った女性が引き返してきて、向こうから話しかけてきた」

「ええ、信じられないっ！」

香代さんが悲鳴に近い声をあげた。さすがに失礼なので「ちょっと」とたしなめる。動物や子供の気持ちには敏感なのに、バードさんに対しては鈍感らしい。

居心地が悪いのか、バードさんはしきりに肩と首を回している。

「それで、その女の人が俺に言ったんです。『もしかして声楽科にいた鳥居啓介さんですか？　私、器楽科でピアノを勉強していた田川（たがわ）です』って。つまりその女の人は大学の後輩だったんです。前に俺の歌を聴いたことがあって、今はピアニストらしい」

一瞬、香代さんは息を呑んだようだった。

「音大に行ってたって本当だったんだ！」

「私も、びっくりしました」

「二人に嘘を言って、いったいなんの得があるの？」

バードさんが不満そうに洩らした。

ああ、そのセリフ、どこかで聞いたなぁ、どこだったっけ……。

私が首をひねっていたら、バードさんは照れくさそうに、小さく笑う。

「まあ、その田川さんはプロだけど、俺はプロの道から外れてしまった人間だから」

すると、プロの声楽家として活躍していたということだろうか。またまた驚く私たちに、バードさんはいちいち反応せず、さらに続ける。

「田川さんは、俺が、音楽会やバックコーラスで歌っているのを何度か見かけたことがあるらしい。もう自分は歌はやってないって何度か言ったんだけど、どうしても聴きたい、声の質は何ものにも代えがたいものだからって言って……今、警備している会館のスタジオに、彼女の許可で、俺は入れてもらいました」

「まさか、その人の前で歌ったの？　あたしたちが頼んでも歌ってくれなかったくせに！」

香代さんが金切り声をあげたら、バードさんが「しっ」と口の前に指を立てた。

その神経質そうな動きは、私の知っているバードさんのものとはまったく違っていた。

まるで舞台に立つ指揮者のような、音楽に身を捧げる人特有のぴりっとした空気をまとっている。その気迫に圧されたように、香代さんは口を閉じた。

「俺は、いつの間にか歌えなくなってしまった、と田川さんに正直に伝えました。でも田川さんはそれでも構わないと言ってくれた。こちらの緊張をほぐすように、スタジオにあったピアノで静かに伴奏を弾いてくれました。音楽を続けている人は毎日何時間も練習して、血のにじむような努力を重ねて舞台に立っている。俺なんて歌ってもいいのか、迷ったんだけど……」

はあ、と苦しそうな息を吐くと目をそらし、黙ってしまった。

BGMの小さな喫茶店なので、窓の外からしきりに木枯らしの音が洩れ聞こえてくる。私は一週間後の十二月に、清里の家に引っ越して、すぐ修業に入ると決めていた。年が明けてからでは決意が鈍る。

年齢も、仕事も、生い立ちもまったく違う私たち。しばらく会えなくなるかもしれない。もしかしたら、今日が最後になるかも——。

そんな予感がおりてきたとき、バードさんが席を立った。

マスターのところまで歩いて行って何か伝えている。頷いたマスターは励ますようにバードさんの肩を叩いていた。そのあと、他にもう一組いた男女の客にもバードさんは話しかけ、軽く頭を下げている。

そうして私たちのテーブルの前まで戻ってくると、立ったまま背筋を伸ばし、軽く咳払いを一つ。

「今日は、日和さんの輝かしい門出を祝って、それから香代さんと娘さんの心の平安のために、歌います」

驚いたらしく香代さんがわずかに腰を浮かし、身を乗り出した。

まさかこの場所で？　それより本当に歌えるのだろうか。

動揺と不安を感じながらも、水を差してはいけないと身じろぎ一つしないまま、じっと待つ。

バードさんのめがねのレンズは今日も少し曇っていて、頭もやはり薄いから、なんだか冴えない印象だった。しかし彼は、前で組んでいた両手をほどいて下におろすと、覚悟を決めた表情で胸を張り、すうっと大きく息を吸う。

歌い出したと思ったら、少し声が裏返った。

あっ、と思ってはらはらしていたら、彼は貴族のような優雅さで肩をすくめて、笑顔を見せる。

そして、腹の底からわっと湧き上がって、突き抜けるようなひと声を発した。高い声と低い声、複雑な二つの音が震えるように重なって、一本の線になっていく。

ファゴットのような深い響きをともなったテノールで、堂々と、朗々と、大らかに歌いあげるのは「荒城の月」だった。

まるで、くちびるから音符が連なって流れてくるように感じられる。それらの音符はのびのびと、嬉しそうに店の中を駆けめぐり、私の胸を貫いていく。

バードさんの歌声も、立ち姿も、すべてが凜（りん）としていて美しかった。冴えない男など、もうどこにもいない。目の前にはただ歌う喜びを思い出した、美しい男だけがいる。

私はこの先ドイツパンの修業に夢中になり、嗚咽（おえつ）をこらえている香代さんは娘さんや動物たちと日々を大切に暮らし、バードさんは新たな歌をまた得るだろう。

つらくなったときは、ここで励ましあったことを思い出しながら。

普通の女

一

「とにかく掃除の仕事だけはやめたほうがいい。だってまだ五十前でしょ？　あんな仕事今じゃなくたっていいんだから、六十すぎたって、いつだってできるんだからさぁ」

年長の女が念を押すように伝えると相談を持ちかけた小太りの女は、そうよねえ、まだ早いわよねぇ、と頬に手を添えて納得したように頷いている。

会沢(あいざわ)ひと美(み)は隣席にいるその二人を見た。

助言したほうの女は自分と同じく、六十代くらいだろうか。

支払いを済ませたひと美は早朝からやっている喫茶店を出ると、タクシーに乗った。走り出して十五分、降り立ったのは新宿、ひと美が代表取締役をつとめる会社が入っているビルだった。

エレベーターで最上階まで上がったひと美は社長室に入るとカシミアのコートを脱いだ。それから社名の入ったエプロンを着け、バケツを持って、受付がある階まで降りていき、それ以降は上の階に向かって各フロアのトイレ掃除をやっていくのが毎朝の決まりだった。

だが、どのトイレもほとんど汚れていない。

この会社の社員は全員、便座に座って用を足すように言いつけられている。だから社内には小便器が一つも設置されていない。どう使っても尿が飛び散るようにできている小便器は、そもそも不要である。それにズボン一枚脱ぐのを面倒だと感じるような人間は、ビルや店舗の清掃、ハウスクリーニングを主な業務とする「(株) ファインビュー」で働いてもらわなくて構いませんよ、というのが社長であるひと美の打ち立てた理念だった。自分の次にトイレを利用する人のことを意識できない便座を下ろさない者など言語道断、問答無用、即刻死刑である。

各階のトイレ掃除を終えたひと美は、社長室の下の階に位置する窓から外を見た。

新宿の雑多な街なみに朝陽(あさひ)がのぼっていく。

この世でいちばん薄汚い街、新宿——。

他人を食い物にすることばかり考えている浅はかな人間に浸かりきって、呼吸もできず、息も絶え絶えな街、新宿。溢(あふ)れかえったゴミは長時間腐ったまま放置され、それらが垂れ流す液体はアスファルトに黒い染みを作り、街全体がいつも鼻をつまみたくなるような臭気を吐き出している。

だから会社はこの街に置こうと思ったのだ。

毎日薄汚い街を見る。いつか汚物のようなこの街を、徹底的に磨き上げてやろうと執念を燃やす。その気勢を忘れないために自社ビルは新宿に置こうと決めたのだ。

「社長、おはようございます」

秘書の志村真次が立っていた。

振り返ったひと美は、スーツ姿の志村にバケツを渡すと手を洗う。

「ストックのトイレットペーパーと、生理用品が切れていた」

淡々としながらも、どこか緊張感をはらむ声に志村はこくりと頷く。

「何階の棚でしょうか」

「二階と四階」

「補充しておきます」

ぽつぽつと出社してきた社員たちが「おはようございます」と挨拶してくる。

ひと美は挨拶を返しながらエレベーターに乗って、最上階にある社長室に戻ると掃除は終了、エプロンを外した。

このビルの周囲五メートル圏内は社員たちが毎日ゴミを拾って、地面を特殊洗剤で磨き上げているから、いつもピカピカだった。新宿は犯罪の多い街である。しかしこの周辺では犯罪は起きないだろうとひと美は確信していた。社長が自ら清掃する美しいトイレを汚そうとする社員は、まずいない。逆に、誰がいつ掃除しているのかわからない、汚い公衆便所は無法地帯と化す。「割れ窓理論」ともいわれるものだ。

志村、とひと美は呼びかける。

「ほら、お友達……二丁目のお店の、あの人たちは元気？」

「はい、みんな元気にやっているようです」

「うちのハウスクリーニングのほうはどうだって？　何か不満はあがっていないの？」

「そういった話は今のところ耳に入っていませんから、ないと思われますが」

「思われますじゃなくて、感想や意見をたまには聞いておいてくださいな。みなさん大事なお客さまですから」

「申し訳ありません。すぐに聞いて、ご報告します」

志村は配慮に満ちた瞳をいったん伏せてから、あの、と慎重に切り出した。

「今時分ですと、あちらの方を見ましたら、社員の姿を見られるかと思います」

彼が手を伸ばした方向に、ひと美は目を転じた。

曇り空のもと、寒々しいビルが墓標のようにいくつも並んでいる。その一つに、ローズピンクの明るい色が、点々と散っていた。

レザーチェアから立ち上がったひと美は窓の前に立つ。

少し前、思い切って一部の社員の制服をローズピンク色のつなぎに替えていた。それを着た社員たちが、ビルの屋上からロープを垂らして外壁と窓の清掃を行っている。

初めて採用する華やかな色に難色を示した者もいたらしい。だが社員からとったアンケートの結果と、会社のいい宣伝になるだろうと思ったひと美の決断で、最終的にあの色にしたのだ。

「けっこう目立ちますね」

ひと美は志村を振り返った。

「はい、そう思います」

噛みしめるようにつぶやいた志村は、三十八という実年齢より少し若く見える顔をしかめると、かすかに肩を震わせている。

「どうしました？」と、ひと美がたずねた。

伏せた志村の顔に前髪がかかる。その隙間から、きらりと光るものがあった。すみませんと洟らしてから、彼は口に軽く握ったこぶしを当てる。

「あの色にして、よかったと思いまして。最初、私は反対だったんですが、でも……まるで可憐なばらが、都会の砂漠で懸命に咲いているようじゃありませんか」

その表現の繊細さにひと美は感心した。

もともと感受性の強い優しい男だとは思っていたが、まさかここまでだったかと改めて関心を呼び起こされる。

感受性、心のうずき——そんなものは二十年以上前、社長になると覚悟を決めた日に、ひと美は全部殺してしまった。新たに彼女の中に生まれてきたものは洞察力、判断力、決断力。人としての筋を見極めて通し抜く力。仕事柄あらゆるものに好奇心を持ちつつも、一度くだらないと判断したものは、ひとまず自分の中には一切入れない、見えないながらも強固な壁を作る力。どれも力、と名がつくものばかりだった。

「どうしてつなぎの色に反対だったんですか」

部屋を出て行こうとする志村に問いかけると、彼は少し驚いたような様子で振り返った。

「ピンク色というのはちょっと、軽薄な感じを受けまして。ですが私の偏見でした」

ふうん、とひと美は頷いた。

デスクに戻ると、さりげなく自分の姿を鏡で確認する。

社長になったばかりの頃は痩せていた。けれど今は年齢相応に頬がふっくらしている。

トイレ掃除の際、髪をまとめていたバレッタを外すと、軽く手でボブヘアーを整えた。

今日使ったゴールドのバレッタには、厚いくちびるのかたちをしたオブジェがついている。

これは二丁目の顧客から誕生日にプレゼントしてもらったものだ。

喫茶店で耳にした会話を思い出す。

とにかく掃除の仕事だけはやめたほうがいい。だってまだ五十前でしょ？　あんな仕事今じゃなくたっていいんだから。六十すぎたって、いつだってできるんだからさぁ。

感謝しなければならない。彼女たちが話していたような世間の偏見が、いつまでたってもなくならないから、自分は今日までやって来ることができたのだ。その発言を支えている高齢者を安く粗末に扱っている、いわゆるブラックな清掃業者に対しても、ありがとうございます、とひと美は心底頭を下げたい思いでいっぱいだった。

秘書の志村真次は十年以上前、新宿二丁目にあるバーで店長をやっていた。

「ファインビュー」がまだ都内にビルを置いていなかった頃、ひと美は志村からバーの清掃の依頼を受けたことがあった。

依頼のきっかけはその半年ほど前、志村とばったり新宿の交差点ですれ違ったからだった。

「真次くん」

思わず声をかけると、「おばさん」と彼は返してきた。と同時に志村の隣にいた灰色のコートを着ている見知らぬ男は、彼の背に隠れるようにして、身を引いた。

志村真次の父親である志村成一(せいいち)は、「ファインビュー」の前社長時代からの取引相手で、ひと美がよく知っている人物だった。だから息子である「真次くん」も小さい頃から知っていて、つい昔の呼び名で呼んでしまった。

そのあと、「真次くん」はひと美に何か言いかけたように見えた。けれど灰色のコートを着た男が、彼の腕をぐいと引っ張り、あ、と洩らした「真次くん」がひと美と灰色のコートの男を交互に見たのは一瞬だった。すぐ目をそらした「真次くん」は、先に進んだ灰色のコートの男を追うようにして行ってしまった。

それから半年後、志村真次はひと美の会社に自分が店長をつとめるバーの清掃を依頼してきた。

どうして急にと思ったが、仕事は仕事である。

ひと美自身が出向くと、「真次くん」の店は六坪ほどで暗いビルの最奥にあり、暖房が壊れていた。

キッチンのシンクは水垢で白く汚れ、換気扇には古い油が黒い層となってこびりつき、ソファーや壁はたばこのヤニで茶色く変色していた。しかし二丁目という場所柄、ある種の「味」とも取れるような汚れ方でもある。

果たして全部きれいにしてしまっていいのだろうか。

志村に確認すると、「いいんだよ、おばさん。出かけてくるから」と言って彼は店から出て行ってしまった。店の最奥にあった和式トイレは、掃除の最後に仕上げの乾拭き(からぶき)をほとんどしていないようで、靴底のあとがいくつも残っていた。便器には熱で変色した小さな痕(あと)がいくつもあって、痛々しい。たばこを押しつけられたのだろう。

この店は大切にされていない。

暖房の効かない店内で白い息を吐き、手を動かしながらひと美は思った。

「驚いた。すごいね、たった半日で。どうやってここまで……」

外出先から帰ってきた志村はそう言って、輝くほど磨き抜かれた店内を見まわした。

天井も壁も床も新品と見まがうばかりだったので、「この壁って白かったんだ」と感心している始末だった。

「暖房が効かないからストーブを持ち込んで、部屋を暖めて、油汚れがゆるむようにしたの。ベテランスタッフ二名で二百万円」

ひと美が手を伸ばしたら、「冗談きついよ、おばさん」と志村は彼女の手を叩いた。

二百万というのは冗談だったが、顔見知りの依頼だからといって値引きはしない。二十万近い正規の金額を受け取ったひと美は最後に店内をぐるりと見てから、「真次くん、自分を軽く扱うのはやめなさい」と静かに伝えた。

「軽く？　この場所で働いていることですか。差別するの？」

苛立った口調で返しながら、志村は長いくせっ毛を指で弄んでいた。

甘えている、と思ったけれど経営者としての道を着実に歩み始めていたひと美は、それ以上構う暇はなかったので、掃除道具の入ったバケツを抱えた。

「私はあなたの掃除の仕方が気になっただけ。今の仕事にも、この店にも、あまり愛着がないんじゃないかと思って」

　掃除の甘い店には、その甘さを見抜いたようなタチの悪い客が寄って来る。酒を提供する店ならなおさらだろう。志村の顔色がさっと青くなった。

　店を出るとき、「待って」と志村がひと美を呼び止めた。ひと美といっしょに作業をしたスタッフが先に車に帰ったのを確認してから、志村が話し出す。

　店のオーナーである恋人と、うまくいっていない。交差点で会った灰色のコートの男だ。しかしそのオーナーが先日入院してしまったせいで、自分は店を辞められない。それどころか毎日見舞いに行っている状態で、日中出かけた先は病院なんだ。

「実は、そのオーナーが、死にそうなんです。俺はけっこうひどいことを言われて、何度も嫌になったんだけど、いざ病院側から近いうちに死ぬって言われて、オーナーからもそばにいてくれって頼まれたら見放せなくなった。彼には親も兄弟もいない。だから、どうしたらいいかと思って……」

「病気で死ぬから、かわいそうだって思ったの？」

　え、と洩らして顔を上げた志村はぽかんとしている。

「その人が死ぬかどうかは、その人の過去も含めてもろもろ絡んでくる問題だから、別にあなたが自分をすり減らしてまで、嫌な男の死をみとる必要はないんじゃない？」

　ひどい、そんな、と言って志村は食ってかかった。

「おばさん、いつからそんなひどい人になったの?」

志村の反応は前社長だった夫との間にできた、二人の子のものとよく似ていた。社長になってから、あまり時間がとれなくなったせいで、自分は子供たちの期待するお母さんではいられなくなってしまった。そのせいか「お母さんはひどい」「超むかつく」と、面と向かってよく言われたものだった。だからといってひと美は親という立場を利用して、「それならもう家に帰ってこなくていい」などと子供たちの弱味を刺激するような脅しをかけようとも思わなかった。子供たちの非難をいったん受け止めて、あとは流す。できることをやって、できないことはやらない。反抗的な態度は成長の大事な過程なのだと認めながら、黙って見守る。それだけだった。結局二人の子は成人すると同時に家を出て行った。

それなのに、二十歳を超えているはずの目の前の男は、まだ子供みたいな主張をしている。

灰色のコートの男と出会ったのも何かの縁だから、最後までなさけをかけていっしょにいてあげなさい。

とか、そんなふうに背中を押してもらいたかったのだろうか。だから「真次くん」は私の会社に掃除を依頼してきたのかもしれない。

「その入院している男、最低ね。自分の死を人質にして、離れようとしていたあなたの弱さを引き出して、利用するなんて。最後まで自分のケツも拭けないような人間、って気がするけど」

ひと美は志村の期待をさらに裏切るようなことを言ってやった。

「ああ、いけない」

夕方から会議が入っていた。志村に背を向けてドアを閉めるとき、

「おばさん、変わったね。前は普通のおばさんだったのに」

と絶望するような声が聞こえたが、ひと美は相手にしなかった。

ふと、たばこの火を押しつけられた便器は、今の「真次くん」そのもののようだと思った。便器は会社独自の技で徹底的に磨き上げ、新品のごとく真っ白にしたが、複数のたばこの痕だけはどうしても消えなかった。一度焼け焦げてしまうと、もう消えないのだ。痕をつけられた時点で「こんなことはやめろ」と相手に怒りを示す必要があったのに、そうしないから、また火を押しつけられる。かわいそうなのはむしろ「真次くん」のほうではないだろうか。

けれどそれから一カ月もしないうちに、志村は「ファインビュー」の入社試験を受けに来た。

面接の際、ひと美は彼を特別扱いしなかった。結局、実技試験で落ちてしまったが、その後も志村はめげずにまた、受けに来た。

「もしお客さまの店舗にあるトイレの便座や便器に、たばこの焼け焦げた痕がある場合、あなたならどうしますか」

最終面接でひと美が質問した。

面接に来た人たちは、「上から色を塗るように勧める」「紙やすりで削り取る」など、思いつきのような回答ばかり。だが静かに前を見据えていた志村は、痩せて精悍（せいかん）になった頬を動かし、こう言った。

「便座も便器もすべて新しいものに交換してくださいと、お客さまに伝えます。時間がかかっても、高くても、それが今後店を経営するために最善の方法ですから」

まっさらな便器なら、誰もたばこの火を押しつけようなんて思わないだろう。

灰色のコートの男は死んだのかもしれない、と志村の変化を見て感じたが、それならなおさら自分にとっては都合がいい。

ひと美は彼の採用を決めた。

二

いきなり、へその下あたりに冷水をかけられたような感じがする。

思わず目を伏せたひと美は、無言のまま片手で顔を覆った。

五十四階建てのビルの屋上からゴンドラに吊されて窓清掃をしている社員たち。

彼らの様子を見るため現場のビルまでやって来たのだが、たとえ地上からであっても、高所恐怖症の彼女にはとても直視できない光景だった。それに社員たちの姿は米粒ほどの大きさになっている。いや、ローズピンクのつなぎを着ているから、赤飯の粒といったほうが正確だろうか。

同行していた志村は、見えるわけもないのに地上から手を振ってはしゃいでいた。どうやら高い場所が苦手ではないらしい。

その晩ひと美は、五十四階建てビルの清掃メンバーの一人である望月アルエを伴って、和食割烹へ行った。

「こんな素敵なお店、めったに入らないから緊張します」

個室のテーブルに向かったアルエは、ひと美を前にして身を硬くしている。

「そう言わずに、先日のお礼ですから。遠慮しないでどんどん召し上がってください」

ひと美は遠慮するアルエを遮ってビールをグラスに注いでやった。

「ええっ、そんな、社長じきじきに！　まことに、ありがとうございまする」

おかしな言葉遣いになっているアルエをリラックスさせるつもりで、ひと美はさらにビールを注いだ。ひと美のグラスには隣に座っている志村が注いでくれる。

高所で窓清掃をする驚きの女性作業員――そんなニュースがテレビで紹介されたのは、

一週間前だった。

こぢんまりしたかわいらしい外見とは裏腹に、腰にロープをつけたアルエが、「望月、行きまーす！」と声をあげて突然二十階建てのビルの屋上からぽんと飛び降りる。それから次々と窓清掃をしていく姿は、視聴者にかなりインパクトを与えたようで、ニュースの放映後、会社に取材や問い合わせの電話がひっきりなしにかかってきた。予想外だったのは女子大や女子校、女性専用マンションなどから新規の依頼が入ったことだ。

「世の中には、女性の作業員に窓清掃を依頼したいと思っている人が多くいる。潜在ニーズというんでしょうか、そんな事実が表に出てきただけでも大きな収穫でした。確かに、窓はプライベートな場所と繋がっていますから。でも高所仕事で起きる事故についてはいろいろ耳に入ってきます。どうか、望月さんも気をつけてください」

「ありがとうございます」

「期待していますよ」

「はい、頑張ります！」

と言いながらも、アルエは何か躊躇(ちゅうちょ)しているような仕草を見せる。

「何か？　遠慮せずに言ってください」

すると、急にきらきらと好奇心に満ちた目を向けてくる。

「はい。あの、でも、もしかしたら社長も、いざ高所で仕事をしてみたら楽しいと感じるかもしれない、と思いまして」

「この私が？」ひと美はいったん顔をそむけてから、滑稽なほど手を振った。「高いところはダメ。ビルとか店舗とか、個人宅の清掃は全部私もやってみて、そのときの経験をもとにマニュアルを作ったんだけど、高所だけは苦手だから他の人にまかせたの」

ゴンドラに吊されていた、赤飯の粒を思い出しただけで、ぞっとする。

けれどアルエは肩までおろしていた髪がぐんとゆれるほど、ひと美の方に身を乗り出した。

「ですが社長、苦手なことこそ練習すると、かえって得意になることがあると思うんです」

ひと美が黙っていると、「あっ、すみません！　さしでがましいことを言いました」と、アルエが慌てて頭を下げた。

「そうだ、口を慎め」

志村が釘を刺すと、アルエはしゅんとして、肩を丸めて小さくなっている。

まあまあとひと美が割って入った。

「確かに望月さんの言う通り、苦手なことほどかえって得意になる、というのはあると思います。逆に言うと、本人がなんとも思っていないことは永遠に変わらない、とも言える」

ひと美は目を伏せてグラスを置いた。「彼はもう聞き飽きていると思うけど」と言って志村を見やり、ふたたびアルエと向き合った。

「今日はあなたに、私がどうしてこの会社の代表をつとめるようになったのか、話しておいたほうがいいと思ったんです」

「私に？　そんな大事なお話を、私がうかがっていいんでしょうか」

「いいんですよ。本当は社員全員の家に行って、直接話して回りたいくらいなんです。特にあなたには、今後、後進の社員を育ててもらいたい気持ちもありますから」

そんな、恐れ多いです、と言って控え目な態度のアルエのグラスにまたビールを注いでやる。志村が、険のある目つきで嫉妬まじりの視線を彼女に送っていたようにも感じられたが、ひと美はあえて気づかないふりをした。

「私が社長になるまでの話は、だいたい知っていますね」

ええと、はい、なんとなく、と、アルエはぎこちない調子で頷いている。遠慮しているのだろう。

けれどひと美は気にせずに続けた。

「前の社長だった私の夫が、私と子供、それに社員全員を捨てて、二十ほど年下の若い女といなくなってしまった、その後の話です」

二十年以上前の話になる。

当時ひと美は三十六、夫の館山公雄は三十八だった。

会社はまだ「ファインビュー」という社名ではなく、社員はパートも含めて二十人にも満たなかった。

バブル景気はすでに崩壊を迎えていた頃で、社長である夫の突然の失踪を受け、社員や取引先の人間にはひと美に同情する者も多かった。

「奥さん、大変だね」「元気出してくださいよ」「これからどうするつもりなの？」

どうするって……。

しかし何日待っても夫は帰ってこない。会社は経営難におちいっているわけではないけれど、万事うまくいっているというわけでもない。

「おまえの作る飯はどれもうまいよ。だからどうか安心して、この先も飯を作って、子供たちがいる家を守ってほしい」

そんな言葉をかけてくれた夫を応援するように、ひと美は家事をし、子育てをし、さらには夫がおこした清掃会社の事務まで無給でこなしていた。だがその司令塔であった本人がいなくなってしまったのだ。まだ小さかった子を二人抱えながらも、ひと美は必死に戸惑いを隠し、「すみません、ご迷惑をお掛けしまして。すぐ帰って来ると思いますので」

と頭を下げ、めいっぱい愛想笑いを振りまいた。

「何を笑っているんだ。緊急事態だろ、ヘラヘラしてる場合じゃないよ」

それならいったい、どうしろというのか。

困れば困るほど顔には奇妙な笑いが貼りついていく。

その一方で内面は、怒りと羞恥と不安とで引き裂かれそうだった。

ごく普通の主婦として家庭を守り、人生をまっとうするつもりだったのに、いったいどこで計算をあやまったのだろうか。夫も、いっしょにいた若い女の行方も一向にわからない。今までも夫は小さな浮気を繰り返しているような気配はあった。が、ひと美は見てみぬふりをしていたのだ。最後は必ず自分のもとに帰ってくる、と信じて高をくくっていた。

一週間、一カ月……。時間がすぎていくうちに、ひと美の中の不安は憎悪に変化し、夫を連れ去った若い女への恨みは、夫そのものに向けられるようになっていった。

失踪前の夫は週末の夜になると、高級ブランドのスーツを着て、ピカピカに磨いた革靴を履いてよく呑みに出かけていた。どこへ行っていたのかはわからない。いなくなった当日の晩も、やはり着飾っていて、「取引先に行ってくる」とだけ言い残して行ってしまったのだ。

事件に巻き込まれた可能性も考えて行方不明者届を出したものの、聞こえてくるのは「おたくのご主人が若い女と歩いているのを見た」という話ばかりだった。認めたくはなかったが、今回は、ほんの少しの逃避行などではなく、まさか計画的な逃亡そのものではないだろうか……。

そんな思いに至ったとき、ひと美の手が、急にぶるぶると震え始めた。

子供たちの顔が浮かぶ。今までどんな火遊びをしようとも、一家の大黒柱だから息抜きが必要なのだろうと見てみぬふりをしてきたのに、そこからまるごと逃亡するとは何事だろうか。子供たちに対する責任と、自分は裏切られたのだという屈辱が、同時にずっしりとのしかかってきて、息が詰まるようだった。

「奥さん。俺たち、今のまま働いてて大丈夫なんでしょうか？」

その声に、ひと美は電卓を叩く手を止めた。

痩せ細った手で額をおさえながら顔を上げると目の下に大きな隈があったせいか、彼女の前に立っていた社員は、ぎょっとしたようだった。

だがその社員の後ろにはまた、別の社員たちの姿がある。

「大丈夫なわけないでしょ、こっちだって必死にやってんのよ、亭主に捨てられた女だと思ってバカにするんじゃないよっ」

と、叫びながら社員に詰め寄っていく自分の姿が目に浮かんだ。

けれど息をのみ、なんとか理性で抑え込む。社員たちだって不安なのだ。彼らにも家族はいる。八つ当たりするのは簡単だが、そのあと会社はどうなる？　今、仕事をよく知る社員たちに辞められてしまったら、この会社は成り立たない。それどころか子供を食べさせることさえできなくなってしまう。

ひとまず社員たちを引き留めるために、夫のように演じてみよう。

そう思ったひと美は、夫である公雄が得意とする気前のいい言葉を口にのせて、とにかく笑みを浮かべてみることにした。

「大丈夫、私がなんとかしますから。実は昨晩、夫から連絡があったんです」

おおっ、と社員から声があがった。

「ちょっと疲れたから休みたいって。ですから、しばらくは私が社長代理としてやらせてもらいます」

ハッタリだった。

そんなギリギリの芝居でもって、ひとまず仮の社長として会社を継続させるしか案が浮かばなかった。しかし自分が事務を取り仕切っていたのが幸いし、取引先の情報はだいたい把握している。それに稼ぎに関するからくりはもちろん、実は夫が会社の金を五百万ほど持ち出していた、という裏の事情も把握していた。だから、とにかくなんとかできる、と必死に自分に言い聞かせた。

初めのうち、社員や取引先の人間はひと美に気を遣っていたようだった。しかし……。

「奥さんが社長なんて、やっぱり仮であっても頼りないな」

「どうせ実務は何も知らないんだから、ひとまず便所掃除でもしてりゃいいんだ」

時間が経つにつれ、自分のことを軽薄に笑う社員たち。その声を耳にして、精神的に余裕がなくなっていた彼女は、ぎりぎりと歯ぎしりするほど腹が立って仕方がなかった。しかし実務について知らないのは彼らの言う通り、冷やかされても言い返せない。けれどただ陰口を叩かれているだけなのも、癪に障る。

だからひと美は朝六時に出勤すると、社員たちの言うように、会社のトイレをすべて掃除することにした。

「奥さんのあれって、当てつけじゃねえの？」

そんな声が聞こえてきても、構わずに続けた。

まずはやれることからやっていくしかないと思っていた。当てつけのような気持ちもなかったとは言えない。

トイレはいつも汚れていた。

会社は当時、ビル内の清掃を含むメンテナンスを主な業務としていたのだが、どうして清掃を仕事とする者たちが自分の会社のトイレを汚して平気でいられるのか――ひと美は不思議に思った。

夫がいなくなるまで、社屋のトイレの清掃は社員たちの当番制となっていた。それを今回、一手にひと美が引き受けることにしたのだが、今まで適当な掃除で済ませていたせいだろう。どう掃除しても、どんな高価なにおい消しを使っても、しばらくするとまたアンモニア臭が漂ってくる。

そこは確かにひと美自身も利用していたトイレのはずなのに。つまり、自分は掃除をする立場でものを見ていなかったということだろう。

掃除が終わって翌日になると、また汚れている。嫌がらせだろうかと疑うほどだったが、マスクを着けてゴム手袋をはめたひと美はイライラしながらも、ブラシを動かし続けた。

ふと夫が人を小ばかにするときの口癖を思い出す。

「そんなやつは便所掃除でもやってりゃいいんだ」

ビルメンテナンスの仕事には、トイレの清掃も含まれていた。だが夫はトイレ掃除だけは高齢のパートにまかせて自分では絶対にやろうとしなかった。

そうしてひと美は毎朝トイレ掃除をし、事務を取り仕切っていった。現場をたまに見て回り、取引先に電話をし、頭を下げて、家に帰ったら食事を作って子供たちを寝かしつける。朝になると朝食を作って、歩いて十分ほどの場所にある会社のトイレ掃除をし、いったん家に戻って子供たちを学校へ行かせる。そんな日々が半年ほど続いた。

ある日、ネズミに似た風貌の社員が、トイレ掃除中だったひと美の近くに寄って来ると、

「あのぅ、新宿区の会社の社長が夜の誘いを受けたって、あちこちで話しているみたいですよ」

「夜の誘い？」

いったい誰の話をしているのだろうか。

ひと美が眉を寄せていると、ネズミに似た社員は何も言わずにひと美を見る。

つまり、ひと美から枕営業の誘いを受けたと新宿区の競合会社の社長が言いふらしている。そんな噂話が出回っているぞ、と彼は親切に教えてくれたようだった。社員はひと美の反応が知りたいようで、興味津々といった感じで顔を覗き込んでくる。ひと美が掃除用のブラシをバケツの底に叩きつけるようにして入れると、ガランと鈍い音が響いた。納得したように何度か頷きながら、ひと美がたずねる。

「あなたの奥さん、大丈夫なの？」

「へ？」

ひと美は少し首を傾げながら、もう一度言う。

「そんなことよりあなたの奥さんよ。奥さんのほうこそ、大丈夫なんですか？」

ネズミに似た社員はうろたえたようで、目を白黒させながら「うち？　は？」と息が抜けるようなかすれ声を出したが、動揺を押し隠すように、すぐ背を向けて行ってしまった。まさか自分の家庭について持ち出されるとは思わなかったのだろう。

社員の民度が低い。

半年間のトイレ掃除を経て、ひと美ははっきりと自覚した。

社員と社長はよく似ている、合わせ鏡のようなもの。それなら今、会社にいる社員たちの姿こそ、自分が精神的に依存していた夫の姿であり、今までの自分に通じる姿でもあるのだろう。

ひと美は黙々と、さらにトイレ掃除を続けた。

すると次第に自分自身を磨いているような気持ちになっていき、夫への憎しみも、夫ともにいなくなった若い女について勘繰る気持ちも薄れていく。いつの間にかひと美はマスクを外し、ゴム手袋もしないで掃除をするようになっていた。その場のにおいを取り去ることも清掃のうちだ。マスクを着けていたらにおいの有無がわからない、それにゴム手袋をしていたら奥まった細かい場所まで手が届かない。

そして、掃除の仕上げに便器と床を乾拭きすると、ぴかりと光って、心はもうすっきりしているのだった。

それでも翌朝になると汚れている。

午後にもう一度掃除をするようにしてみたら――まだ汚れる。

肉眼では見えない便器の縁裏などを、手鏡を使って映し出してみようと思った。すると水垢で黒ずんでいる。歯ブラシを改造して細かいところまで届く道具を作り、使ってみるとうまくいった。汚れによっては重曹やクエン酸といった自然素材を使用すると、強い洗剤よりもきれいになる。

大事なことは、高価な洗剤を使えばいいというのではなく、汚れの種類を見極め、その性質に見合った洗剤を使い分けることなのだ。においの発生源である尿石も、電気ドリルにブラシを合体させた器具を使えば、便器を傷つけずに除去できると発見した。

ある日、社員たちが清掃しているビルを見回った際、廊下の隅や階段の縁に汚れが残っているのを見つけたひと美は、担当した社員に詰め寄った。

「目黒のビル、全然きれいになってないじゃない。どういうことですか？」

「はは、奥さ……いや社長、けっこうきれいにやっていると思いますよ」

ひと美より年長の男性社員は、素人にそんなことを言われても、とニヤニヤしながら他の社員に向かって「なあ」と言う。他の社員たちは同意するように頷いていた。

「仕事はいくつもあるんですから。どんどん次にいかないと、数はこなせませんよ。こっちは、社長みたいに舐めるように便器を掃除しているわけじゃないんですから」

汚いなあ、と別の社員がひやかしを入れた。

「ふうん」

と、ひと美はゆっくりと洩らし、その場にいた全員の顔を見回した。

この一瞬、彼女は今まで自分が抱えてきたものを、すべて殺そうと決めた。

女、社長夫人、母親……周囲から期待され、また自分から進んでその期待や役割を背負ってきた数々のフィルターのようなものを、すべて殺してしまおうと思った。一新、という表現が本当は正しいのかもしれない。だがこのときの覚悟は「殺す」としか表現できないほど強くはげしいものだった。

必要以上に媚びるような笑みを浮かべることは、もう自分にはないだろう。

そんな一抹の寂しさをかなぐり捨てると、ひと美の目に映る社員たちは、もう恐れるべき存在ではなくなっていた。社員と社長はよく似ている、合わせ鏡のようなもの。だとしたら——あとは自分が変わればいいだけだ。

「どうしてそんな適当な仕事で、今後もお客さまから契約が取れると思っていられるのか、私にはさっぱりわからない」

誰にでも聞き取れるような声で、はっきりと言った。

社員たちはざわついた。だが、ひと美の怒りを感じ取ったのか、その後はいたずらが見つかった子供のような気まずさを浮かべる。

「いつまでもバブル気分でチャラチャラやるのもいい加減にしろ。目黒の会社から今日電話があって、『今後もあんな清掃が続くようなら別の会社にお願いしようと思ってる』だそうです」

社員たちの顔に、さざ波のような動揺が映り込んでいく。

張り詰めた緊張感から逃れようと、ヘラヘラ笑っている者がいた。少し前の自分のようだ。

「別の会社に頼もうと思っている、なんて言ってくる取引先が一社でも出た時点で、他のお客さまも同じように考えていると思ったほうがいい。私たちの仕事は常に見られている。これからは一つひとつきちんと仕上げていかないと、簡単に契約を打ち切られる時代がやってくる。いままでの契約がなくなれば、うちみたいな小さな会社はどうなると思いますか？　給料は減る、会社は縮小する。そうなったときは、みなさんには転職してもらうことになる。業績が悪ければ退職金だって払えない。それでもいいって人は、そうやって、自分の仕事を他人事みたいに笑っていればいい。一生、自分の仕事に誇りを持てないままで……」

このとき、ひと美は、幼子とぱっとしない痩せぎすの妻を置いて、週末ごとに夜の街に繰り出していた夫のことがわかったような気がした。二十も若い女を連れて、自分が創立した会社を捨てていなくなってしまった夫の正体に、トイレ掃除をしながら気づいてしまった。

彼も社員と同じように、清掃という仕事を腹の底では嫌悪していた。そしてそれを克服できなかったからこそ、嫌悪する自分を押し隠すように、高級なスーツで着飾り、妻子という現実を捨て置いて、夜は派手に女遊びをしていたのだ。

そしてその男に身をゆだね、自分の頭でものを考えるということをしてこなかったのが、まさにひと美自身だった。夫の影響を受けている社員たちを今後どう教育し直すか、それが鍵だった。彼らを根本から教育し直さなければいけない。いや、最終的にはこの仕事に対する劣等感を拭い去ることのできない者など必要ないから、クビに持ち込んでも構わない。

ひと美は、苦々しい顔をしていた社員の手に、掃除道具の入ったバケツを持たせると、会社のトイレのドアを「バン」と開けた。

「トイレもビル清掃をするときの心がけは変わらない。今までやっていたのと同じ要領でやってみてください」

え、と恥ずかしそうにとぼける社員の尻を蹴り上げるような気迫を込める。

「聞こえないのか」

苛立った声でうながすと、「こ、こうですか」と社員はなんとかやり始めたのだが、その動きにはまったく腰が入っておらず、胆力もなく、手先だけさっさと動かしている様子がありありとしている。しかも手順を意識していないようだ。

社員から掃除道具を奪い取ったひと美が、「こうだ」と見本を示すと、その場にいなかったパートたちも集まってきた。

「壁をこすり洗いするときは、下から上に動かす。水拭きしたあとは乾拭きをする。一度で済まそうとしない。掃除には型ともいえる理論がある。理論通りにやらないから、すぐまた汚れる」

階段も掃除してみせた。ぞうきんはきちんとたたんで「コ」の字形に動かしていく。

「目黒のビルの階段は、モップを使っているんですか？」

「まあ……はい」

「これからはこんなふうに、手を使って、ぞうきんで拭き取るように」

「えっ、それじゃあ時間がかかっちゃいますよ！」

社員の目が、きょろきょろと落ち着きなく、宙をさまよっている。

「それに社長からそんなの教わってないから……」

「社長は私――」

言い切ったひと美は、表情をこわばらせている社員たちの気持ちをほぐそうと、目は笑わないまま、口もとだけで少し笑った。

「ですから私のやり方を理解してください。来年までにマニュアルは『我が社の清掃はお客さまの会社と社会の繁栄をお約束します』という方向性を打ち出すかたちで、すべて新しくします」

その後、事務室に入って行くと、ひと美は鞄から取り出した何十枚もの写真を机に広げた。

写真には会社の担当している現場の名前と日付が入っており、汚れの残っている場所が大きく写っている。それは、ひと美が抜き打ちで現場を回って撮ったものだった。

「清掃なんて誰にでもできると思っているから、他社に契約を持っていかれる。清掃業を見下す素人の言葉に惑わされて、適当な仕事で済ませているから、いつまでたっても自分の仕事に誇りが持てない。今後も同じやり方でいいと思っている者は、今すぐ辞めてもらって結構。私が掃除したトイレにも二度と足を踏み入れるんじゃない」

おお、怖……とひやかす者は、もういなかった。

ひと美の怒りは個人のプライドを超えて、会社全体を叱り飛ばすほどの威厳をまとっていたからだ。

実際、長い間酷使してきたトイレの変わりようは、誰の目にも明らかだった。

便器は真っ白、タイルに格子状にはえていた黒カビはすべて除去され、さらりと乾き、手洗い場や貯水槽の金属部分は、高級車のエンブレムのような輝きを放っていた。

そんなトイレを何カ月も目の当たりにしているうちに、汚す者は一人二人と減っていき、ついに社員たちは汚さずに使うことを意識できるようになっていった。

「その当時、社長が自ら磨き上げた伝説の和式便器が、現在ビルの入口に飾られているものです」

志村がひと美の話を締めくくると、

「入口に飾られている和式便器にそんなすさまじいエピソードがあったなんて……知りま

せんでした」

と洩らし、アルエは圧倒されている。

和式便器の横には、「この世に女社長という生き物はいない。いるのは男でも女でもない、社長のみ」と書かれている。その文言は一時、世間で流行語になったほどだった。今は「男でも女でもない」という箇所に「ＬＧＢＴＱでも誰でもない」とひと美が書き添えた一文が入っている。

「現在、従業員数三百人を超える『ファインビュー』は、年商四十億を超える勢いで邁進しております。それはひとえに社長の先見性と、たゆまぬ努力により築き上げられたもので……」

「社員あっての会社です、大げさですよ」

表面上は志村の話を止めながらも、実は、ひと美が過去に受けた嫌がらせの話はもっとあった。

だがそれ以上すると、ただの苦労自慢になってしまう。それに嫌がらせをした人たちの大半はすでに会社を辞めていたり、鬼籍に入ったりしている。だから大切な社員に、会社への関心を高めてもらうために聞かせる「みっともない話」としては、これくらいで充分だろう。

「この仕事はどこへ行っても需要があります。プロの意識と、その技を身につけることさえてできれば、一生食いっぱぐれはないだろうと私は思っています。だから夫が帰って来ても、会社と、この仕事だけはなんとしても渡してなるものかと構えていたんですけれど、その後は……」

目に笑いを浮かべないようにしながら、ひと美は口もとだけで笑った。

マニュアルを刷新し、社員教育に資金を投入するようになってから、会社の業績は少しずつ伸びていった。そんなときひと美は、夫から連絡はないのかと聞かれると、「ありません、毎日とても心配です」とつらそうに打ち明ける程度の節度は保っていた。だが内心では、いまさら帰って来てもらっても迷惑だと思っていた。

しかし失踪から七年ほどして、彼は意外なかたちで帰って来た。

海から水死体があがったのだ。

それ以降は週刊誌に、夫は現社長に殺されたのでは、といった記事をさんざん書き立てられた。結局、岸壁に残っていた痕跡から、酒を飲みすぎてあやまって落ちたのだろうと判明したのだが、噂はその後も絶えず、ひと美は心労のあまり、夜になると奇妙な夢にうなされることが多くなっていった。

夢というのは、遺体安置所に横たわっている夫の青白い手が、にゅっとこちらに伸びてきて、ひと美の腕をつかむというものだった。

氷のように冷たい夫の手を伝って、自分の方にタラタラと海水が流れてくる。そして彼女に向かってカッと目を開けた夫が言うのだ。

「会社は渡さない。おまえはただの普通の女だろう?」

昔の思いにふけっていたひと美の前で、アルエが考え込むような仕草を見せる。

「質問があればどうぞ」

志村が言うと、アルエは目の前の二人を遠慮がちに見比べた。

遠慮しないで、とひと美がうながしたところ、やっとアルエが口を開く。

「社長は普段と同じような感じでお話しされていましたが、実際はご主人を失って、あの、失礼な言い方ですけど、ご苦労が多かったんじゃないかと思います。でも一つ気になることがありまして……。新社長になる際は、お一人で乗り越えたんですか?」

すっと心に蓋をしてから、ひと美は伝える。

「私は今も独身ですから」

「それは存じております。ただ、誰か、社長を支えてくれるような方がいらっしゃらなかったのかな、と思いまして」

二人の子供たちが支えでした。

と答えるのが当たり障りのない回答だろう。けれどひと美は子供たちのどちらも会社の後継者にするつもりはなく、子供たちもまた、なるつもりもないようだった。息子はすでに家庭を持って建築事務所を開いており、娘は海外で暮らしている。

「望月さん、あなたには誰か、そういう人がいるんですか」

自分への質問を封じる意味でたずねた。

「いえ、私にはそんな人はおりません」

なぜか慌てたようで、アルエはグラスの中身を飲み干したあと、むせて咳き込んでいる。

「あなたは表情が雄弁だから、いろいろ全身で語っているような気がするけど。でもこれ以上言ったらセクハラ、私の場合パワハラになるの？」

「パワハラですね」

志村が隣から教えてくれる。

うつむいたアルエは、恥ずかしそうに小鉢の冷え切った海老芋を箸でつついていた。

食事が終わると志村が会計をしている間、ひと美とアルエは個室で二人きりになった。

食器が片づけられたテーブルの上には、志村の手帳が置いたままになっている。

黒革の手帳は、彼が五年ほど前から使っているものだった。それまでは柔らかい色調の手帳を使っていたようだったが、ひと美が黒革を使っていたせいだろうか。いつの間にか似たような手帳を使うようになっている。

声を潜めたアルエが、あの、とひと美に話しかける。

「社長とこんなふうに直接お話しできるなんて、めったにないので、実は今日、おうかがいしたいことがありまして」

まだ質問があるのか、と思いながらも立場上、社員に怖がられたり警戒されたりしやすいひと美は安心してもらうため、「どうぞ」と優しい調子で勧めた。アルエは志村が戻って来ないか確認するような挙動を見せてから、

「実は知り合いが、私の仕事を一日見学したいと言っているんです」

と申し出た。「清掃の仕事にとても興味があるようで、見学したら、その内容を文章にまとめたいと言ってまして」

学校の感想文か何かだろうか。

「いくつくらいの子？」

「三十一です」

「大人……。どんな人ですか」

「少し言いにくいのですが、私が社屋の清掃でうかがっている会社に勤めている人で、間接的にはお客さまでもある方なんです。見学した内容をどうしても会社の会報誌に書きたいからって言っていて、どうしようかと思いまして」

「志村には聞いた？」

「はい。でもお忙しいみたいで、なかなかお返事をいただけなくて」

お得意のはぐらかしにあったらしい。慎重な彼なら、見学一つで顧客との関係を悪くし

たくないと考えるだろう。

けれどもひと美の考えは違っていた。顧客でもある会社の社員が、我が社の仕事を内側から見学し、それを会社の会報誌に書いてくれる。これは「ファインビュー」の存在を少しでも多くの人に知ってもらう、きっかけになるのではないだろうか。

「ちょっと待って」

ひと美は個室を出ると、ある人物に電話を入れた。夜の九時前なので夜分すみませんと断ってから話し出す。

三分ほどして電話を切って、アルエのもとに戻った。

「会報誌の人、年末に私がうかがっているお宅のハウスクリーニングに連れて来なさい」

「えっ、社長じきじきのお客さまのもとに？　いいんでしょうか」

「今、電話でお客さまに確認しましたから、大丈夫。ただし、あなたもいっしょに来るんですよ」

ありがとうございます！　と勢いよく頭を下げたものの、アルエの表情に迷いが浮かぶ。

「ただ、その人、少し変わっているんです」

「変わっている、どんなふうに？」

「この前、その人といっしょに居酒屋に行ったんです。そうしたら『なすピーみそ炒め』という品があって」

はっ、と我にかえったような顔でたずねてくる。

「……社長に、こんな話してもいいんでしょうか？」

「構いませんよ」

するとアルエは鞄から出したメモ帳に「なすピーみそ炒め」と書いた。

「これを見て、『なすピー』という新種の野菜の炒め物じゃないかって言うんです」

ひと美はメモをじっと見た。「その可能性もあるでしょうね」

「えっ」とアルエが驚いている。「そんな野菜が、この世にあるんですか」

「ないとは言えない」

そこでひと美は戻って来た志村にメモを見せた。

「これを見て、どんな料理だと思いますか？」

「ピーみそ？　なすと、甘くてねっとりした、つまみのみそピーを炒めた物でしょうか。あまり美味しそうな感じはしませんね」

志村は積極的に自炊をするタイプではない。ほらね、という視線をひと美はアルエに送った。

「なんでも決めつけはよくありません。望月さんの言うその人が変わっているわけではなくて、そもそも誤解を招くような店の書き方が不親切。ユニークな人のようですから、連れていらっしゃい。どこの会社の方？」

瞳をくるくると大きくしたアルエが嬉しそうに答える。

「彩明ホームです」

「志村、年末の森田さんの大掃除に、望月さんと彩明ホームの社員さんを連れて行くことに決めました」

「えっ、スケジュール調整はどうするんですか？　望月さんの予定はすでに決まっていますが」

志村はテーブルの上の手帳を手に取ると慌てて開いている。その間からふいにぽろりと落ちたのは、淡いピンク色のお守りだった。

拾ったアルエが差し出すと、「どうも」と冷たく言い放った志村は、にこりともせずに受け取った。

お守りは、たぶん入社した当時から手帳の内側に入れているものだろう。

ひと美は小さく咳払いすると、

「スケジュールを調整するのがあなたの仕事です。望月さんはその社員さんに、いったん彩明ホームの広報を通して依頼するよう、伝えておいてください」

と言って話をまとめ、店を出て、さっさと車に乗り込んでしまった。

望月さんの言う「変わっている人」というのは、もしや彼女を支えている人だろうか。

しかし他人を詮索するほど無駄な時間はないので、志村の持っていたかわいらしいお守りのことも含め、ひと美はそれ以上は考えない。

三

志村の運転するワゴン車にアルエと彩明ホームの社員が乗り込んできた。

後部座席のひと美の隣に座ってきた男が、ぺこりと頭を下げる。

「僕は彩明ホームの斎木匡といいます。あなたが夫殺しで有名なファインビューの会沢社長ですね」

ルームミラー越しに志村の表情が凍りついたのがわかった。助手席のアルエが慌ててこちらを振り返っている。けれどひと美は表情一つ変えず、動じない。

「よくご存じですね」

「お会いする際に何も知らないようでは失礼かと思いまして、しっかり調べてきました」

「それは恐れ入ります、ところで斎木さんご自身はどんな方なんでしょうか？」

「僕は空気が読めないと言われることが多い人間です。だから相手がよくわからない言動をしたときは、ちゃんとその相手に、その言動の意図をたずねるように気をつけています」

すばらしい、とひと美は自然な感じでつぶやいた。

「空気なんて読もうと思っても、なかなか読めるものではありません。斎木さんのその姿勢、私は大切だと思いますよ」

斎木はひどく驚いたらしい。

めがねの上の眉をぐっと寄せると、わずかに身を引いて顎に指を添える。

「さすが会沢社長。中小企業のワンマン社長とは言うことも風格も違いますね」

いったいどこの社長について言っているのか。

「さ、斎木さんは、ええと……社長は私たちと同じ目線に立ってくれる、と言っているんだと思います」

アルエが慌てて弁解している。

少し変わっている、というのはこういうところだろうか、とひと美は思った。

気に障る言い方をするといえばそうだけれど、筋は通っている。人と人との間に流れる空気なんて、実際は曖昧なものだから、本当に読めているかといえばかなり怪しいところがある。何事も勝手に決めつけたりせず、わからないときはわからないと伝える。それはどんな事柄においても大事なことだろう。

「斎木さんはおもしろい人だなあ」

ははは、とハンドルを握っている志村が感情を込めずに笑っていた。

そうして辿(たど)り着いたのは「東京のお屋敷街」で有名な、高台に建つ立派な二階建て住宅だった。家屋を取り囲む高い塀の内側には、大きな庭も広がっている。

家主である森田砂衣は「ファインビュー」がハウスクリーニング事業に参入した頃からのお得意さまで、ひと美とは二十年の付き合いがあった。

「ご無沙汰しております。このたびはご無理申しまして、すみません」

ひと美が挨拶すると、丸顔にめがねをかけた上品な老婦人といった体の砂衣は、ゆったりと微笑んだ。

「ひと美さん、お元気？　今年も来てもらえて嬉しいわ」

鈴を転がすような声は二十年経っても変わらない。砂衣はひと美の背後に立つ社員たちにも目を配る。

「今日は若い人がたくさんいらっしゃるって聞いていたけど……」

そこで斎木がずいと前に踏み出して、頭を下げた。

「このたびは僕の取材を受け入れてくださって、ありがとうございます」

「ええ、ひと美さんから聞いていますよ。ところで、そのスカーフはすてきね。なんだか『星の王子さま』みたい」

すると、「僕は『星の王子さま』が嫌いです」と斎木が言いかけたので、慌ててアルエが遮っていた。

ひと美、志村、アルエの三人はローズピンクのつなぎ姿。だが「つなぎを着たくない」

と主張した斎木だけは砂衣に前もって伝えていた通り、自前の上下に分かれた私服に水玉模様のスカーフを巻いている。

普段は月二回、「ファインビュー」は砂衣の家の掃除に入っている。けれど年末の大掃除である今日は、普段やらない場所も含め、念入りにやる予定になっていた。

玄関をあがった志村とアルエが、まず指定された場所に養生用の布を敷いて、その上にてきぱきと掃除道具を並べ始めた。

時間は限られている。準備を終えた志村が「昼休憩の一時間を抜いて合計四時間、午後二時には終了しますので」と砂衣に伝え、掃除を開始しようとしたら、「はい」と斎木が突然手を挙げた。

「僕は素人なので、僕にもわかるように、掃除のポイントを教えてください」

お得意さまの前なので、志村はにこやかに伝える。

「私たちはプロ集団です。時間内にきっちり終わらせてこそのプロ。目に見えないところや、手の届きにくい場所まできっちりきっちり美しく仕上げる、それがプロ中のプロ」

ちょっと、とひと美の声が飛んだ。

「強調するとかえって嘘っぽくなりますよ」

砂衣が口に手を当てて笑った。うふふとアルエも笑って、場がなごむ。

けれどまた、「はいっ」と斎木が手を挙げた。

「僕には目に見えないところや、手の届きにくい場所はわかりません。だって見えないし、手が届かないですから」

「想像力ってわかりますか、斎木さん」

「志村さんは想像力の意味がわかっているんですか！」

だとしたらすっごぉーい、すごすぎる、と言って頬に手を当てている。

バカにされたと感じたらしい志村と、斎木の間に険悪なものが漂い、アルエはまたはらはらしているようだったが、ふうむと冷静に洩らしたひと美が伝える。

「それでは斎木さんは洗剤の担当をしてもらえますか。前もって簡易版のマニュアルをお渡ししましたが、読んできましたか？」

「もちろん。暗唱できます」

「すばらしい」

ひと美は心の底からそう言った。「では、養生シートの横に洗剤ばかりを入れたボックスがありますから、斎木さんは私たちが汚れの種類を言ったら、それに応じた洗剤を私たちに渡すようにしてください」

「わかりました」

まかせてくれといった調子で斎木はどんと胸を叩いた。その横で志村が、「あの人、なんで俺の言うことにだけはむかってくるの?」と小さな声でアルエに文句を洩らしている。

では、とひと美がスタートを切って、それぞれが屋敷内の振り分けられた担当場所に出向いていくと、すぐさま掃除を開始した。

斎木が頭角をあらわすのは早かった。

「キッチンの油汚れ」

と伝えると彼はアルカリ性の洗剤を渡してくる。

「トイレの水アカ」

すると酸性の洗剤。

汚れはその性質に対し、逆の性質を持った洗剤で中和するとよく落ちる。そういった化学反応の方程式を彼はちゃんと頭の中に入れてきたようだ。

「斎木さんの判断力はなかなかのものですね」

ひと美が褒めると、斎木は口を結んだまま両腕を開いた。これくらい別にたいしたことではないと言うように。アルエは斎木が褒められると嬉しいらしく、洗剤を取りに来る用事もないのにやってきて、「社長に褒められるなんてすごいですね」とわざわざ伝えている。

この二人はいったいどういう関係なのだろう、とひと美は改めて思った。けれどすぐ頭を切り替える。大事な時間を他人の詮索に費やすのは精神的に貧乏な人だけだ。

新鮮な空気を入れるため、ひと美が客室の窓を開けたとき、

「私は何をしたらいいかしら」

とドアの前に立っている砂衣がたずねてきた。ひと美は窓の向こうに散らばった濃いピンク色を見る。

庭の向こう、塀の下あたりに大きな寒椿の木があった。

「じゃあ、花瓶にいける花を用意してくださいますか」

「わかった。おやすいご用よ」

にっこり笑うと砂衣は、いろいろあったほうがいいわよねえとつぶやいた。部屋数が多いので飾る場所はいくらでもある。

「まずは、お店でかすみ草でも買ってこようかしら」

と言い残し、砂衣は部屋から出て行った。

毎年、大掃除の最中、砂衣は内縁の夫とともに近所の喫茶店に外出していたのだが――その内縁の夫が昨年亡くなった。今年はスタッフの人数が多くにぎやかなので、自分も参加したくなったのかもしれない。

部屋の掃除を一通り済ませてから、ひと美は床に跪き、「コ」の字を描きながら後ろに向かってぞうきんを動かしていく。床を拭くのが先で、掃除機はあと。手間をかけるのを惜しまない。そのおかげか市松模様の床は、ひと美が初めてこの家の掃除に入った日から

二十年経った今も、飴色の艶を放っている。

四

昼の休憩が終了し、午後の掃除を再開したとき斎木がひと美のもとにやってきた。

「社長、僕に新しいことを教えてください。もう洗剤はだいたい行き渡ってしまいました」

立ち上がったひと美は腰に手を当て、ぐーっと背中を伸ばす。

「何を知りたいですか、斎木さんは」

「社長が、前社長を無残に溺死(できし)させ、今の立場に成り代わった冷酷無慈悲な鬼女なのかどうか……」

「殺していませんよ、私は」

ひと美が遮った。週刊誌の見出しそのままではないか。

「この仕事に関することで知りたいことはないんですか。斎木さんは取材に来たんですよね?」

「はい、その通り。僕は……」

少しうつむいた斎木がつぶやく。

「目に見えないところや、手の届きにくい場所を掃除する方法について教えてほしいです」

ああ、確か朝、そんなふうに言っていたなとひと美は思った。

空気が読めないなんて初対面の相手に言うほどだから、心の底では、そのことを気にしたり悩んだりしているのかもしれない。人間関係に漂う空気を読むのは確かに難しい。週刊誌が書き立てた内容はともかく、掃除に関する技ならば、いくらでも教えることができる。

斎木を伴ってひと美はキッチンに入った。

そこは志村が掃除を担当しているエリアだった。広々とした空間にはL字形キッチンがあり、その前には大きなダイニングテーブルがある。隣のリビングルームの隅で志村は脚立にのぼってエアコンの掃除をしていた。

「ここはどこまで進んでいるの？」

開いたままの引き戸の向こうにいる志村に向かってひと美がたずねると、彼は高圧洗浄機でエアコンの内部の汚れを洗い出しながら、「今、洗剤で汚れをゆるめているところです」と答えた。

ふと目を転じると、天然大理石でできたキッチンも床も特に差違がないほど真っ白で、どちらも汚れているようには見えない。けれど床には汚水を入れたバケツが置いてあった。

斎木が露骨にバケツを避けると、ひと美は彼に一枚の写真を見せる。

「これは今朝撮った、掃除前のダイニングの床の写真」

「ん？　あまり汚れているようには見えませんね」

「それがこんなに汚れている」

ひと美は床の汚れだけを反映しているバケツの中身を目で示した。

「森田さんは週一回、ここで料理教室を開いているから、キッチンをよく使います。月に二回弊社が掃除に入っているとはいえ、それはあくまでも普段のお掃除レベルのもの。だから年に一度ここまで、徹底的に落とします」

「でもこれは洗剤の種類と手順の問題だから、企業秘密レベルの話ですよね。僕に教えてくれるわけがない」

斎木はがっかりしたようだ。やはり掃除の仕事に関して彼は理解が早い。

二人の話が聞こえたらしく、こちらを見ないまま志村が声を張り上げる。

「おっしゃる通り。さすがに彩明ホームの斎木さんであっても、弊社の特殊技術を教えるわけにはいきませんねえ」

「志村、集中する」

ひと美が伝えると、彼は何事もなかったように手を動かしている。

斎木さん、と呼びかけたひと美は、彼の顔の前にポケットから取り出した手鏡を「サッ」と見せた。

「鏡？」

「ちょっとこっちに来てください」

ひと美のあとに斎木がついて行く。キッチンのシンクにはふきんが敷いてあり、その上には大小さまざまなブラシなどの掃除道具が並んでいた。ふきんは道具を扱う際、シンク内でガチャガチャと耳障りな音をたてないために、そして傷を防止する意味でも敷いてあった。こういった気配りも仕事のうちだ。

「キッチンはどこまでやりましたか？」

「残っているのは換気扇とガス台とガスオーブン、それにL字形キッチンとダイニングテーブル。それ以外は終わっています」

志村の返答を受けたひと美は、キッチンの引き出しを開けると、その中に手鏡を入れた。すると上部や内側の、目視できないところが手鏡に映り込む。おお、と斎木が感嘆の声をあげた。

「いいですか斎木さん、こういった見えない部分の汚れにゴキブリが集まります」

「ゴキブリ……」

口をゆがめて不快感をあらわにした斎木は「お借りします」と言ってから、ひと美の手鏡を使って部屋の中を探索し始めた。

「じゃあ斎木さんはその手鏡で目に見えない箇所の汚れを見つけてください。朝渡した家の一覧図は持っていますか」

はい、と斎木が胸ポケットから取り出した紙には、一階から二階までの各部屋の名称が記してある。ひと美はその図を指でさしながら説明する。

「斎木さんは汚れや、他にも気になる点を見つけたら、この紙に、どこがどう汚れていたのか書いておいてください。あとで参考にさせてもらいます。ただ、寝室と衣装部屋は個人的な場所だから入らないでください」

「わかりました」

それ以降は集中したのか、斎木はもうこちらを見なかった。志村のいるリビングルームへ入って行くと、「志村、後ろ後ろ。まだここが汚れているぞ」と言ってさっそく棚の汚れを指摘している。わずかに振り返った志村は舌打ちする直前のような顔をしていた。

「あとはお願いしますね」

斎木のことも含める意味で志村に指示すると、ひと美はキッチンの窓から外を見た。

砂衣が脚立にのぼっている。どうやら高い位置に咲いている寒椿を切ろうとしているようだった。脚立は四段程度で特別高いものではないけれど、砂衣が脚立にのぼっているところなどひと美は二十年間一度も見たことがない。

玄関から慌てて飛び出したひと美は庭に向かって小走りになった。ゆるい弧を描く芝生の上を進んで、塀に沿うように咲いている大きな寒椿の下に辿り着くと砂衣を驚かせないように、慎重に近づいていく。

「あら、どうしたの？」

こちらを見下ろしている砂衣は重そうな植木ばさみを右手に持って、左のわきに寒椿の枝をはさみながら、脚立のてっぺんについた手すりをつかんでいる。

「砂衣さん、その花を、こっちに……」

危ないから降りましょうという言葉をかろうじて飲み込んだ。

脚立にのぼるのが危険かどうか決めるのは自分ではなく、砂衣自身である。そのあたりを尊重したいのだけれど、八十代で骨折なんてしたら……と思うとぞっとする。

「この花を？」

ひと美は動揺を見せないようにしながらも、かろうじて伝える。

「両手がふさがっていますから」

「別に落ちやしないわよ」

でも、とひと美が言いかけたとき、ぎゃーっ、と男性の悲鳴が屋内からあがった。

斎木の声だった。

驚いた砂衣が、あっ、と声をあげると同時に右足が脚立の段を踏み外す。

砂衣の手から植木ばさみと椿の枝が滑り落ち、その身体がぐらりと傾いてバランスを崩い。

す。が、すぐさまひと美が砂衣の方に両腕を伸ばしたので、結局、砂衣はひと美に覆いかぶさるような格好になった。砂衣の身長は低く、一方ひと美は高い。それが幸いしたらしい。


砂衣は、なんとかひと美の上体にしがみつくようにしながら、

「ああ、怖かった。落ちるかと思った」

と洩らした。砂衣の上半身を下から抱えているひと美は一瞬の出来事に、脈が強く波打って心臓が爆発しそうだった。けれどなんとか冷静を装いながら、

「右足を、段に乗せてください」

と伝えたものの、声は震えていた。

右ってどっち？　わからなくなっちゃった、と砂衣は呑気な声で笑いながら踏み外した足をふらふらさせている。「それ、そこで合ってます」とひと美が指摘すると、ゆっくり段に足を乗せた。

体勢が落ち着いたところで、はあ、と砂衣が大きなため息をつく。

「あなたの勤務中に私が怪我をしたら、あなたの責任になってしまう。ごめんなさいね」

と、腕の中で言われてひと美は何も返せなかった。

そもそも花を用意するよう勧めた言動が、甘かったのかもしれない。どうして砂衣が脚立を使うことに頭がいかなかったのだろう。いや、わかるわけがない。しかし八十代の女

性に怪我をさせたら彼女の人生の自由を奪うことにもなりかねない。

「私、あそこの椿がどうしても欲しかったの。きれいでしょ」

砂衣の指さす方を見上げると、彼女はひと美の表情から心配を汲み取ったようだった。

「今日は若い人がてきぱきやってくれているから、つい私もなんでもできるような気になったの……。庭仕事はあの人にまかせきっていたから」

あの人というのは内縁だった夫のことだろう。

考えを改めなければ、とひと美は思った。やはり尊重すべきは「自分で切ってみたい」という砂衣の意思ではないだろうか。苦手なことこそ練習すると、かえって得意になると先日、アルエも言っていたではないか。

砂衣に断ってから、携帯で志村を呼んだ。

しばらくして、あたふたした様子の志村がこちらに向かって駆けてくる。

「さきほどは申し訳ありませんでした！　斎木さんの首筋に換気扇の油が落ちたようで、なんというか、斎木さんがパニック状態になりまして……」

つまり、手鏡を持ってうろうろしていた斎木の首筋に、洗剤でゆるめていた油が落ちた。それで彼は驚いて大きな声を出したのだろう。

別に大事ではない、と判断したひと美は志村に植木ばさみを拾ってもらうと、それを砂衣に渡した。

「私はこのまま下から脚立を支えます。それで志村が正面から砂衣さんの身体を支えますから、もう一度あそこの椿を切ってもらえますか」

ひと美が視線で合図すると、志村はすぐ承知したようだった。砂衣の正面から脚立にのぼって、失礼しますと断って、その両わきに恐るおそる手を伸ばす。

うふふ、と少女のような声をあげた砂衣は、少し身をよじらせる。

「ぎゅっとやって。もっと、ぎゅっとよ。じゃないと危ないでしょ！」

「失礼します」

志村は砂衣の腰を抱きしめた。その下でひと美は、がっしりと脚立を支える。

少し高い位置に咲いていた椿は確かに美しかった。ほんのりとつぼみが開いている。

パチンと気持ちのいい音がして、見上げると、切った椿の花の横に砂衣の顔があった。

「やったわ」

いたずらっこのような表情を浮かべている。

「斎木さんには大判のウエットティッシュと、私のバッグに入れてある新しいTシャツを渡してあげなさい」

ひと美の指示を受けた志村はすぐさま屋敷に戻っていった。

「こっちに来て」

椿の花束を抱えた砂衣に呼ばれ、木陰に向かうと、その足もとには、わずかながらも霜ばしらが並んでいた。陽の当たる場所はぬかるんでいるので、すでに溶けたのだろう。

「都内でこんなもの見られるの、もう、うちだけじゃないかしら」

砂衣はざくざくと嬉しそうに踏んで、こちらにもうながす。ひと美も片足だけ踏んでみた。懐かしい音、足の裏が一瞬ゆらめいて、ざっくりと地面に落ちるときの夢のような感覚。

「二十年前は、あなたのほうから言ったのよ。霜ばしらを踏んでみてって」

そんなことを言っただろうかと、ひと美の記憶は定かではない。

「あなたが初めてうちの掃除に来てくれた当時、最初の夫が亡くなって、お葬式に夫の愛人だと名乗る女が子供を連れてやって来て……。でも会社や遺産がからむからって、息子たちからかやの外に追い出されるような扱いを受けて、この家に私は一人ぼっちだった。そこへあなたがいろんな掃除道具を抱えてやって来た」

その頃、砂衣は六十代だったが今よりずっと表情が薄く声も小さくて、暗い影を背負っているようだった。

「どうしてそんな話をするようになったのか、忘れちゃったけど……。私の身の上を話したら、あなたがすごく怒ったの。目をつり上げて、鬼みたいな顔の怖い声で、『それはいけない、許せない』って」

果たして言っただろうか。
植木ばさみの入ったポケットを叩いてから、ひと美が正直に打ち明けると、砂衣はふふ
ふと笑っている。
「あのとき、私、嬉しかった。だってそれまで自分が怒っているって、自覚できなかった
の。自分のことなのに変でしょ？　身内や他人に怒りを見せるのは良くない、みっともな
いって思い込んでいたから。でもよく考えたら、私と結婚してるのに二十年近く女がいた
なんてバカにしてる、無礼な話じゃない。息子なんかは『オヤジも男だから、死んだ人だ
から』なんて亡くなった夫の肩を持っていたけど、でも私はあなたと話して、自分の中に
マグマのような怒りがあるってはっきり感じたから、こんなふうに……」
花束を左手に移した砂衣は、右腕を大きく振り上げる。
「声を張り上げて怒り狂ってやったわ！　家族への献身とか無償の優しさとか、そんな幻
想、いつまでも私に要求しないで。この家と庭は全部私がもらうから、あとはあなたたち
で好きにやって。息子たちよ、とっとと出て行け！」
当時の感情が蘇ったのか、砂衣は険しいそぶりで言い放った。「あんなの初めて」と続
けながらも、興奮したように身震いしている。
家事もできないほど憂鬱だった時期を超え、感情をはっきりと表現してから、砂衣の変
化は驚くほど早かった。料理の腕と自宅の立派なガスオーブンをいかして、料理教室を開

くようになった。山が好きだから、同年齢の人たちが集まる山登りサークルに入って、交流を持つようにもなった。サークルには長い間家庭に入っていた砂衣が初めて出会うような人がたくさんいたらしく、新鮮だと言っていた。

そうして同じ登山の趣味を持つ、一つ年下の男性と親しくなると、彼女はこの家で月の半分はその男性と暮らすようになった。息子たちはあれこれ言ってきたようだが、三十すぎの子供なんて他人も同然だからと言って、前と同じく突き放してやったらしい。

登山仲間の男性とは内縁関係だったが、砂衣は幸せそうだった。その男性が亡くなったのが昨年。

性別は罠、と砂衣は歌うようにつぶやいて、こちらを向く。

「幸運を運ぶ白馬の王子さまが男だなんて、いったい誰が言ったのかしら。私、この二十年がいちばん幸せだった。やりたいことをやって、やりたくないことはやらないで済んだから」

白馬の王子さま、というのはひと美について言っているようにも取れるが、実は、砂衣の中に眠っていた男性的な人格をさしていたのかもしれない。本当は、怒りを表現するのに男も女もないのだけれど。

だからひと美は口を挟まず、耳を傾けているだけだった。

ふと砂衣は隣に立っているひと美を見てから、その身体を片手で抱き寄せた。ひと美は砂衣の、二十年前より少し丸くなった背に手を当てる。二人で芝生の向こうに建つ屋敷を眺めるような格好になった。

ああ、と砂衣は深いため息を洩らす。

「さっき、ぎゅっとされて気持ちがよかった。でも誰でもいいってわけじゃないの、安心して身をまかせられる人じゃなきゃだめなのよね。あの人……」

「秘書の志村です」

「そう、私は志村さんと会うのは初めてなのに、どうしてあんなに安心できたのかしら」

それは、と言いかけたひと美は砂衣を見る。

「私が、彼を信頼しているからだと思います」

「あなたの気持ちが伝わってきたのね」

砂衣はそれ以上詮索しなかった。

その気遣いがありがたいとひと美は思っていた。たとえ二十年来の付き合いだとしても、相手はお客さまなのだから、馴れ合いはよくない。線を引くのは自分の役割だ。

「身体も冷えますから、戻りましょうか」

ひと美が伝えると、砂衣はわかっているといった表情で、ええと頷いた。

昭和初期の木造建築らしい、どっしりした手すりがついた急勾配の階段に、斎木が頬杖をついて考え込むような姿勢で座っていた。よく見るときれいな顔をしているから、戦前の美形の書生がそこにいるかのような錯覚を与える。

「斎木さん、そのTシャツ似合っていますよ」

沈み込んでいる様子だったが、大丈夫か、とひと美は言わない。心配を意味する言葉がけは傲慢な感じがする。

顔を上げた斎木は物憂げな視線をひと美に当てた。砂衣から借りた黒色の半纏の下には、ひと美が志村に指示して渡したTシャツを着ている。胸もとの「watch over」の字が彼の心の声のようでおかしい。

「僕はまた、大きな声を出してしまいました。取材を受け入れてくれたお客さんの家なのに」

過去にも場にふさわしくない声を出したり、パニック状態になったことがあるという意味だろうか。

「斎木さんはさっき、びっくりしたんでしょ？」

「はい」

「びっくりして、大きな声をあげるのは変なことではありません」

「そうなんですか」

斎木は思わず、といった感じで立ち上がった。

「むしろ声をあげないほうが、私は怖い」

自分を恥ずかしい存在だと思っているのだろうか。男なのに大きな声を出してみっともない、とたしなめられた過去があるのだろうか。怒りは、自分を守るために大切な感情なのに、そこへ奇妙なジャッジを持ち込んで、優位な立場を得ることができるのはいったい誰なのか。

ひと美は会社のトップに立ってから、ずっとそんなことを考えてきた。

「場違いな声をあげたとしても、反省なんてしないでください。森田さんも特に気にしていないようでしたよ」

するとみるみる機嫌が直ったらしい。さすが大物、言うことが違いますね、と疲れたように洩らしながら斎木がポケットから出したのは一冊の手帳だった。

「これが、引き出しの奥に挟まっていました」

クリーム色のカバーがついた薄い手帳だった。はっきりした色を好む砂衣の趣味とは明らかに違う。たぶん男性のものだろう。

「あの手鏡で見つけたんですか」

「はい」

「斎木さん、お手柄です。ありがとう」

手を差し出し、すばやく受け取ろうとしたら、斎木が「サッ」と高い位置に掲げてしまった。

「これは森田さんの家のものですから、僕が渡します」

立場を忘れて、ひと美はむっとする。

「森田さんは私のお客さまです」

「違います。森田さんは『ファインビュー』のお客さまです」

ぐっと詰まって、それ以上何も言えなくなってしまった。

「おっしゃる通り……。では斎木さんから渡してください」

はあい、と陽気に言ってから、斎木は手帳を持って行ってしまった。

ついペースが狂ってしまった。こちらの不協和音を見抜かれたようで口惜しい。しかし……。

あの手帳、砂衣には見せないほうがいいのではないだろうか。

そんな懸念がひと美の中に生じた。もしあれが、最初の夫のものだとしたらどうだろう？　それを見つけた内縁の夫が隠していたとか。昔、自分の浮気について詳細に書き残していた有名人がいたが、同じようなことが、あの手帳の中で繰り広げられていたら……いや、さすがに考えすぎか。

最後にひと美は、砂衣の寝室を掃除する。年末はひと美、普段は女性社員だけが担当するのが決まりになっている場所だった。

コンコンと窓を叩く音がする。顔を上げるとガラスの向こうに望月アルエが立っていた。予想外な場所からの訪問なので、うっ、とおかしな声がのどまでせり上がってくる。なんとか止めて、しばし呼吸を整えてから窓を開ける。

「どうしてこんな場所から?」

「すみません社長。さっき、斎木さん、すごい剣幕だったんです。何かご迷惑をかけませんでしたか」

アルエは深刻そうに言ってくる。

二階の窓から突然現れ、迷惑がどうこう言っていること自体、そもそもおかしな話なのだが、悩んでいる様子のアルエはその不自然さに気づいてないらしい。

「まあいいから、早くこっちに入りなさい」

「いえ、手が汚れていますので、ここで」

屋根の上に跪くと、どこか思い詰めた表情を浮かべる。

「さっき斎木さんが大騒ぎして、やっぱりまたやったかと思ったら、いろいろ不安になってしまって……。実は、人生の先輩でもある社長に、今日はアドバイスをもらえたらと思っていたんです」

やはり何か相談したいことがあったから、今回、斎木を連れて来たのか。年を重ねると、若い人から相談を受けることが多くなる。だが世の中には外見ばかり年をとって、中身は幼児といった人も少なくないから、表面的な年齢に騙されないでほしいと思っているのだが……。

「恋愛の相談？」

「ええっ、恋愛なんてそんな！」

慌てたアルエは窓の縁から手を離し、空気をかくように腕を振って、おおきく上体をのけぞらせた。そのままコロコロと後ろに転がり落ちそうで、危ない！　と思わず手を伸ばしたひと美はアルエの腕をつかんで、引き戻す。

わずかに見えた眼下の景色にぞっとした。

一階の屋根の上といっても高さは三メートル以上ある。

「す、すみません。でも恋愛なんて、私たちはまだそんな関係ではないんです。友達以上恋人未満といいますか……」

ひやひやするのは今日、これで二回目だ。冷静になるよう、目もとを少し押さえてから伝える。

「そのへんは私の得意分野ではないんです。むしろその方面で苦労しているのは志村だから、彼に聞いたらどう？」

「志村さん、ええーっ、あの堅物(かたぶつ)で有名な志村さんがですか！　でも手帳にピンク色のお守りを入れていたし……。あれは確か有名な縁結びのお守りですよね。するとやっぱり、はわわーっ！」

志村に失礼だろう。浮かれているから、その範疇にない人に雑な発言ができるのだ。

アルエは恋愛なんてと言っているが、つまるところ結局その手の相談だろう。

「ここは大事なお客さまのご自宅ですよ」

はっきり伝えると、アルエははっとしたようだった。申し訳ありませんと神妙に言ってから、急に仕事モードを取り戻したらしい。忍者のように背を屈め、つつつと屋根を伝って戻ろうとする。いったいどこへ戻るつもりなのか、と思いながらも待って、とひと美が呼び止めた。

「私は高い場所が苦手だから。二階の屋根から平気で相談事を持ち込める望月さんにも不安があるのかと思ったら、不思議な気がしましたよ」

素直に戻って来たアルエは、そうですかと身を縮めて笑いながら、恥ずかしそうに後ろで結んだ髪を触っている。

「実は、斎木さんが天井にしみの痕があるのを、手鏡で見つけてくれたんです。普段は開けない天袋の、陰になっているところです。それで屋根にあがって今調べてきたところでした。勝手なことをして申し訳ありません」

ぎゅっと眉を寄せたひと美は、たちまち気を引き締める。

「屋根が弱っていたの？」

「経年劣化の影響のようです」

雨漏りの話は砂衣から聞いていない。けれど弱っている場所が判明しているなら、すぐ対処すれば、それ以上の雨漏りはもちろん、台風の際における屋根の落下なども未然に防ぐことができるだろう。

「お手柄ですよ、望月さん」

嬉しそうにアルエが頷いた。ついでに僭越ながらアドバイスを一つ。

「あなたは気配り上手だから、斎木さんみたいな人にはまったく気を遣わないくらいがちょうどいいのかも」

「そうでしょうか」

「だって、彼は三十一？」

「はい」

「これまで彼は、一人でやってきたんでしょう？」

少し考えてから、たぶん、とアルエは慎重に答える。

「じゃあ、今後も彼は一人でも平気だと思う」

アルエが泣き出しそうな顔になった。

だからこそひと美は言う。

「たとえ彼が小さな子供のように見えたとしても、余計な世話を焼いて相手を変えようとしてはいけない。彼が、けっしてあなたを変えることができないのと同じように」

はい、とつぶやいたアルエは少ししゅんとしているようだった。ありがとうございました と頭を下げてから、顔を上げ、「あの、今思ったんですけど」と言う。

「斎木さんはきっと一人でも平気だと思います。でも、二人で楽しむのもアリですよね」

気弱そうだが、実はしたたかなのかもしれない。さすが五十四階でも平気で窓清掃できるだけの根性がある。

もちろん、と言ってひと美は腰に手を当て、眉をひょいと持ち上げる。

「アリだと思いますよ。互いに一人でいて平気なら、二人でいても楽しめるはず」

一瞬嬉しそうな様子を見せたアルエだったが、すぐにきりっと表情を引き締める。

そうして、やっと屋根伝いに戻っていった。

五

大掃除がすべて終わったのは、午後二時になる少し前だった。

砂衣が紅茶とお菓子をご馳走(ちそう)してくれるというので、ひと美、志村、アルエ、斎木の四人は着替えてからダイニングテーブルに向かった。普段は仕事の最中、ゆっくりできることなんてないのだが、年末のこの日だけは特別だった。

「みなさんご苦労さま。さあどうぞ召し上がって」

砂衣の言葉に、いただきますと全員が声を合わせた。厚い一枚板のテーブルには美しい曲線を描いたティーポットとカップ、それぞれの前に置かれた皿には焼いたばかりの温かいマドレーヌ。そしてテーブルの中央の花瓶には、今日切った寒椿がいけてあった。

砂衣の焼いたマドレーヌは、あまり食べものにこだわらないひと美でも、良い材料を惜しみなく使っているのがわかるほど風味豊かだ。

パクリと頬張ったアルエが目を見開く。

「さっくりしてるけど、中はもっちりしていて美味しい！　さすがお料理の先生ですね」

「もっちりしてるのは、米粉を使ってるから。まだあるから、どんどん食べてね。今日は志村さんがオーブンをきれいにしてくれたおかげで、ムラなく焼けたの」

砂衣が微笑みかけると、いやいや、と志村は照れたように頬をかいている。

「でも部屋が暖かいから掃除がしやすかったです」

と言って彼はひと美を見た。かつて暖房がきかない、寒々しい店の掃除を頼んだときのことを思い出したのだろうか。

「暖かいといえば、ほら、この香り」

志村が掃除したエアコンから、ラベンダーの香りがほんのり流れてくる。

「なんの香りが好きかって聞かれたから、ラベンダーって答えたら、掃除の仕上げにスプレーしてくれたの」

これくらいは、いやあ、ははは、とますます照れる志村に向かってアルエが「志村さんって意外に乙女ですね」と言うと彼は、「乙女じゃない。これは想像力と気配り」と言い返している。志村は今朝、「想像力の意味がわかっているんですか」と斎木に言われたのをまだ気にしているらしい。

その光景を眺めながら、ひと美はさすが、と思っていた。志村ではなく砂衣にである。

若い人を素直に褒めてねぎらうなんて、そう簡単にできることではない。

もちろん、若い頃から家族や周囲に求められ続けた姿を家族以外に対して、演じる必要もない。砂衣の場合、もっともっと好き勝手な人になっていいのだ。

そんな願いを込めながら砂衣を見ると、すべてわかっているような微笑を向けてくるから、何も言えない気分になってしまう。

「ごちそうさまでした」と斎木が言った。

目の前のお茶には一切手をつけず、お菓子も食べていない。

「あら、いいの？」

砂衣がたずねると、彼は席を立ち上がる。

「僕はこの時間にはものを口に入れません」

斎木さん、それはちょっとないんじゃないですかぁ、と志村が非難めいた声をあげた。

さすがに砂衣も驚いたようだった。けれど、てくてくと彼女の隣にやってきた斎木が、

「これ、僕が見つけました」

クリーム色のカバーの手帳を差し出すと、あっ、と砂衣が声をあげた。

構わず斎木は「僕は階段にいますから」と言って部屋から出て行ってしまった。

手帳を見つめながら砂衣は身じろぎ一つせず、呆然としている。

ひと美の前にある皿がカタカタ小さくゆれ始めた。なぜだろうと思ったら、皿に触れている自分の手が震えているのだった。ゴクリとのどを鳴らし、落ち着かなければと大きく息を吸って首筋に手を当ててると強く脈打っている。社長、と囁いた志村が軽く両手をあげ、なだめるような視線を送ってくる。事情はわからないなりにも彼女の緊張を察したようだった。

すると動揺が伝わったのか、いつの間にか手帳を持った砂衣も、こちらを見ている。

ふと脳裡に、遺体安置所でカッと目を開けた夫の顔が浮かんだ。

そんなひと美に砂衣もまた、穏やかな視線を向けてくる。

脅えないで、もうあなたの夫は亡くなったのよ、と言われたような気がする。

そして手帳に目を戻した砂衣が、これ、と口を開いた。

「確か二、三年前にあの人がなくして探してたのよ。あのときは何日か気にしていたよう

だったけど……」

するると手帳の持ち主は昨年亡くなった内縁の夫なのだろう。少しためらってから手帳を開いた砂衣は、パラパラとページをめくり、しばらく黙って眺めている。

ひと美が見つめているなか、あるページで手を止めた。

ああ、と声をあげる。「見て」

一月二日を指さし、そこに小さなハートマークがついていた。

「これ、私の誕生日」

わあっ、とアルエが色めき立った。志村も肩を上下させながら息を吐いている。

かわいい、愛されてますねぇ、とアルエから言われ、砂衣は嬉しそうだった。

そのかたわらでひと美は胸を撫でおろしていた。

いつの間にか、失踪した夫と砂衣の前の夫を重ねるように見てしまった。だから砂衣が見るべき手帳を「見せないほうがいい」なんて勝手な判断をしたのだろう。


お茶休憩を終えたひと美が帰り支度を始めたとき、階段で待っていた斎木が立ち上がり、話しかけてきた。

「これ、僕がチェックした場所です」

渡されたのは部屋の名称が書いてある一覧図だった。

お茶休憩の間もこれを書いていたのだろうか。

ひと美が目を通すと、寝室と衣装部屋を除いたすべての部屋の図に「床板が少しふかふかする。将来抜ける可能性有り？」など、詳細な記述が几帳面な字で真っ黒になるほど書き込まれていた。雨漏りする可能性がある天井も、アルエが調べたところ以外にも何カ所かあるようだ。

ふと、ある記述を目にして声をあげる。

「家の裏？　斎木さんは家の周辺もチェックしたんですか」

「寝室と衣装部屋には入るなと言われたので」

「でも家の外は……」

「僕はやるなとは言われていません」

確かにそうだ。屋敷の周辺は念のため、三カ月に一度チェックするよう社員に命じている。だが気になる記述があった。

「……家屋に濡れた板が立てかけてある」

ここ数日雨続きだったので、濡れたまま放置されていたのだろうか。書かれた箇所をひと美が指でさしながら斎木を見ると、彼は遠慮のない口ぶりで、

「湿った木はシロアリの温床になりますから、早急に取り除いたほうがいいかと僕は思いましたが」

まったくその通りだ。放置しておけば湿った板に、たとえばシロアリが巣をつくって、そのまま板伝いに移っていけば家の根幹をボロボロにしてしまうこともある。

「板はもともと風呂の蓋だったそうです。先月裏に置いた、と森田さんが言っていました。でもそのまま忘れてしまっていたようですね」

なるほど、とひと美はつぶやいた。

「それで斎木さんはその蓋をどうしたんですか」

「蓋? ああ、そのままです」

いつの間にかひと美の近くに来ていた志村が、えっ、と露骨な声をあげた。

「まさか放置したままですか」

「誰が?」

ぽかんと口を開け、志村はしばらく黙っていた。それから、

「……斎木さんが、です」

「僕は何かを捨てろなんて、社長から指示されていません」

「でも……」

それ以上余計なことを言わないよう志村を制止する意味で、ひと美は彼の前にさっと手を伸ばした。

「蓋はこちらが捨てればいい」

むしろお客さまの家のものを勝手に捨てられるほうが問題だ。ひと美は斎木から渡された一覧図を顔の横に掲げると、よくやったという意味を込め、

「とても助かりました。ありがとうございます」

と言って目を細めた。斎木はなんでもないといった感じで頷くと、ひと美が貸した手鏡をポケットから取り出す。

「そうだ。これ、サイズといい手のひらへの当たり具合といい、最高の手鏡ですね」

と言い残して、こちらに手鏡を返さず、また手に持って歩いて行ってしまった。

ふふ、とひと美は笑う。真鍮（しんちゅう）製の手鏡は裏面にびっしりと細かな彫刻が入ったアンティーク品で、二十年以上前、ある人からもらったものだった。長い間、仕事のとき使ってきたが、手鏡自体を褒められたのは初めてだ。

横からひと美の持っている一覧図を覗き込んできた砂衣が、戦前からある家だからけっこういたんでいるのよねえ、とのんびり言っている。

ひと美はしんとした胸の内から、斎木を見る。細かい観察眼、こちらが指示したことだけきっちり仕上げる徹底的な仕事ぶり、なんていい人材なんだろう。適材適所とはまさにこういうことを言うのだろうか。たぶん、斎木匡は私たちの業界に向いている。

けれど彼女の視線の先にいる斎木は、掃除道具が入った大きな鞄を持ったアルエにそろそろと近づいていくところだった。

ふとアルエの前に立った彼は、不思議そうにしている彼女の正面から手鏡を持った手をさっ、と伸ばして彼女のうなじを映し出す。

「生え際にほくろ。アルエさんはこんなかわいらしいところにほくろがあるんですね」

あっ、と声をあげたアルエはすぐさま首の後ろに鞄を持っていないほうの手を当てた。

「僕は今まで、気づきませんでした」

斎木がにっこり笑うと、顔を真っ赤にしたアルエは何も言えず立ち尽くしている。そうしている間に、彼は彼女の手から鞄を奪い取って靴を履き、ワゴン車が停まっている庭先へ駆けて行ってしまった。

はっとしたアルエは、「もう、斎木さんってばー!」と嬉しそうに言いながら別の荷物を持ってから追いかけていく。浮かれているくせに、手ブラで追いかけないというのが律儀といえば律儀である。

「ごちそうさま。まったく魔法の手鏡ですね」

うんざりしたように志村が言い放った。

しかし適正のある人材に出会った喜びでひと美は高揚していた。志村に視線を送り、使う人によっては魔法がかかる、とだけ言っておいた。

仕事道具をすべてワゴン車に積み込むと、ひと美を含めた四人は砂衣に最後の挨拶をした。それから四人を乗せたワゴン車は砂衣の家を離れ、お屋敷街から遠のいていく。

斎木とアルエを駅でおろすと、両手を前で重ねたアルエが、

「本年はお世話になりました」

と頭を下げてきた。顔の周りにほわほわと白い息を漂わせている。

今日は仕事おさめの日だった。

「こちらこそ。ご苦労さま、よいお年を」

ひと美が窓を閉め、ワゴン車はふたたび走り出した。斎木に返してもらった手鏡はポケットの中に納まっている。

「会報誌にいったいどんなことを書くんでしょうね」

後部席に座ったひと美が窓の向こうを見ながらつぶやいた。外は陽が落ちかけて、あたりは薄闇に染まり始めている。会報誌は来年送られてくるらしい。

「熱心な方ですから、さぞかしご立派なものを書くんじゃないでしょうか」

皮肉だろうか。斎木が家の一覧図を持って来てから志村はわかりやすいほど機嫌が悪くなった。社長の手前、そういった態度を出さないようにしているようだけれど。

ふと、ポケットに手を当てる。

手鏡は志村の父親、志村成一からもらったものだった。

成一はひと美の夫が社長だった頃からの知り合いで、小さな設計事務所の社長でもあり、シングルファザーでもあった。夫がいなくなってからは会社から歩いて十五分ほどの場所

に住んでいた成一に、ひと美はよく助けてもらっていた。

確かこのときも、成一との関係について枕営業云々と言ってくる人はいた。だがすでに会社の代表としてやっていく覚悟を決めた彼女は、もうそういった連中の発言に一切耳を貸さず、目標だけを見据える芯の強さを身につけていた。

アルエは和食割烹に行ったとき、誰か支える人がいなかったのかと聞いてきたが、なかなか勘のいい質問だったとひと美は思う。実際、成一がいなかったら自分は会社を立て直すという新しい会社の目指すところへ導くことは到底無理だった。子供を二人も抱えながら、社員たちを夫が会社にいた頃は、成一をおとなしくて頼りない男だと思い込んでいた。が、そんな自分を今は恥ずかしく思う。

まだ子供たちが小さかった頃、二人の子を、よく成一の設計事務所に遊びに行かせた。

——お母さんは急に立場が変わって大変だから、邪魔をしちゃいけない。そのかわりきみたちは遠慮せずうちに遊びにおいで。

そんな成一に甘え、ひと美は二人の子を本当に成一の自宅を兼ねた事務所に行かせていた。

子供たちは、成一の一人息子である「真次くん」を弟のように思っていたらしい。

反抗期は、ひと美の息子と娘のどちらもそれなりにはげしかった。けれど今では二人とも無事に自立してくれたから、結果オーライだろうか。

「この手鏡、あなたのお父さんからもらったんです」

運転席に向かって言うと、志村の肩がぴくりとゆれた。

彼はあまり父親が好きではなかったようだ。

ひと美はかつて、まだ赤ちゃんだった「真次くん」をおんぶしている背広姿の成一を偶然見かけたことがある。その場所が駅のホームだったせいか、周囲から奇異の目で見られているところもあって、彼女自身少なからずショックを受けた。当時、そんなことをする男性はいなかったからだ。けれど首を回して背後の息子を見やったときの、成一のいとおしそうなまなざしを感じ、温かい気持ちになったのをおぼえている。

手鏡をまたポケットに戻した。

「私が社長になって、五年目の記念にって」

しばらく黙ってから、「まったく、知りませんでした」と志村は感情を込めずに言った。

「父の鏡が、社長のお役に立っているようなら光栄です」

「立っていますとも、おおいに。たくさん助けられてきました」

私の仕事を十年以上見てきたあなたは、よく知っているだろう。そんな思いを込めながら伝える。

「果たして私は社長にとって、その手鏡のような存在になることができているのかわかりません」

志村の声は少し不安そうだった。

ルームミラーを見ても彼と視線が合うことはない。志村成一はすでに他界している。アルエと同じように、彼も背を押してもらいたいのかもしれない。しかし志村は彼女よりずっと自分に近い場所にいる。だからそうもいかない、あえて突き放すように言うしかない。

「想像力。斎木さんはなかなか難しいことを言っていましたね」

ええ、と、志村が小さな声でつぶやいた。ひと美は構わず窓の方を見ながら続ける。

「斎木さんはたぶん、言葉の裏を読むのが得意ではないんでしょうね。でもその分、他人よりたくさんの余地を持っている。何か、私たちの想像も及ばない可能性を持っているとでもいうんでしょうか」

志村は黙っている。自分なりに考えているのだろうか。

まあいい、放っておけばいい。いずれにしても今日の出来事は私にとっても、彼にとっても、大きいものになるだろう。

雨が降り出しそうだった。いや、この寒さなら雪になるだろうか。

ひと美が曇天を見上げていると窓の外を流れていく景色が、ふいに変わった。しきりにバックブザーを鳴らしながら、車はコンビニの駐車場へ入って行く。

運転席を見やると、志村がこちらを振り返った。

「休憩を取ってもいいでしょうか」

「気分が悪いんですか」

暗いせいだろうか、彼の顔色がいつもより青白く見える。

「はい、すぐ戻ります」

車から出ていくと小走りで背後のコンビニに入っていった。お腹でもこわしているのだろうか。

仕方がないのでポケットから手鏡を取り出し、ひと美は少し髪を直した。

数分後、店から出てきた志村の姿が手鏡に映り込む。

だがなかなか戻ってこない。いったん彼はゴミ捨て場の前で足を止め、しばらくうろうろしたのち、勢いよく上着のポケットに手を差し込んだ。そうして淡いピンク色のものを取り出して、手のひらに乗せながら祈るように見つめている。

次の瞬間、手のひらに乗っていたものをえいとゴミ箱に捨ててしまった。

「遅くなりました」

乗り込んで来た志村は寒さのせいか、鼻の先が赤くなっている。ドアを閉めるとすぐハンドルを握って慎重に車を車道に出して走りだし、しばらくしてから口を開ける。

「申し訳ありませんでした」

「まあ、生理現象ですから」

「はあ」

「お守り、捨てちゃったの？」

「えっ、見ていたんですか」

見ていたのではない、見えてしまったのだ。

「髪を直しているとき、偶然、手鏡に映っているのが見えました」

本来は神社などでお焚き上げしてもらうものを自分で捨ててしまうというのはどういう心境の変化だろうか。しかも彼は入社した当初から、ずっとお守りを手帳に入れて持ち歩いていたはずだ。

ハンドルを握ったまま、しばらく黙っていた志村が覚悟を決めたように、ふうと息を吐く。

「はい、捨てました。もういらないと思ったので」

「いらない、どういう意味ですか」

「自分の足を引っ張るものはもういらないと思いました。さっきのお守りは以前働いていた店のオーナーからもらったものです。亡くなる前、ずっと持っていてほしいと言われました」

店のオーナーというのは、灰色のコートを着ていた男だ。

つまり十年以上もの間、そのお守りは彼を守ってくれているようで、その実、足かせにすぎなかったと言うのだろうか。

しつこい男、と感心しながらも不思議に思う。

この手鏡のように、他界したあと持ち主の力になってくれるものもあれば、逆に足を引っ張るものもあるらしい。

「それで今はどんな気持ち？」

ひと美がたずねると、バックミラー越しに志村は視線を返してくる。

「胸がすうっとして、気分がいいです。どうしてあんなものにとらわれていたのか自分でもよくわかりません。でも今は目の前の道がキラキラと輝いて見える。こんなことを言ったら罰（ばち）当たりでしょうか」

まさか、と思ったひと美は声を出して笑った。

自分は夫の悪夢を見なくなってから、もう何年経っただろう。

砂衣の家で見た夫の顔が、ぺらりと剝がれ落ちていく。私が恐れていたのは立体的なかつての夫ではなく、ただ紙に写っているだけのポスターのようなものだったらしい。

しがみついてきたものが本当に大事なのかどうかは、捨ててみなければわからない。でも捨てたあと、すっきりしたというのなら、その選択は当人にとって正解なのだろう。

目じりがじわじわと、くすぐったくなってきて、つい無防備な感じで目を細めてしまった。

何かを捨てれば余地ができる。きっと彼にも——。

「あれ、すみません。何か言いましたか」

志村の問いかけに、いいえ、とはっきり答えたひと美は腕を組んだ。ふたたび目に笑いを浮かべないようにしながら、口もとだけに微笑を浮かべる。

解説

吉田伸子（書評家）

麻宮さんは、第七回小説宝石新人賞受賞作を含む『敬語で旅する四人の男』でデビューされた方で、本書は四作めとなる。

『世話を焼かない四人の女』というタイトルからもうかがえるように、デビュー作と対になる作品でもある。「敬語」同様、四編からなる短編集で、「敬語」に登場した、超絶イケメンかつ変わり者の、斎木がどの作品にもかかわっている。

「ありのままの女」の主人公・水元は斎木の上司であり、「愛想笑いをしない女」の主人公・千晴は、斎木が暮らす家のエリアを担当する宅配ドライバー、「異能の女」の主人公・日和は斎木がドイツパンを買った帰りに通る道にあるベーカリーのバイト店員。そして、「普通の女」の主人公・ひと美は、斎木が思いを寄せる望月アルエが勤務する清掃会社の社長だ。水元とアルエは「敬語」にも登場している。

「敬語」は四人の男たち、それぞれの不自由さ（とそこからの解放）を描いた物語だが、本書は四人の女たち、それぞれの不自由さ（とそこからの解放）を描いた物語だ。ただし、

「敬語」の四人の不自由さとは決定的に違うことがある。それは、ただ「女である」というそれだけで強いられる不自由さが描かれていることだ。

四十七歳になる水元は、既に髪の毛の半分以上が白髪なのだが、一切染めてもいなければ、手も加えていない。「ありのまま」でいるだけだし、会社ではもう十年以上その頭で通しているというのに、常務からは言われるのはこんな言葉だ。「きみはなかなか洒落た服を着ているのに、それ、その頭。どうしてそのままなの？」

四十七歳の男が白髪を放っておいても、面と向かってこんな余計なことは誰も言わないはずだ。水元が言われるのは、彼女が女だからだ。とはいえ、水元はさらりと返す。「いくら染めても色が抜けてしまうんです」

水元が勤めているのは、「彩明ホーム」という住宅メーカーで、彼女はそこの総務部長だ。女性の役職は役職者全体の一割にも届かず、十人いるかいないか。だからこそ、『化粧が厚い』『服が派手』などと言われて足を引っ張られるくらいなら、『白髪多めのオンナ少なめ』というとラーメンの注文みたいだが、とにかくそんな風体でいるほうが悪目立ちしなくていい」と、水元は考えている。

五年前、水元は会社に「障害者枠の採用」を提案し、その枠で入社してきたのが斎木、という設定だ。

宅配ドライバーの千晴は、小中高とソフトボール部に所属していた。前職はスポーツ推薦枠での入社だったが、リーマンショックの影響でチームは廃部に。千晴は今の仕事に転職したことが間違っていないと思っているが、女だからと難癖をつけられるのは、精神的に負担だった。そんな千晴に追い打ちをかけるように、新たに赴任してきた所長のパワハラや、事務所の金庫に入っていたお金の紛失事件が起こる。この章では、長年、千晴の正確な仕事ぶりを評価している斎木が、事件解決の一助を果たす。

「異能の女」の主人公は、「敏感すぎるセンサー」のせいで「ストレスを感じやすい」日和だ。音や味に過剰に反応してしまう日和には、バードと香代という「敏感すぎるセンサー」仲間がいるのだが、初めて香代に会った時は、香代の飼い犬の臭いにやられて吐いてしまったほどだ。パン屋で働き始めて一年、半年前からは厨房に入れてもらえるようになった日和は、独学でドイツパンを作るように。やがて、ドイツパン作りこそ自分が進むべき道だと思い至る。斎木は、日和にその道へのヒントを与えるドイツパン好きの男として登場する。

「普通の女」は、「ファインビュー」の社長・ひと美が主人公。二十年以上前、うんと年下の愛人といなくなってしまった夫が残したのは、パートを含めても二十人にも満たない清掃会社だった。ひと美はその会社を引き継ぎ、がむしゃらに働いてきた。今では新宿に自社ビルを持つまでになっているが、当初は女だからと馬鹿にされたり、競合会社の社長から「枕営業」の噂を立てられたりしたこともあった。

夫が失踪する前は、事務を手伝っていたとはいえ、清掃会社のことを何も知らなかったひと美は、「どうせ実務は何も知らないんだから、ひとまず便所掃除でもしてりゃいいんだ」と陰口を叩かれたこともあり、朝六時に出勤し、会社のトイレをすべて掃除することに。当てつけのような気持ちもあったとはいえ、半年間のトイレ掃除を経て、ひと美は自覚する。「社員の民度が低い」。けれど、社長と社員は「合わせ鏡」のようなものであり、その民度の低い社員の姿こそ、「自分が精神的に依存していた夫の姿」であり、「今までの自分に通じる姿」でもあるのだろう、と。ここがひと美のターニングポイントだった。

以後も、黙々とトイレ掃除を続けたひと美は、やがて「掃除」の勘所を見つける。その後、ひと美は社員たちの〝手抜き〟仕事を目の当たりにし、そのことを指摘されても開き直るばかりの社員を前に言い放つ。「どうしてそんな適当な仕事で、今後もお客さまから契約が取れると思っていられるのか、私にはさっぱりわからない」「いままでの契約がなくなれば、うちみたいな小さな会社はどうなると思いますか？　給料は減る、会社は縮小する。そうなったときは、みなさんには転職してもらうことになる。業績が悪ければ退職金だって払えない。それでもいいって人は、そうやって、自分の仕事を他人事みたいに笑っていればいい。一生、自分の仕事に誇りを持てないままで……」

ひと美が名ばかりの社長から、名実ともに社長となった瞬間だった。

四編それぞれが、そのまま独立して長編にしてもおかしくないくらいのテーマで、読み応えがあるのがいい。水元には実は会社以外にもう一つの〝顔〟があるし（詳しくは書きませんが、猫好きにはたまらない！　とだけ）、千晴には事務所でのドラマに加えて、彼女自身の今後のドラマもある。日和の仲間である香代とバード、それぞれのエピソードもあるし、ひと美の秘書の志村にも、ひと美の長年のお得意さまのマダムにも、ドラマがある。それらを惜しみなく短編として描ききっているのがいい。

さらに、本書が際立っているのは、斎木や日和にレッテルを貼っていないところだ。斎木は「障害者枠」で雇用されている、とは書かれてあるものの、彼の特性を名付けたり、分類してはいない。日和も同様だ。そこにあるのは、レッテルを貼る、という行為を良しとしない作者の心意気だ。背骨、と言ってもいいだろう。自分たちとは違うという分類は、分断を生む。そして、分断から生まれるのは対立や嫌悪や差別であって、共生ではない。その背骨があるからこそ、の本書なのだ。そこがいい。そこが本当にいい。

と、こうやって書いてしまうと、本書がなにやら重苦しい内容かと思われるかもしれないが、心配ご無用。先にも書きましたが、水元が自身のことを『『白髪多めのオンナ少なめ』というとラーメンの注文みたい」と評していたりとか、水元を「上司の鑑」と見込んだ斎木の、「それならば部下である僕は、僕なりの能力をせいいっぱい使って、進んで上司の犬となりましょう！」という、とんちんかんだけど熱意だけは伝わってくる宣言とか、本書には絶妙な塩梅でユーモラスな場面が織り込まれていて、そのことが本書を軽やかなものにしている。アルエの仕事を一日見学させてもらえることになった斎木が、清掃作業中の志村に、「志村、後ろ後ろ」と言うくだりでは、思わず吹き出しました、私。

私たちが、新型コロナウイルスという未知のウイルスに振り回されるようになって、既に二年以上。その間、社会はますます窮屈になっているし、不自由さ、生きづらさも増している。けれど、社会のせいだけにしていては、何も変わらない。そんななか、自身の心のありようを少しでも柔軟にしていくことが、不自由さや窮屈さから離れる術なのではないか。本書はそんなことを、物語として教えてくれる一冊でもある。

○主要参考文献

「トイレの法則『トイレ掃除』でわかった！　伸びる会社・伸びる人」　星野延幸　ＰＨＰ研究所
「サマンサ魔女の笑顔が会社を伸ばす」　井上邦彦　生産性出版

初出
「ありのままの女」　美ＳＴ　２０１７年5月号～9月号
「愛想笑いをしない女」単行本時に書下ろし
「異能の女」　小説宝石　２０１９年３月号
「普通の女」　単行本時に書下ろし

単行本　二〇一九年八月刊

光文社文庫

世話を焼かない四人の女

著者　麻宮ゆり子

2022年9月20日　初版1刷発行

発行者　鈴木広和
印刷　新藤慶昌堂
製本　榎本製本

発行所　株式会社　光文社
〒112-8011　東京都文京区音羽1-16-6
電話（03）5395-8149　編集部
8116　書籍販売部
8125　業務部

ISBN978-4-334-79423-1　Printed in Japan

組版　萩原印刷